afgeschreven

D1142053

L.

Koen Verstraeten

Het Ibrahim-Comité

Spionageroman

Houtekiet
Antwerpen / Amsterdam

Houtekiet, Katwilgweg 2, B-2050 Antwerpen
info@houtekiet.com
www.houtekiet.com

Omslag Wil Immink
Foto omslag Nic Skerten / Trevillion Images
Foto auteur © Bert Hulselmans
Zetwerk Intertext, Antwerpen

ISBN 978 90 8924 092 7
D 2010 4765 7
NUR 330

Voor mijn vrouw Lutgarde

Niets dan lof voor mijn collega Paul Jonnet voor zijn kritische zin en zijn steun

I

De sluisdeuren van Vancouver Airport schoven open en Harry Witters stapte met zijn gele plastic reiskoffer Canada binnen. In de aankomsthal stond een handvol opgewonden mannen op wacht om een gemeenschappelijke kennis in de armen te sluiten. Twee van hen hielden een bord omhoog met daarop in morsige letters 'Welcome home honey. We all love ya'. Harry zag haar meteen staan tussen die houthakkershemden. Zij was blond en droeg een grijs colbert boven op een spijkerbroek. Zij was de vrouw van zijn vader.

'Ik ben Sandra. Welkom in Vancouver,' zei ze terwijl ze haar hand in de zijne legde. Zij had haar blond haar kort geknipt in een warrelkluwen. 'Hoe was je vlucht?'

'Lang. Ik zat van Londen tot hier gevangen tussen twee dikke Duitsers.' Wat niet waar was. In feite zat hij naast een alleraardigste mevrouw die tijdens de negen uur durende vlucht slechts één keer, boven Groenland, durfde op te staan om een plasje te maken.

Sandra lachte. De vrouw van zijn vader was een mooie vrouw. 'Mijn auto staat niet ver,' zei ze.

Harry volgde haar. Buiten hingen de laatste resten van de nacht. De regen trok strepen in het schijnsel van de witte en oranje straatlampen. Sandra hield haar tasje boven het hoofd. Ze rende met zulke dribbelpasjes dat Harry en zijn koffer haar gemakkelijk konden bijbenen.

Haar auto was een rode Toyota Camry.

'Een 2,4 liter, 16 kleppen, 155pk,' rekende Harry snel uit.

'Ik was vergeten dat je autojournalist bent.'

'Toch heb ik nog nooit een Camry van dichtbij gezien want die wordt alleen in de Verenigde Staten en Canada verkocht. Dit soort wagens vraagt nu eenmaal eindeloze wegen.'

'Die hebben we hier wel,' zei Sandra en zij dreef de auto de parking uit. Op Highway 99 trapte zij het gaspedaal in. Dat was amper te horen aan de motor en Harry boog zich in een reflex voorover om het toerental te kunnen lezen. Een beweging die Sandra verkeerd begreep want zij trok gegeneerd haar topje naar boven. Er viel een ongemakkelijke stilte. Gelukkig deden de ruitenwissers hun werk.

Harry wilde absoluut niet naar Sandra's borsten loeren. Hoe kon zij zoiets denken? Toch had hij in een flits wel gekeken. Haar decolleté was een keldertje, slechts verlicht door twee peertjes van 25 watt.

Tegen dat ze het centrum van de stad waren genaderd, was de wind aangewakkerd tot een vliegende storm. De regen ranselde de voorruit. Sandra verloor haar kalmte. Zij trok zich op aan het stuur en hield haar hoofd zo ver mogelijk naar voren. Zij richtte zich op de achterlichten van de auto voor haar en had amper oog voor de voetgangers die krom achter hun paraplu de straat overstaken. Een reclamebord van een broodjeszaak tolde tot voor de wielen van de auto. Een Chinese jongen in een doorweekt wit hemd sprong naar voren en trok de pancarte weer op het trottoir. Sandra toeterde.

'Hoe is het met mijn vader?' vroeg Harry ten slotte.

'Vanmorgen was hij bij kennis. Hij herkende mij en keek naar het journaal op tv.'

'Goed zo,' zei Harry.

'Maar hij gaat wel dood, hé,' zei Sandra gepikeerd en weer

dreef een wolk van misverstand tussen hen. Zonder dat er nog een woord viel, reed zij over Burrard Bridge, sloeg rechtsaf en kwam via een flauwe bocht op Pacific Boulevard. Tussen twee gebouwen dook zij een parking in onder een woontoren van groen glas. De lift voerde hen naar een flat op de zeventiende verdieping.

Twee Grand Comfort-fauteuils met veel leer en chroom vormden het middelpunt van de uitgestrekte woonkamer. Tegen de ene wand reikte een boekenkast tot aan het plafond. Aan de andere muur stond op een lage scheepsplank een collectie precolumbiaanse figuurtjes.

Wat Harry het meest opviel was het ontbreken van een huisgeur. De flat rook naar nieuw. Niet naar koffie, tabak of warme dekens. Alles lag en stond op zijn plaats. Het interieur kon zo op de foto voor een glanzend woonmagazine.

Harry schoof door naar het raam. Beneden op het water zeilde ondanks het vroege uur en de regen een vijftal bootjes. Aan de overkant strekte de stad zich uit onder het eerste daglicht. Sandra kwam naast hem staan. Zonder dat hij zijn hoofd wendde, dwaalden zijn ogen toch weer één milliseconde over haar kelderluikje. Het was dicht.

Zij wees naar het water onder hen en zei: 'Dat is False Creek. Aan de overkant zie je Granville Island. Aan de voet van dit appartementsgebouw vertrekt een aquabus, een ferry voor voetgangers. Die neem ik om aan de overkant groenten en fruit te kopen op de overdekte markt. En dat is Burrard Bridge. Daar zijn we net over gereden.'

'Wonen jullie hier al lang?'

'Deze flat is onze pied-à-terre in Vancouver. Handig als je moet vertrekken met een vroege vlucht of 's avonds laat arriveert. Eigenlijk wonen we in Naramata, vier uur rijden van hier. Het is daar veel zonniger. Vancouver is een regenstad. Het kan hier dagenlang miezeren. Mark Twain zei ooit: “The pleasantest winter I ever spent was one summer in Vancouver.” Dat zegt genoeg. Kom, ik wijs je de logeerkamer. Dan kun je je opfrissen en maak ik ondertussen iets te eten.’

In de kamer stonden twee smalle bedden, elk gedekt met een indiaans reisdeken. Boven de vurenhouten commodekast hing een spiegel. Harry haalde zijn hand door zijn haar. Hij zag zichzelf staan: smalle ongeschoren kaken en een korte, scherpe neus. Hij trok een grimas tegen zijn spiegelbeeld en zei op een truttige toon: ‘Maar hij gaat wel dood, hé.’

✯

Terwijl hij het water over zich heen liet lopen, dacht Harry terug aan het telefoontje dat hij eind vorige week van Sandra had gekregen. Zijn vader was opgenomen in het Saint Paul’s Hospital met een bloeding in de hartspier. Het begin van een hartverlamming. Ze zei dat zijn vader hem wilde zien.

Harry had in geen vijfentwintig jaar met zijn vader gesproken. Zo lang was het geleden dat hij hem en zijn moeder had verlaten. ‘Ik was gelukkig en ik dacht dat hij het ook was,’ had zijn moeder gezegd. En dat de roem hem naar het hoofd was gestegen. Dat haar wortelpuree niet opkon tegen de *cuisses de grenouilles*, en dat ze na jaren van steun en strijd werd ingeruild voor een jonge slet.

‘Wat zijn kwisdegrenoei?’ had Harry gevraagd.

‘Kikkerbillen,’ zei ze.

‘En wat is een slet?’

Dat wilde ze niet zeggen. Hij zocht het op. Volgens het woordenboek was een slet een slordige vrouw, een lichtekooi. Hij had medelijden met zijn vader. Terwijl hij en mama gezellig thuis naar tv keken, moest papa kikkerbillen eten met een slordige vrouw.

Toen vader zijn koffer stouwde en zonder voorafgaande waarschuwing het huis verliet, was hij al een gevierd columnist. Officieel stond hij op de loonlijst van *Gazet van Antwerpen*, in feite zette hij sinds jaren geen voet meer op de redactievloer. Eén keer per week schreef hij een column van zeventig regels. Die faxte hij naar het internationale persbureau *Brussels Calling*, dat de tekst naar meer dan tachtig kranten over heel de wereld stuurde. Zijn vader verdiende met die column vier keer zoveel als de hoofdredacteur van de krant. En daarbovenop incasseerde hij nog reiskosten telkens hij geïnterviewd werd voor een televisiestation.

Al jaren voor hij vertrok was zijn vader vaak lange tijd afwezig, onderweg tussen Antwerpen, Washington, Tokio en Moskou. Om mijn bronnen te smeren, zei hij. Tot in de hoogste kringen had hij informanten.

Telkens als vader thuiskwam, trok de duffe lucht tijdelijk op. Vrouw en kind luisterden beleefd naar zijn verhalen. Tot hij opeens met zijn vlakke hand op zijn dij sloeg en vroeg: 'En? Hoe gaat het met jullie?'

Moeder had alleen huisbakken nieuws te melden: een rammeltje in de auto, een verstopte afvoer, de onvoldoendes op het rapport van Harry of het zere been van tante Simonne. Zo saai dat vader er nerveus van werd. Op zulke momenten werd hij vaak gered door een late telefoon of moest hij zelf dringend nog iemand bellen.

Harry was tien jaar toen vader het niet meer hield en verdween. Hij kon zich niet herinneren dat hij verdrietig was geweest. Harry werd groot zonder hem.

Een eenzelvige jongen wiens grote gevoelens werden gesmoord door het deken van bezorgdheid dat moeder over hem spreidde. Vriendjes had hij niet, vijanden evenmin. Dat was gemakkelijk. Zijn problemen werden versluierd. Zijn dromen knipte hij uit *Het Zondagnieuws*. Advertentiefoto's die hij in een schriftje plakte. Een skipper die zijn handen vol had met het roer van een driftig jacht en toch nog een Craven A-sigaret tussen zijn lippen geklemd hield. Een man in een onderhemdje en zonder helm op een motorfiets in een haarspeldbocht aan de Azurenkust. Twee koppels net terug van een ritje te paard en nagenietend met een coupe champagne. Welke man hoorde bij welke vrouw? Of zouden ze daar geen zaak van maken? Zijn lievelingsfoto was een advertentie voor een merk van tomatenpuree. In de schaduw van een perzikboomgaard zat een Italiaanse familie aan een lange tafel. Opa, oma, vader, moeder, neven en nichten aten spaghetti die door een rondborstige tante werd uitgeschept. Iedereen leunde tegen elkaar aan.

Thuis daarentegen was het alleen zijn moeder die tegen hem leunde. 's Avonds op de bank voor de televisie. Als zij na twee glaasjes malagawijn verdween in de zoete sluimer die duurde tot net na het tweede journaal. Dan stond ze op. 'Ik ga maar eens slapen,' zei ze alsof ze de hele avond met open ogen had doorgebracht.

Harry zag zijn vader pas terug toen de kabel CNN, BBC World en Fox News op het scherm bracht. Hij zag hem als politiek analist en publicist in panels, in interviews, aan tafel met de Franse minister van Buitenlandse Zaken of een Europese commissaris. In een scherp gesneden pak legde hij de toestand in de wereld uit. Meer nog: hij voorspelde hoe de wereld er over vijf jaar zou uitzien.

Sandra serveerde een pizza met zalm, room en asperges. 'Hoe zijn jullie hier verzeild?' vroeg Harry. 'Londen, New York of Washington lijken mij meer aangewezen standplaatsen voor een analist van het wereldgebeuren.'

'Politiek gezien ligt Canada inderdaad wel heel ver uit de wind. Dat vond je vader net een voordeel en hij had al lang een band met Canada. Je kunt zeggen dat zijn faam hier zijn oorsprong heeft.'

'Hoezo?'

'Frank was in 1981 uitgenodigd naar Vancouver voor de ondertekening van een verdrag na een of andere ontwapeningsconferentie.'

'1981. Ken je hem al zo lang?'

'Hij was redacteur buitenland op de krant. Ik was toen negentien en stagiaire op de stadsredactie. Ik haalde elke ochtend bij de politie de gebroken-armen-en-benenberichten op, tikte de "Ligging van de zeeschepen" uit en vlooide voor collega's het archief na. Ik keek op naar je vader en vertelde hem dat ik de ambitie had om buitenlandse berichtgeving te doen. Hij begreep dat niet, want buitenland op een regionale krant betekende niet veel meer dan telexberichten afscheuren.'

'En hier in Vancouver is zijn leven veranderd?'

'Na afloop van een conferentiedag bleef hij tot laat in de bar hangen en zo raakte hij in gesprek met de Amerikaanse rakettenonderhandelaar Paul Nitze. De man was licht in de wind en vertelde vrijmoedig over een recente vergadering die hij had met de Sovjetdelegatie. Op een bepaald ogenblik liet de Russische onderhandelaar aan Nitze de richtlijnen zien die hij van het Kremlin had gekregen. Ze waren niet ondertekend door Breznjev, maar door Andropov, de chef van de KGB. Andropov had toen al zeggenschap over essentiële zaken die normaal niet tot zijn bevoegdheid behoorden. Het waren de nadagen van Breznjev en in de westerse pers werd al duchtig gespeculeerd wie hem zou opvolgen. Terug op de redactie schoof Frank in een artikel Andropov naar voren zonder dat hij zijn bron noemde. Hoe het kwam, weet ik niet meer, maar dat artikel werd opgepikt door de *The Evening Standard* en later door de rest van de internationale pers.'

'En die voorspelling kwam uit?'

'Hoe oud was jij in 1981?'

'Vier. Ik ben geboren in 1977, op de dag dat Elvis Presley stierf.'

Sandra negeerde de laatste toevoeging en ging verder. 'Ja, die voorspelling van Frank kwam uit. Breznjev overleed in 1982 en werd inderdaad opgevolgd door Andropov. Ondertussen moest je vader voor de krant geregeld naar de Sovjet-Unie reizen om de carrière van Joeri Andropov na te trekken. Toen die geïnstalleerd werd als president stuurde de Sovjet-Unie allerlei positieve berichten over hem uit. Hij zou een westerse smaak hebben, goed Engels spreken, Amerikaanse boeken lezen, van moderne kunst houden, een jazzliefhebber zijn en op tijd en stond een glas wijn appreciëren. Die geruchten werden gretig overgenomen in de westerse pers. In die tijd hoopte iedereen dat er in de Sovjet-Unie verandering in de lucht hing. De waarheid was dat zelfs de Amerikaanse inlichtingendienst amper wist wie die Andropov was. Toen pakte je vader uit met enkele krantenartikels waarin hij gehakt maakte van dat sympathieke beeld. Hij had ontdekt dat die berichten werden geconstrueerd door de KGB, die nota bene werd geleid door Andropov zelf. Frank schreef dat Andropov nooit met eigen ogen een westerse stad had gezien, dat de enige westerlingen die hij had ontmoet ministers en diplomaten waren, dat hij het Westen alleen kende van geschreven rapporten, films en televisiedocumentaires. Hij zette uiteen hoe Andropov als Russisch ambassadeur in Boedapest mee de Hongaarse opstand had gesmoord. En ten slotte onthulde hij dat Andropov aan een ernstige nierkwaal leed en niet lang meer te leven had. De Sovjets reageerden woedend, maar enkele maanden later lag Andropov wel doodziek in bed.'

'Ik weet dat de opvolger van die Andropov het ook niet lang heeft uitgehouden.'

'Konstantin Tsjernenko.'

'Die was toch ook ziek?'

'En ook nu bracht Frank dat nieuws uit. Jouw vader had ondertussen op korte tijd in de Sovjet-Unie een netwerk uitgebouwd dat betrouwbaarder was dan dat van de CIA. Als het Centraal Comité van de Communistische Partij bijeenkwam, had Frank minder dan anderhalve dag na afloop een verslag. En dat toen internet nog niet bestond! Zelfs in het Politburo had hij zijn mannetje. En dat bureau telde amper tien leden.'

'Heeft hij ooit gezegd wie daar zijn bron was?'

'Zelfs niet tegen mij. Ik heb wel altijd het vermoeden gehad dat het de algemene leider zelf was, Mikail Gorbatsjov.'

'Jezus, hoe kreeg hij dat voor elkaar?'

'Dat heb ik nooit geweten.'

'Hoe hebben jullie elkaar gevonden?'

'Hij bleef steeds meer weg van de redactie. De collega's mopperden, maar de directie wist dat zijn roem op de krant afstraalde. Toen hij nog eens langsliep, stond daar een knappe man van de wereld. Niets in zijn verschijning herinnerde aan de zeurderige telexscheurder van vroeger. Terwijl zijn collega's hun broodtrommeltje en thermos bovenhaalden, vertelde hij over zijn briefing met de minister van Buitenlandse Zaken van Amerika. Toen hij de krant verliet om zich als zelfstandig publicist te vestigen, zocht hij een assistent voor aan het thuisfront. Ik heb mijn vinger opgestoken.'

'En jullie werden geliefden.'

'Niet op slag. Het kwam er wel van toen ik steeds vaker met hem op reis ging. We zijn dit jaar vijfentwintig jaar samen.'

'Vroeg hij zich nooit af hoe het met zijn vrouw en kind ging?'

'Hij sprak nooit over zijn vorig leven. Hoe verging het jullie dan?'

'Dat wil je niet weten,' zei Harry. Hij stopte het laatste stukje van de pizzapunt in zijn mond, vouwde zijn servet in vieren, dronk zijn wijn uit en schoof zijn stoel naar achteren.

'Harry, toe.'

'Ik ben moe, ik ga een paar uur slapen,' zei hij.

☆

Harry werd wakker in de late namiddag. Toen hij bijna aan de woonkamer was, hoorde hij Sandra fluisteren. Ze stond voor het raam met haar mobieltje.

'No, he doesn't know. Yes, I do. I see you tonight.'

Harry deed twee stappen terug, gleed zijn kamer weer binnen, morrelde aan de klink en liep dan opnieuw naar de woonkamer. Sandra zat nu met opgetrokken benen in een van de fauteuils en las de *Canadian Geographic*. 'Mountain caribou is facing extinction' stond op de cover.

'Opgeknapt?' vroeg ze.

'Ready to go.'

'Wil je koffie?'

'Ja, graag,' zei hij en hij volgde haar naar de keuken.

'Ons gesprek van daarstraks eindigde bij Gorbatsjov,' zei Harry.

'Wel, in maart 1985 stierf Tsjernenko en een dag later volgde Gorbatsjov hem op. Frank zag al drie jaar eerder dat Gorbatsjov de nieuwe leider zou worden. Hij had verschillende geheime ontmoetingen met hem. Hij geloofde in hem. Toch heeft hij vóór 1985 de naam Gorbatsjov nooit gebruikt.'

'Denk je dat mijn vader en Gorbatsjov een deal hadden?'

'Ja. Had hij in de internationale pers Gorbatsjov openlijk naar voren geschoven, dan was de man snel verbrand geweest.'

'Waren zij vrienden?'

'Handlangers is een beter woord. Frank was ondertussen een wereldautoriteit wat de Sovjet-Unie betreft. Hij had connecties tot op het hoogste niveau, kreeg inzage van geheime memo's en informatie uit de eerste hand over vertrouwelijke gesprekken. Intussen praatte hij ook met taxichauffeurs, journalisten, arbeiders, winkeliers,... De druk vanuit de Russische bevolking werd groot. Gorbatsjov wilde geleidelijk politieke en economische vrijheid invoeren. Frank besefte dat je in de Sovjet-Unie niet zachtjesaan stoom kon aflaten. Als de stop uit het vat zou worden gehaald, zou de inhoud met een knal tot tegen het plafond schieten. Hij voorzag met de grootste precisie de val van de Berlijnse Muur, de eenmaking van Duitsland, de bevrijding van Oost-Europa en de implosie van de Sovjet-Unie.'

'En met het einde van de Koude Oorlog is mijn vader gaan rentenieren,' zei Harry schamper.

Sandra's ogen schoten vonken. 'Jouw vader was vierendertig toen hij internationaal aan de top stond. Even oud als jij nu bent. Heb jij enig besef van het belang van zijn journalistieke verdienste?'

'Heb jij enig besef wat voor waardeloze vader hij was?' zei Harry.

2

Het was donker in kamer 423. Een wandlamp verspreidde een naargeestig blauw schijnsel en er hing een lucht die zo zuur was als riooldamp. Harry's vader lag buiten bewustzijn in een vallei van kussens. Zijn mond stond open en zijn rochel kwam van diep.

'Vader?'

Harry kneep in de handen van zijn vader, die zijn ogen opende. Na twee tellen ging zijn mond dicht en weer open. 'Dag mijnheer en madame Van Muylders,' zei zijn vader. Wat gek dat hij juist nu moest denken aan hun oude buren in de Van Kerckhovenstraat in Antwerpen. Buren uit een tijd toen mama, papa en hij een gezinnetje vormden. Mijnheer en madame Van Muylders woonden op nummer zestien. Hij was een gepensioneerd wiskundeleraar, zij een oud-verpleegster. Ze deden altijd alles samen. Als je hem zag, zag je haar. Als kind groette hij hen op straat met 'Dag mijnheer en madame Van Muylders'. En zelfs nadat mevrouw Van Muylders was overleden, zei hij tegen de door verdriet overmande buurman: 'Dag mijnheer en madame Van Muylders.' Verderop in de straat woonden de Witte Neger en zijn vrouw, die zo klein was dat ze twee kussens op haar stoel moest leggen om aan tafel te kunnen eten. Dan waren er nog Dikke Campo, handelaar in kachels en stoofbuizen, tante Emma en tante Leentje, Smoelbergop, een vrouw met zo'n onderbeet dat ze van haar eigen neusvocht kon drinken, en de Rus, een oude stoombootkapitein uit de Krim. Het was op zijn dak dat de Rolvogel zat. Harry kneep weer in de koude hand van zijn vader.

'Weet u nog van de Rolvogel, vader?'

'De Rolvogel?'

Frank sloeg aan het denken.

'Wat was dat, de Rolvogel?'

'Dat was die vogel op het dak van de Rus. Je vertelde altijd hoe die vogel geen vleugels had en zich naar beneden liet vallen, over straat rolde tot in Zaventem, daar op een vliegtuig stapte en boven onze straat uit het toestel sprong om te landen op het dak van de Rus, en daarna onmiddellijk begon aan zijn volgende tocht naar Zaventem.'

'De Rolvogel.'

'Ja vader, de Rolvogel.'

'And who are you?'

'Ik ben je zoon. Harry.'

'Harry Kissinger?'

'Nee pa, 'Harry, je zoon.'

De ogen van zijn vader zochten vertwijfeld de muren af naar een punt van herkenning. Harry stond op en stak zijn hoofd naar voren.

'Ik ben het, pa. Harry.'

Maar de hersenen van zijn vader kenden geen Harry.

Harry kon zich slechts één gelegenheid herinneren dat hij en vader zo dicht bijeen zaten. Dat was op het eind van een zaterdagnamiddag. Eerst waren ze gaan voetballen in het park. Het was de eerste keer dat ze samen met de bal speelden en het zou meteen de laatste keer zijn. In plaats van op een open grasveldje te voetballen zoals andere vaders en zonen deden, bakenden zij een veld af tussen de bomen die zo mee in het spel werden betrokken. Nadat Harry zijn vader had omspeeld, moest hij nog voorbij twee jonge beuken vooraleer hij kon scoren. Op dat ogenblik besefte Harry niet dat deze voetballerij slechts onderdeel was van een groter plan. Toen zij weer thuis waren en hij met een koek aan tafel zat, schoof vader een stoel bij.

'Jongen, je zult je wel eens hebben afgevraagd waar de kindjes vandaan komen?'

Eerlijk gezegd, daar had de kleine Harry nog niet bij stilgestaan. Aan vaders geladen stem te horen, moest het om een goed bewaard familiegeheim gaan. En dat was het ook. Zowel vader als zoon zaten zo ongemakkelijk dat ze beide opgelucht waren toen de voorlichting voorbij was en de lamp weer aankon.

☆

Een Aziatische man in verplegersuniform kwam binnen.

'Sorry, ik wist niet dat Frank bezoek had.'

'Ik ben zijn zoon.'

'Blij u te ontmoeten. Ik ben Mike, Franks buddy. Heeft hij u herkend?'

'Helaas niet. Wat bedoelt u met buddy?'

'Op de palliatieve unit van Saint Paul's worden de patiënten omringd door een team van artsen en verpleegkundigen. Eén van de verplegers wordt de buddy.'

'De stervensbegeleider?'

'Ja, zoiets. Bij de buddy kan de patiënt terecht met zijn gevoelens van angst en zijn vragen rond leven en dood.'

'Waar vroeger de priester voor was?'

'Die is er ook nog. Alleen staat een buddy altijd klaar. Eén berichtje naar de PUH en ik ben er.'

'De PUH?'

'De Palliatieve Unit Helpdesk.'

'Het lijkt me een deprimerende taak. Hoe lang verblijft een patiënt op deze afdeling?'

'Gemiddeld twee weken.'

'Haalt mijn vader dat gemiddelde?'

'Ik vrees van niet. Het is een kwestie van dagen.'

'Heeft hij nog iets gezegd dat ik als zoon moet weten?'

'Frank heeft tegen mij nooit van een zoon gesproken. Het spijt me.'

'Het verbaast me niet. We hadden een apart leven.'

'En toch ben je ontgoocheld,' zei de verpleger. 'Diep in je hart hoop je dat je vader om jou heeft gegeven.'

'Ach. Ik heb hem sinds mijn twaalfde jaar niet gezien of gesproken.'

'Ik had tijdens onze gesprekken wel het gevoel dat Frank wroeging had over de laatste maanden van zijn leven.'

'Vertelde hij wat hem dwarszat?'

'Integendeel. Frank hield mij af telkens als ons gesprek te persoonlijk werd. Hij liet niemand in zijn ziel kijken.'

'Kan ik bij hem blijven waken?' vroeg Harry

'Natuurlijk, ik breng een stretcher. Wilt u nog iets eten of drinken?'

'Nee, dank u wel, ik haal alleen even mijn pyjama en tandenborstel.'

Harry lag ongemakkelijk op de brits. Hij droeg een bermudashort en een T-shirt. Uiteindelijk had hij zijn pyjama niet meegenomen omdat Sandra had gezegd dat ze in de loop van de avond nog even zou binnenspringen. In zijn pyjama leek hij zo ouwelijk en bovendien miste de gulp van zijn broek een knoop.

Vader reutelde, maar hij reutelde gelijkmatig. De laatste uren van de beroemde Frank Witters waren aangebroken. Zijn overlijden zou in minstens 120 kranten worden betreurd, want vader had een spoor nagelaten. Wat was het spoor van zijn zoon? Geen hond die het zou oppakken.

☆

Harry hees zich in zijn broek en liep op blote voeten naar de koffieautomaat. De trolley van de nachtzuster stond geparkeerd bij een kamer waar het lampje boven de deur rood oplichtte. Achter de deur hoestte iemand zijn longen binnenstebuiten. Bij het kruispunt van vier gangen hoorde Harry gefluister. Hij hield zijn pas in en gluurde om de hoek. Aan de koffieautomaat stonden Sandra en Mike, de verpleger. Ze hielden elkaar bij de handen vast. Sandra fluisterde iets wat Harry niet verstond. Dan zoende Mike haar op het voorhoofd.

Harry keerde zich om, sloop terug naar de kamer, stroopte zijn broek af en legde zich op de brits. Dit was de tweede keer op één dag dat hij zo'n terugtrekmanoeuvre moest maken. Dat bedoelde ze vanmorgen dus aan de telefoon met 'Ik zie je vanavond'.

Geen minuut later ging de deur open en stak Sandra haar hoofd naar binnen.

'Hoe gaat het ermee?' fluisterde ze.

Harry deed alsof hij wakker werd.

'Hij ademt regelmatig.'

Sandra schoof een stoel bij.

'En hoe gaat het met jou? Heb je niets nodig?'

'Een warme chocolademelk zou me smaken.'

'Ik haal er wel een,' zei ze en ze vloeide weer de kamer uit.

Verdomd, dacht Harry. Haar man is nog niet dood of ze staat te flirten met uitgerekend zijn stervensbegeleider.

☆

Het was halfvier en Harry voelde zich gekreukeld. Hij stond op om een drankje te halen. Het was stil op de gang. Op stijve benen liep hij langs de deuren. Zelfs de moeilijkste patiënten waren uiteindelijk in slaap gesukkeld. Van de nachtzuster was geen spoor te bekennen. Hij kocht een Coke. Om de tijd te doden las hij de kaartjes op het prikbord van de afdeling. Het waren berichten van familieleden die het personeel dankten voor de zorg die aan hun dierbare werd verleend. Tevergeefs zo bleek, want op het prikbord hingen even zoveel doodsberichten. Vaak vergezeld van foto's van gekrompen hoofdjes die amper hun veel te grote gebit konden inhouden.

Toen hij terug bij kamer 423 kwam, zag hij door het vierkante raampje in de deur twee oudere mannen bij het bed van zijn vader staan. Die hapte naar lucht en richtte zich op. Hij wees met zijn vinger naar de muur alsof hij daar een prent of schilderij zag hangen.

'Midden onder u staat hij die na mij komt. La Lumaca,' hoorde Harry zijn vader bezig.

De twee mannen schoten naar voren. Een van hen nam vader bij de schouders en duwde hem zachtjes achterover in de kussens. Het tafereel zag er zo goedaardig uit dat Harry besliste om even te wachten. De mannen staken beiden in een gerimpeld pak waarvan de broekspijpen minstens drie vingers te kort waren. Bij de langste priemden de gesteven punten van zijn hemdsboord als gebroken vleugeltjes recht vooruit. Met enkele vlugge bewegingen prikte hij in vaders vinger en ving een druppel bloed in een buisje. Nadat ze hun gerief hadden weggestopt, tekenden ze om de beurt met hun duim een kruisje op het voorhoofd van Frank Witters.

Op dat ogenblik stapte Harry naar binnen. De twee mannen voelden zich allesbehalve betrapt. Ondanks hun sjofele kleding maakten ze indruk. Hun ogen stonden dwingend en bij een van hen was de mond niet meer dan een koppige streep.

'Sorry dat we op een ongelegen moment komen,' zei de eerste man. Hij sprak Engels met een Oost-Europees accent.

'Ik vrees dat er niet zoveel andere momenten zullen komen. Mijn vader is aan zijn laatste dagen begonnen,' zei Harry.

'Ik weet het,' zei de man en op zijn teken maakten ze aanstalten om te vertrekken.

'En u bent...?' vroeg Harry.

'Vrienden van vroeger,' zei de oudste terwijl hij naar de deur liep.

'Oude vrienden,' zei de ander en hij wees op de missaal die op het tafeltje naast het bed lag.

Harry pakte het boek en las de titel: *The Canterburry Preacher's Companion*. Op de eerste bladzijde van het boek stond geschreven: 'In Paradisum deducant te angeli – Ten paradijze geleiden u de engelen'. De opdracht was ondertekend door Il Gruppo. Halverwege stak een gevouwen blaadje ruitjespapier. Harry las: 'In de boekenkast van je vader staat een uitgave van *Man Trap* van Sinclair Lewis. Neem het mee. Het is voor jou.' Toen hij opkeek glipten de mannen de deur uit.

☆

Van onder zijn plaid hoorde hij hoe de nachtzuster heen en weer liep aan de andere kant van het bed. Tik-tak, tik-tak. Van links naar rechts en terug. Er was iets met die voetjes, maar de slaap zat nog in zijn hoofd. Tik-tak, tik-tak. Opeens wist hij het. Verpleegsters tiktakken niet omdat verpleegsters nooit op naaldhakken lopen. Ze hebben van die witte sandalen met essenhouten zolen aan hun voeten. Harry kwam overeind en zag nog net hoe de deur dichtviel. Wat bleef was een wolk goedkope deodorant. Een mix van amandel en zonnecrème. Hij trok zijn broek op en liep de kamer uit. Hij hoorde hoe de naaldhakken aan het eind van de gang de hoek om waren. Hij snelde in de richting van het geluid en botste op een dam van drie verpleegsters die op ronde waren.

'Kunnen wij u helpen?' vroeg de oudste van de drie die in het midden liep.

'Niet echt. Ik zocht...'

Harry hoorde hoe verderop een deur werd opengeworpen. Hij wurmde zich voorbij de verpleegsters en rende naar de deur die uitgaf op het trappenhuis. Harry stortte zich naar beneden. Hij was halverwege tussen de tweede en de eerste verdieping toen hij hoorde hoe buiten een auto remde, een portier werd dicht gesmakt en de auto weg raasde.

Terug in de kamer zag hij hoe zijn vader probeerde uit bed te klimmen. Hij had al één been over de spijlen.

'Vader, wat ga je doen?'

'Ik wil naar het toilet. Ik moet plassen.'

Harry drukte zijn vader terug in de kussens.

'Ik bel de verpleegster.'

'Ik moet nu plassen.'

Harry aarzelde even en greep dan toch naar de bedpan. Hij trok het ziekenhuisschort omhoog. Het was de allereerste keer dat hij vaders geslacht zag. Het leek een ziek pimpelmeesje in een veel te groot nest. Harry pakte het kopje van het vogeltje tussen duim en wijsvinger en stak het in de bedpan. Een flauw straaltje volgde. Toen was het voorbij. Vader zakte weer weg in de doezel van de verdoving.

's Anderendaags stierf de beroemde Frank Witters in zijn slaap. Er was niemand bij hem toen het gebeurde. Zijn laatste woorden waren: 'Ik moet nu plassen.'

3

Frank Witters was dood en tussen zijn vrouw en zijn zoon zat er kou in de lucht. De begrafenisplechtigheid zou plaatshebben in Naramata aan het Okanagan Lake, waar Frank woonde. Harry zou alvast vooruit reizen. Sandra zou twee dagen later komen, want er moest nogal wat worden geregeld in Vancouver. Hij bood zijn hulp aan. Zij wees die af. Zelfs nadat hij had aangedrongen. Ze gaf hem de sleutels van de Toyota en van het huis in Naramata. Ze wil me gewoon kwijt, dacht hij.

Vlak voor hij vertrok, liep hij naar de bibliotheekkast van Sandra en zocht hij naar *Man Trap*. Zijn ogen dwaalden langs een rij Russische auteurs. Daaronder de Amerikanen: E.L. Doctorow, Updike, Cheever en Roth. Het onooglijke boekje van Sinclair Lewis stond verdekt opgesteld tussen Thorton Wilder en Jack Kerouac. Zonder het verder te bekijken, stopte hij het in zijn koffer.

☆

Na vier uur rijden zag Harry het meer glinsteren tussen de heuvels. Vanaf Penticton voerde de weg langs wijngaarden die tegen de hellingen gedrapeerd lagen. De laatste kilometer hield hij de routebeschrijving die hij van Sandra had meegekregen, op het stuur. Rechts afslaan in Aikens Loop, voorbij Elephant Island Orchard Winery tot aan Old Main Road.

Harry opende het smeedijzeren hek en liet de auto honderd meter uitbollen tot aan een buitenmaats huis. Het middengedeelte was in grijze natuursteen opgetrokken. De linker- en de rechtervleugel waren van gestapelde boomstammen. Hoge ceders wierpen hun schaduw op de voorgevel.

Harry opende de deur, deed snel drie passen naar het alarm en toetste zoals Sandra had gezegd de cijfers 1-4-9-2 in. 1492, het jaar dat Columbus Amerika ontdekte.

Achter de hall lag de woonkamer. Het rook er naar boenwas. Zoals de flat in Vancouver: naar nieuw dus. Drie van de vier hoge muren waren van dezelfde gestapelde boomstammen die hij aan de buitenkant van het huis had gezien. De vierde wand was grotendeels van glas, met uitzondering van een gigantische stenen haard waarboven de opgezette kop van een eland prijkte. Had zijn vader die zelf geschoten? Op een beige klassiek tapijt stonden brede, donkerbruine lederen fauteuils rond een lage tafel.

Harry stapte naar buiten op een patio van *flagstones*. Daarachter begon een kortgeschoren grasveld dat honderd meter verder reikte tot aan de oever van het meer. Op het water hing een roeiboot aan een boei. Nergens was een mens te bespeuren. De stilte was compleet. Net toen hij op een van de twee *deckchairs* wilde gaan liggen, ging de telefoon.

Harry nam op.

'Mike, it's me. Sandra just told me. Mike? It's you, Mike?' vroeg een man met een Noord-Amerikaans accent.

'No, I'm Harry, the son of Frank.'

Aan de andere kant werd prompt de hoorn ingelegd. Diegene die hem belde, ging er dus van uit dat Mike hier was. Hoe lang was het al aan tussen Sandra en die Chinees? Wist zijn vader van hun verhouding?

Harry smeerde twee crackers, opende een blik Cola Diet en ging op het terras zitten. Hij bladerde nog even in het februarinummer van *Garden Life*.

☆

Het licht op het meer was veranderd en er waaide nu een frisse bries. Harry werd met een rukje wakker. Hij had het gevoel dat hij werd bespied. Hij keek rond en zag opzij van het grasveld, half verscholen achter een van de ceders, een gestalte staan. Harry kwam overeind en tegelijk maakte de schaduw zich los van de boom. Een man kwam naar hem toe. Hij was lang en mager en liep voorovergebogen. Hij moest ongeveer zeventig zijn. Zijn uitgedroogd gezicht stond vriendelijk.

'Goedemiddag. Ik ben Nicolae Calson. De buurman.'

'Harry Witters.'

'De zoon van Frank?'

'Ja.'

'Hoe is het met hem?'

'Vader is gisteren overleden.'

'Ach, het spijt me zeer. Gecondoleerd. Het is dan toch nog vlug gebeurd. Twee weken geleden zat hij nog waar u nu zit.'

'U kende mijn vader?'

'Jazeker. Ik woon anderhalve mijl verderop. Frank en ik waren vrienden.'

'Uw Engels heeft een accent dat ik niet kan thuisbrengen,' zei Harry.

'Ik ben Roemeen. Uw vader was goed op de hoogte van de situatie in mijn land. Zo zijn we in gesprek geraakt. Frank was een man met een boeiende kijk op de dingen. Een fijne vent om mee te praten. Zulke mensen zijn zeldzaam in Canada.'

'Ik weet niet beter dan dat Canadezen best aardig zijn.'

'Vriendelijk, maar amper geïnteresseerd. How are you, vragen ze en eigenlijk willen ze het niet weten.'

'Wat bracht u in Canada?' vroeg Harry.

'Ik was professor Toegepaste Materiaalkunde aan de universiteit van British Columbia in Vancouver. Sinds ik met pensioen ben, woon ik hier in Naramata. Okanagan Valley is de zonnigste spot van het land. Schitterend om je oude dag te slijten.'

'Woont u al lang in Canada?'

'Twintig jaar. Ik ben mijn land ontvlucht wegens het Ceausescu-regime. Vanuit het refugeekamp in Griekenland werden Roemeense vluchtelingen over de hele wereld verspreid. Omdat ik Frans sprak, kwamen mijn dochter en ik in Canada terecht. Merkwaardig genoeg niet in Quebec of Montreal, maar in Vancouver. Ik kreeg er een aanstelling als docent. En u hebt gelijk: Canadezen zijn aardige mensen. Alleen hebben ze geen cultuur. Ik bedoel dat ze niet zoals Roemenen, Italianen of Grieken tot laat in de nacht kunnen discussiëren over politiek en voetbal.'

'U klinkt bitter.'

'Ach, ik denk dat ik gewoon te oud was om te emigreren. Zoiets moet je doen als je jong bent. Ik was bijna vijftig. Met jouw vader kon ik wel praten. God hebbe zijn ziel.'

'En schoot u ook zo goed op met zijn vrouw?'

'Met Sandra?' De lach op zijn gezicht doofde als een oude kerkkaars. 'Eerlijk gezegd: neen. Dat gevoelen was wederzijds. Ze moest mij niet en dat liet ze ook merken. Frank zat daarmee verveeld. Wij ontmoetten elkaar dan ook alleen als zij in Vancouver bleef.'

'Wat vindt u van haar?'

'Ik weet niet of het gepast is om op uw vraag in te gaan.'

'Ik ken Sandra sinds enkele dagen en onze relatie is niet bepaald warm te noemen.'

'Wel, zoals u al gemerkt zult hebben, is ze mooi, elegant en intelligent, maar...' De professor aarzelde.

'Maar wat?'

Calson wuifde afwerend met zijn lange handen.

'Het is al laat,' zei hij. 'Dora wacht met het eten. Dora is mijn dochter. Mag ik u uitnodigen om vanavond een glaasje te komen drinken? Ik heb een fles Negru Virtos op de kop kunnen tikken, wijn gemaakt van een oude Roemeense druivensoort. U loopt de straat uit tot aan het eerste kruispunt. Wij wonen in de witte bungalow op de hoek. Halfnegen, schikt u dat?'

Eigenlijk wilde Harry alleen zijn die avond. Maar hij was benieuwd naar wat de professor over Sandra te zeggen had.

'Ik zal er zijn,' zei hij.

☆

Harry haalde de pocket die hij meegenomen had uit de boekenkast van zijn vader uit zijn koffer.

Man Trap, a novel of the Canadian Wilds by Sinclair Lewis. Het boekje telde 185 vergeelde bladzijden. Binnenin stak een in tweeën gevouwen papier, met tape vastgemaakt aan bladzijde 108.

Beste zoon,

Als je dit leest, ben ik dood. Waaraan ben ik gestorven? Hoogstwaarschijnlijk was mijn hart de oorzaak. Ik heb al enkele jaren een zwakke hartklep. Dat zit in de familie. Mijn vader werd geen 58 en zijn vader haalde zelfs de 55 niet.

Of heeft iemand het lot een handje geholpen? Voor sommigen werd ik op het laatst een 'real pain in the ass'. Ik had een laatste scoop in mijn lade liggen. Niet zomaar een primeur. Nee, het was nieuws wat het lot van de wereld zou veranderen. Nieuws dat als een breekmes door een rijpe zweer snijdt. Voor sommigen zou de onthulling een drama zijn geworden. De angst voor de ondergang was misschien zo groot dat ze mij hebben omgelegd.

Oude vrienden van mij die zich hebben verenigd in Il Gruppo, onderzoeken deze piste. Je zult zeker van hen horen.

Harry, ik heb je lelijk in de steek gelaten. Ik heb op zeker ogenblik een keuze gemaakt die mij een boeiend leven heeft opgeleverd. Ik besef dat die keuze ten koste was van jou en je mama. Het ontbrak me aan lucht in ons huis. Ik kwam in ademnood in onze straat, voelde me opgesloten op de redactie. Antwerpen verstikte me. Ik moest weg. Het was zeker jouw schuld niet en ook mama maak ik geen verwijt. Zij heeft altijd erg haar best gedaan. Jullie verdienden beter. Op zeker ogenblik lag de wereld voor me open en heb ik de kansen gegrepen die me werden geboden. Zonder stil te staan bij wat ik achterliet. Hoe egocentrisch kan een mens zijn? Je was tien jaar toen ik je verliet en sindsdien hebben we elkaar niet meer gezien of gesproken. Ik vond toen dat als je vertrekt, je ook weg moet blijven en niet om de haverklap je kop moet binnensteken als een sinterklaas-vader. Dat belachelijk idee zat na enkele jaren als een gloeiende bout in mijn hersenen geklonken. Stom natuurlijk. Ik had je gewoon af en toe moeten komen opzoeken. Al was het één uur per jaar. Ik heb daar nu zo'n spijt van, jongen.

Harry, ik heb mijn kans gepakt. Ik wil jou ook die kans geven. Kluis 8071 in de kelder van de RBC United Bank in de Pelikaanstraat in Antwerpen. De sleutel is verwerkt in de rug van dit boekje. De code is VKS 022. Ons oud adres: Van Kerckhovenstraat 22. Verscheur de brief als je hem hebt gelezen.

Adieu zoon, denk aan mij
Je vader

Harry voelde dat de sleutel in de kaft van het boekje stak. Hij wist niet wat hij moest denken van de woorden 'Of heeft iemand het lot een beetje geholpen?'

☆

Wat Calson een bungalow noemde, was in feite een middelgrote villa midden in een keurig onderhouden tuin. Voor de garagepoort stond een minstens tien jaar oude Buick. Calson verwelkomde zijn gast op het terras op de eerste verdieping. Er stonden vier rieten stoelen rond een smeedijzeren tafeltje. Aan de overkant van het meer tekenden de heuvels zich af in het laatste daglicht. Van een dochter was geen sprake.

Meer dan een uur lang praatten ze over cultuurverschillen tussen Europa en Noord-Amerika, televisieprogramma's, wijn, de toevloed van Chinezen in Vancouver, het gebrek aan weerbaarheid bij de westerlingen. Het viel Harry op dat Calson telkens de voorzet gaf om dan het woord te laten aan zijn gast. Uiteindelijk had Harry het gevoel dat hij werd uitgehoord. Op een uiterst charmante manier, dat wel. Of was het de Roemeense wijn die hem naar het hoofd steeg? Harry worstelde met de vraag of hij zou blijven zitten of beleefd afscheid nemen.

'Het wordt fris,' zei Calson opeens en nam de fles en de glazen mee naar binnen. Het was helemaal niet fris, integendeel, er hing een loom temperatuurtje op het terras. Binnen was het zelfs drukkend. Harry liet zich in een afgeleefde tweezitsbank zakken en wachtte. Calson sloot de glazen deur.

'Hoe is het met Sandra?' zei hij terwijl hij op een stoel plaatsnam.

'Ze houdt zich dapper,' antwoordde Harry. 'Het is niet gemakkelijk voor haar.'

'Heeft zij jou ook het verhaal van Paul Nitze op de mouw gespeld?' vroeg Calson. Er was iets veranderd in zijn manier van praten. Hij was opeens veel minder de lieve oude buurman.

'Van die ontmoeting in de bar van het hotel?'

'Ja. Wat vind je ervan?'

'Het klonk overtuigend.'

'Geloof je nou echt dat een Amerikaans toponderhandelaar zich zomaar bezat in de bar van een hotel dat wemelt van de journalisten? Mannen van zijn kaliber verblijven in een beschermde suite met bodyguards voor de deur. Die gaan niet drinken met een buitenlandse journalist.'

'Waar haalde vader dan die informatie over Breznjev en Andropov?'

'Van ons. En dan vraag jij: wie zijn ons?'

'Ja, wie zijn ons?'

'Ik zeg het je heel direct: het Vaticaan.'

'Het Vaticaan?'

'Om precies te zijn: het UIV, het Ufficio Informazioni del Vaticano.'

'Werkte u zelf voor die inlichtingendienst?'

'Agent Calson. Reparto Europa dell'Est. Regiona Rumania. Settore Bucarest. At your service.'

'Ik wist niet eens dat het Vaticaan een inlichtingendienst had.'

'Het Ufficio Informazioni is zelfs de grootste geheime dienst ter wereld. Tenminste, als je het netwerk van informanten rekent. Johannes Paulus II was de eerste paus die intensief gebruik heeft gemaakt van het Ufficio. Als Pool had hij één grote missie: het communisme ten val brengen. En daar moest de geheime dienst alle mogelijke inlichtingen voor verzamelen. Een fractie van die informatie werd doorgespeeld aan de CIA en de Britse MI6. Het merendeel was voor eigen gebruik.'

'En hoe paste vader in dat plaatje?'

'Jouw vader had zijn eigen informanten achter het IJzeren Gordijn. De meesten werkten ook voor ons. Enkelen exclusief voor je vader. Meestal waren dat hooggeplaatste politieke en zelfs militaire leiders. Mensen naar wie wij al langer hengelden, maar voor wie collaboreren met de inlichtingendienst van het Vaticaan te ver ging. We zochten contact met je vader en we kwamen tot een overeenkomst om informatie naar elkaar toe te schuiven. In het begin was jouw vader tamelijk argwanend. Zodra hij ondervond dat het systeem van uitwisseling hem ook profijt bezorgde, deed hij enthousiast mee.'

'Waarom vertelt u me dit?'

'Omdat het Ufficio jou een soortgelijk voorstel wil doen.'

'U maakt me nieuwsgierig.'

De professor hield zijn hand op. 'Ik ben slechts de verbindingsofficier. Jij neemt. Wij geven.'

'Wat geven jullie dan?'

'Net zoals aan je vader: exclusieve informatie die jij kunt gebruiken in je artikels.'

'Waarom vertrouwt u mij?'

'Wij kennen je door en door.'

Harry stapte in het aardedonker de anderhalve mijl naar het huis van zijn vader. Hij was in gedachten verzonken toen hij bij het hek zag dat tussen de bomen iemand met een zaklantaarn zwaaide. Harry bleef staan en deed behoedzaam een stap opzij. Een tak brak onder zijn voet en de lichtbundel zwenkte in zijn richting en scheen in zijn gezicht. Met enkele snelle passen stond de figuur vlak voor hem. Hij zag geen steek omdat de lamp op zijn gezicht gericht bleef.

'Waar heb jij gezeten?' klonk de bitse stem van Sandra.

'Ik heb een avondwandeling gemaakt.'

'Een wandeling van drie uur? Ik heb de hele avond geprobeerd je te bellen.'

'Ik had mijn gsm niet bij me. Trouwens, ik dacht dat jij pas overmorgen zou komen.'

'Ik ben van gedachte veranderd, en maar goed ook. Zo heb ik misschien mijn huis gered, want toen ik thuiskwam, stond de deur op een kier en was het alarm niet aan. Iedereen kon zo naar binnen.'

Ze draaide zich om en liep in de richting van het huis. 'Je ruikt naar drank,' stelde ze hardop vast.

Harry ging haar achterna.

'Ik ben een glaasje gaan drinken bij de buren.'

'Buren? Wat voor buren? Wij hebben hier geen buren.'

'Ik was bij professor Calson.'

'Dat vreesde ik al. En wat had professor Calson te zeggen?'

'Niets bijzonders. We hadden het over mijn vader, over hun vriendschap.'

'Jouw vader kon de man niet luchten.'

'Calson had anders een heel verhaal over hoe vader aan zijn informatie geraakte. Een ietwat, hoe moet ik het zeggen, godsdienstige uitleg.'

Sandra trok wit weg.

'Hij had het over een soort van deus ex machina.' Harry genoot ervan hoe zij op stang werd gejaagd.

'Deus? De enige god die Calson kent, is het DIE. Weet je wat dat is? Het Departamentul de Informatii Externe. Jouw mijnheer Calson was een Roemeense spion. Jarenlang, zelfs na zijn ontslag uit de dienst, bleef hij jouw vader achtervolgen. Calson is een dubbelgebakken communist en zal dat altijd blijven.'

'Dat verzin je ter plekke.'

'Ach man, keer terug naar je dorp. Wat jouw vader deed, was grotemensenwerk. Daar hoor jij niet bij.'

'En jij wel, Sandra? Of profiteerde jij gewoon mee van zijn naam?'

'Ik hield van hem.'

'Waar was jij dan op het moment dat Frank stierf? Ik had de nacht tevoren gewaakt. Het was aan jou om naast zijn bed te zitten. Maar nee, er waren belangrijkere dingen te doen. Zoals flirten met Mike, de Chinese stervensbegeleider.'

'Dat is bespottelijk.'

'Ik heb jullie gezien. Terwijl vader bezig was met zijn laatste adem uit te blazen, stonden jullie als kirrende tieners aan de kofffieautomaat. Zo graag zag je hem.'

Hij schrok van zijn eigen heftigheid. Sandra stond met haar armen over elkaar. Ze wilde wat zeggen, maar liep ziedend weg. Harry hoorde een deur slaan. En nog een.

☆

Harry stond op het terras. Was hij te ver gegaan? Zeker niet. Zij beet zijn neus af toen hij over Calson begon. Wat was er tussen die twee dat ze zo'n hekel aan elkaar hadden? Hij liep langs de donkere achterkant van het huis. Slechts één raam was verlicht. Het stond op een kier. Harry keek naar binnen en zag hoe Sandra haar beha losknoopte, haar slip afstroopte en onder de douche stapte. Ze begon met het inzepen van haar ranke benen en ronde heupen. Op deze schoonheid had de Schepper echt zijn best gedaan. Nou vader, dat had je goed voor elkaar.

Sandra zeepte haar kleine borsten in, toen Harry een hand op zijn schouder voelde.

'Mooie vrouw, hé,' fluisterde Mike in zijn oor.

Harry voelde zich betrapt en kon niet meteen een antwoord verzinnen.

'Ik wist niet dat jij hier ook was,' zei hij ten slotte.

'Ik ben samen met Sandra hierheen gereden om mee te helpen met de voorbereiding van de begrafenis.'

Beide mannen bleven onbeschaamd naar binnen kijken. Pas toen Sandra aanstalten maakte om de douchekranen dicht te draaien en het geluid van het water stiller werd, slopen ze weg. Om de hoek hield Mike Harry tegen.

'Ik heb jullie ruzie gehoord. Het zijn mijn zaken niet, maar ik hoorde wel mijn naam vallen. Je denkt toch niet dat Sandra en ik geliefden zijn? Als jullie ruzie daarover ging, dan is het omdat je mij niet kent. Ik val namelijk niet op vrouwen. – *I'm gay*.'

4

De volgende twee dagen ontliepen Harry en Sandra elkaar. Dat was niet zo moeilijk, want zij was samen met Mike van 's morgens tot 's avonds in de weer met de voorbereiding van de begrafenis. Zij had van het gemeentebestuur de toelating gekregen om de afscheidsplechtigheid te houden op het grasveld achter de Naramata Yacht Club. Een cateringbedrijf zorgde voor een tent met stoelen, een geluidsinstallatie en bloemen. Als de kist naar het crematorium was vertrokken, zou aan de oever van het meer een ontvangst plaatsvinden.

Harry werd met opzet uit de voorbereiding geweerd. Hij had zijn hulp ook niet meer aangeboden. Hij moest denken aan de begrafenis van zijn moeder, vier jaar geleden. Hij had toen zelfs geen inspiratie om een paar persoonlijke woorden te schrijven voor het doodsprentje. Hij had er zich van afgemaakt met een citaat dat hij ergens had gelezen:

'Moeders gaan, maar sterven niet. Zo lang men moeders kinderen ziet, zo lang zal moeder leven.' Zijn moeder was gestorven zoals ze had geleefd.

☆

Harry reed met de Toyota richting Penticton tot hij opzij van de weg een wijnhuis zag waar ook lunches werden geserveerd. Er zat niemand anders op het terras. Hij bestelde kip met paddenstoelen en een glas van de plaatselijke chardonnay. De patron zelf kwam vragen of alles naar wens liep. En of hij een toerist was, want het was al laat op het seizoen.

'Mijn vader wordt overmorgen begraven.'

'Dan bent u de zoon van Frank. Mijn condoleances. Frank was een geschikte vent. Hij kwam hier geregeld voor de lunch. Meestal zat hij daar in de hoek samen met zijn vriend.'

'Zijn vriend?'

'Een professor die hier in de buurt woont.'

'Nicolae Calson?'

'U kent hem dus ook?'

'Ik heb hem één keer gesproken. Was de vrouw van mijn vader erbij?'

'Die heb ik hier nooit gezien. Af en toe was er nog wel een derde man bij. Een zware vent met reusachtige handen. Ik herinner me die handen, want hij wreef ze altijd alsof hij het koud had. Waarschijnlijk een slechte doorbloeding.'

'Was hij een Canadees?' vroeg Harry.

'Met al die immigranten is dat moeilijk te zeggen. Ik denk eerder dat hij een Italiaan was.'

☆

Op weg naar huis passeerde Harry de bungalow van Calson. Hij stopte en liep de tuin in. Nog voor hij 'Hallo' kon zeggen of 'Is er iemand thuis?' zag hij een vrouw liggen zonnen in het gras. Zij had een rood slipje aan. En een zonnebril. En oorbellen. Verder niets. Dit was de tweede keer in twee dagen dat hij werd geconfronteerd met een naakte vrouw. Dat was twee keer zoveel als in het voorbije jaar.

In tegenstelling met Sandra had deze vrouw iets weelderigs in haar figuur. Haar borsten wezen naar de hemel als twee koepels afweergeschut. Ze waren net zo koperbruin als de rest van haar lichaam.

'Ben ik goedgekeurd?' lachte ze van onder haar zonnebril.

'*These are the results of the Belgian jury: Canada 10 points*,' zei Harry, die deze keer niet in het minst uit zijn evenwicht werd gebracht. Hij ging naast haar zitten.

'Kom je voor mij of voor mijn vader?' Haar ogen hadden een onbeschaamde uitdrukking.

'Eerlijk gezegd: voor je vader.' En ook hij bleef brutaal kijken.

'Mijn vader is naar Vancouver. Hij komt morgenvroeg naar huis.'

Zij stond op. 'Ik ben Dora en jij moet Harry zijn,' zei ze terwijl ze het bovenstukje van haar bikini vastknoopte. Hij volgde haar tot in de keuken, waar ze een fles sinaasappelsap uit de koelkast haalde. Zij zette de tuit aan haar mond en dronk. Daarna gaf zij de fles aan Harry. Heel even aarzelde hij. Dan dronk hij ook. Zonder de tuit te vegen.

'Ik heb begrepen dat mijn vader jou een voorstel heeft gedaan,' zei Dora.

'Hij heeft alleen gezegd dat er een voorstel komt.'

'Heb je interesse?'

'Ik verwerp niets, maar aanvaard weinig.'

'Het is jouw keuze. Je huidig leventje ken je, een mogelijk nieuw leven niet.'

'Zo te horen behoor jij ook tot het Ufficio.'

Dora kwam nu wel heel dicht bij hem staan.

'Ik heb je dossier gelezen,' zei ze ondeugend. De geur van Piz Buin factor 12 legde een lasso rond Harry's nek.

☆

De dag van de begrafenis was het stralend weer. Sandra en Harry stonden bij het pad dat naar het grasveld leidde om de honneurs waar te nemen. Sandra was geheel in het zwart: onder haar zwart mantelplakje droeg ze zwarte nylons en schoenen. Ze had iets breekbaars over zich. Harry had de aanvechting om zijn arm om haar heen te slaan, wat hij toch maar niet deed.

De ene na de andere limousine reed voor. De meeste genodigden waren heren van stand, sommigen in uniform. Sandra omhelsde iedereen en stelde Harry voor aan de NATO-attachés, een delegatie van de stad Vancouver, vertegenwoordigers van de Amerikaanse en de Canadese regering, de hoofdredacteur van het World Press Agency, de ambassadeurs van Rusland, Polen, Tsjechië en België, enkele tv-presentatoren, vrienden en kennissen. Twee cameraploegen bewogen zich tussen de personaliteiten. Harry liet de stoet aan zich voorbijgaan. Hij drukte handen, luisterde naar troostende woorden en antwoordde gepast.

De dienst was voortreffelijk geregisseerd. Gevoelig maar niet tranig. De sprekers hielden het sober. Frank Witters werd geschetst als een gedreven journalist met een ideaal. Zijn rol in de val van het communisme was belangrijker dan iedereen vermoedde. Tegen de stroom in varen was vermoeiend, maar het was de enige manier om de bron te bereiken, zei een UNO-afgezant alsof hij de uitspraak zelf had verzonnen. Tussen de toespraken klonken streepjes muziek van Haydn en Bach, en op het moment dat alle aanwezigen een bloem op de witte kist legden, werd Nina Simone gedraaid. *For all we know.*

Na de plechtigheid vertrok de lijkwagen naar het crematorium. Voor de genodigden werden in de tent en op het gazon sandwiches geserveerd. Er hing de stemming van een beschaafde tuinparty. De ijsblokjes tingelden in de glazen, hier en daar klonk een lach. Harry's oog viel op een stijlvolle brunette in een strapless japon met een split die zicht bood op een glad been. Toen ze met de hak van haar schoentje in een graszode haakte, werd zij opgevangen door de Belgische ambassadeur. '*Presqu'un accident*,' giechelde de rumbadanseres.

'*Almost an international incident*,' zei de ambassadeur die nog altijd zijn handen om haar middel had.

Harry werd aangesproken door tientallen hoogwaardigheidsbekleders. Ja, vader was veel te vroeg gestorven. Nee, hij heeft gelukkig niet lang hoeven lijden. Dank u voor uw komst. Harry zette een vriendelijk en tegelijk door verdriet getroffen gezicht op.

'Gecondoleerd met het verlies van uw vader,' piepte iemand achter hem. Harry draaide zich om en zag een schriel nonnetje staan. Zij had haar haar opgespeld onder een gevouwen kapje, wat haar spitse neus en muizenoogjes accentueerde. 'Gecondoleerd, ook namens de paus,' zei ze.

'Dank u wel, zuster...'

'Sabina. Zuster Sabina. Ik ben uit Rome gekomen.'

Harry had de indruk dat zij nog wat wilde zeggen, maar de schaduw van een militair viel over haar en zij trok zich ijlings terug.

'Uw vader was een buitengewoon man,' zei de militair. Harry telde snel het aantal sterren en strepen en vermoedde dat deze Amerikaan minstens majoor was.

'Hebt u mijn vader goed gekend?'

'Ik ben kolonel Edward Buchan, verbonden aan het Amerikaanse Department of Defense. Persoonlijk heb ik uw vader slechts twee of drie keer gesproken. Het is vooral zijn analyse van de internationale actualiteit die ik hoogschatte. Vertel het niet verder, maar we hebben sommige beslissingen uitgesteld omdat we eerst zijn column wilden lezen. Uw vader heeft zijn rol gespeeld. U mag terecht trots op hem zijn.'

'Dat ben ik ook, sir.'

'*It was nice to meet you, son,*' zei de kolonel.

Harry wilde zich een witte wijn halen toen een kolossale man aan een tafeltje hem wenkte. Aan zijn donker pak en Romeinse boord te zien was hij een geestelijke. Afgaande op zijn buitenmaatse handen en vierkante kin zou hij net zo goed een kermisworstelaar of een betongieter kunnen zijn.

De priester-bouwvakker ging overeind zitten maar stond niet op. Zijn haar was zo kort geknipt dat zijn schedel erdoorheen schemerde.

'Harry Witters? Het doet mij plezier met u kennis te maken. Mag ik mij voorstellen? Monseigneur Alessandro Bonfatto. Kanunnik in dienst van zijne Heilige Vader de Paus.'

'Aangenaam. U was een kennis van mijn vader, heb ik begrepen.'

'Een kennis? Zeg gerust: een vriend. Wij hebben samen urenlang gediscussieerd over de dingen des levens. Interessante man, uw vader.'

'Dat heb ik nog gehoord.'

'Ik meen het. Hij was waarlijk een dienaar van de Goede Zaak.'

'U bedoelt de Katholieke Zaak?'

'Zoals ik al zei: de Goede Zaak,' en terwijl Bonfatto dat zei tastte hij naar het gouden kruisje met ingewerkte robijn dat op zijn borst hing. 'Ik hoop dat uw vader op het laatst niet te veel heeft geleden?'

'De artsen hielden hem in een verdoving.'

'Heb je hem nog kunnen spreken?'

'Neen.'

'Heeft hij niets meer gezegd?'

'Niet echt, nee.'

'Wat jammer toch. Ik mocht je vader echt. Een fidele kerel.'

'Bedankt,' zei Harry en hij wilde zich losmaken van de grote Italiaan. Maar die legde zijn hand op Harry's arm. 'Ik denk dat we eens moeten praten.'

'*Hic et nunc?*' vroeg Harry in zijn beste Latijn.

'Nee, nee, *intra muros* en zoals wij Italianen zeggen: *È sempre l'ora*. Het is altijd tijd.' Bonfatto loste een bulderlach. 'Ik stel voor vanavond bij professor Calson.' Harry schudde zijn hoofd. 'Wel, ik...'

Bonfatto onderbrak hem met een ongeduldig gebaar van zijn hand. 'Schitterend, acht uur zal het zijn. Tot straks.'

En de pauselijke gezant stond op en liep handenwrijvend de tent uit. Harry zag hoe hij in een zwarte Lincoln stapte. Het portier werd opengehouden door een man in zwart pak en met een ringbaardje. Een bodyguard of gewoon frater Venantius? Bonfatto stak zijn hoofd door het raampje.

'Zuster Sabina! Mag ik u een lift aanbieden?'

Het nonnetje schrok, keek Harry aan, twijfelde een ogenblik en verdween dan in de auto. Harry keerde terug naar de tent. Hij werd er opgewacht door Sandra.

'Ik wist niet dat jij en Bonfatto vriendjes waren,' zei ze afgemeten.

'Hij valt best mee. Voor een monseigneur toch. Jij kent hem dus ook?'

'Het is niet omdat hij Frank achter mijn rug om ontmoette dat ik hem niet ken. Ik durf erom te wedden dat hij je heeft uitgenodigd voor een afspraak.'

'Yep.'
'En daar ga jij naartoe?'
'Yep.'
'Want hij heeft plannen met je.'
'Yep.'
'En jij ziet die wel zitten?'
'Yep.'
'Ach man, hou toch op met dat yep-yep. Zie je dan niet dat hij je een wortel voorhoudt?' Haar stem had een scherpe klank gekregen. 'Hebben Bonfatto en Calson je verteld waar het om gaat?'
'Dat komt nog.'
'Dat zullen ze doen nadat ze jou voor hun kar hebben gespannen. Dan is het te laat.'
'Er staan twee heren achter je om afscheid te nemen. Tot straks, Sandra.'
Harry slalomde naar het buffet, vanwaar hij Sandra in het oog hield. Ze was druk in gesprek met de twee mannen. Toen Sandra en haar gezelschap naar hem keken, hief hij uitdagend zijn glas.

☆

Om acht uur precies stond Harry op de veranda van Calson. Rond het tafeltje zaten de professor, zijn dochter Dora en de Grote Handenwrijver. Bonfatto kwam verrassend snel ter zake. Uit de attachécase haalde hij een dossier met rode kaft en hij legde dat met een enigszins theatraal gebaar voor zich. Harry las zijn eigen naam in de rechterbovenhoek. Bonfatto opende het dossier. Vooraan staken vier foto's. Bonfatto overhandigde ze hem. Harry zag zichzelf achtereenvolgens voor het flatgebouw waar hij woonde, in zijn auto stappend en aanschuivend bij de kassa van een supermarkt. De onderste foto toonde Harry die aan een voordeur stond. Harry herkende de deur van het massagesalon waar Véronique werkte. De foto's waren de voorbije zomer genomen, wat er op wees dat ze hem al langer in het oog hielden.

'Een beetje schrijnend, niet,' zei Bonfatto. 'Goedkope flat, goedkope auto, goedkope supermarkt en dure seks. Dit is je leven, Harry.'

Harry keek naar Dora. Ze hield haar ogen opgeslagen alsof ze het plafond bestudeerde.

'Hoe zie jij je toekomst?' ging Bonfatto verder. Harry moest denken aan toen hij als jongen van zestien op een donkere namiddag bij de directeur van het college werd geroepen. Die had Harry's laatste drie rapporten op zijn bureau gespreid.

'Wat gaan we hieraan doen, jongen?'

Harry kwam toen niet verder dan wat gestamel en ook nu schoten hem de woorden moeizaam te binnen.

'Ik ben niet ongelukkig, als u dat bedoelt. Ik hou van mijn werk.'

Bonfatto keek in zijn dossier. 'Autojournalist?'

'Jawel. Autojournalist.'

'Wil jij je hele leven schrijven over de nieuwe Audi en de airco van Renault?'

'Ik doe het graag.'

'Een jongetje van vijf dat iedere zondag achter de fanfare loopt, is snoezig. Als een man van dertig dat doet, wordt het zielig.'

'Een goedkoop leven heeft zijn voordelen.' Harry had het onbehaaglijk gevoel dat dit niet het juiste antwoord was.

'Natuurlijk. Je draagt geen verantwoordelijkheid. Voor niets of niemand.'

'Ik hoor het u graag zeggen.'

'Komaan Harry,' viel Calson in. 'We geven je de kans om in de voetsporen van je vader te treden.'

'Zoals ik als zei, bieden we je exclusieve informatie. Nieuws waarmee jij kunt uitpakken,' zei Bonfatto.

'Nieuws dat de Kerk goed uitkomt?' vroeg Harry.

'Soms moeten bepaalde waarheden worden verspreid, want onze Moeder de Heilige Kerk heeft het al moeilijk genoeg. Voor die onthullingen willen we een beroep doen op jou.'

'Wat hou ik aan onze samenwerking over?'

'Hetzelfde als je vader: roem en fortuin. We maken van jou in de kortste keren een gerespecteerd journalist, want het kan natuurlijk niet dat een redacteur van een advertentieblaadje wereldnieuws schrijft,' zei Calson.

'Als ik meedoe – en ik druk erop: áls ik meedoe – hoe zien jullie dat praktisch?'

Bonfatto nam zijn dossier op, bekeek het even en legde het weer neer.

'Om te beginnen breek je met dat prutswerk voor die advertentieblaadjes en je vestigt je als freelancejournalist.'

'Freelancers verdienen het beleg op hun brood niet.'

'Lig daar niet wakker van. Wij storten elke maand 2.500 euro op je rekening. Genoeg om in je levensonderhoud te voorzien. Al wat je als freelancer verdient, komt daar bovenop. Voorts introduceren we je bij de hoofdredacteur van een internationaal nieuwsagentschap. Hij zal je geregeld een opdracht toespelen. In de korte tijd dat je op de krant hebt gewerkt, heb je bewezen dat je wat in je mars hebt. Als dit systeem op de rails staat, nemen we weer contact met je op.'

'Van wie krijg ik mijn instructies?'

'Van mij.' Het was de eerste keer dat Dora iets zei. 'Via de telefoon. Bij elk contact hoor je eerst een stukje muziek dat vier minuten duurt. Dat lijkt lang en dat is het ook, maar die tijd hebben onze technici nodig om na te trekken of de lijn van kristal is, zoals zij zeggen. Of niemand ons afluistert. De muziek die je hoort is altijd dezelfde: *Prayer of Saint Gregory*. Vervolgens haak je in. Onmiddellijk daarna word je opnieuw gebeld. Dan pas krijg je mij aan de lijn.'

'En als ik jou wil bellen?'

'Daar is geen sprake van. Zeker niet de eerste zes maanden.'

'Ik heb nog nooit gehoord van *Prayer of Saint Gregory*. Ik ken die muziek niet.'

Dora reikte naar een taperecorder die op een bijzettafeltje stond. Ze drukte de startknop in. Onmiddellijk zweefden violen over het terras. Een trompet steeg er bovenuit. Het gezelschap luisterde ingetogen. Na vier minuten stopte de muziek.

'Wie is de componist?' vroeg Harry.

'Alan Hovhanes. Hij was een Amerikaan van Armeense komaf met veel gevoel voor mystiek. Ik vond zijn muziek ideaal om onder onze samenwerking te zetten.'

'Waarom kiezen jullie mij uit? Ik ben eerlijk gezegd toch maar een derderangsjournalist?'

'Het gaat ons om uw naam, mijnheer Witters,' zei Bonfatto vlakaf.

De flat in Vancouver baadde in het okergele licht van de namiddagzon. Sandra en Harry zaten tegenover elkaar in de grote fauteuils. Tussen hen in stond de koffie te versterven. Nog een uur en een taxi zou hem komen ophalen en naar de luchthaven brengen.

'Het waren beroerde dagen,' zei Sandra.

'Toch ben ik blij dat ik mijn vader nog heb gezien.'

'Is jouw beeld van je vader veranderd?'

'Ik had eigenlijk geen beeld van hem. Hij was al zo lang uit mijn hoofd. Ik ben wel onder de indruk van zijn bekendheid.'

En van zijn knappe vrouw, zijn flat en zijn huis, dacht Harry.

'Onze kennismaking verliep niet zo vlot,' ging Sandra verder.

'Ach. Vanaf nu zien we elkaar toch niet meer.'

Even viel een stilte.

'Harry, ik weet dat je hebt gepraat met Calson en Bonfatto. Dat ze jou een voorstel hebben gedaan. Wat ben je van plan?'

Hij haalde zijn schouders op. 'Ik weet het nog niet.'

Maar hij wist het wel, en hij zag aan haar ogen dat zij wist dat hij zijn keuze had gemaakt. Hij wilde zijn zoals zijn vader.

5

'Ik ga morgenvroeg toch proberen om een kijkje te nemen' zei Robbert Mayer 's avonds tegen zijn vrouw, terwijl ze beiden achter hun bordje *kartoffeln* zaten.

'Zou je dat wel doen, papa?' vroeg zijn vrouw Gisela. 'De politie heeft zo gevraagd om niet naar boven te gaan.'

'Dat maakt mij nu net zo nieuwsgierig,' zei hij terwijl hij zijn mond afveegde met het servet.

Van vrijdagavond af was de toegangsweg naar de Sankt-Michaelabdij in Siegburg gesloten voor alle verkeer. Zelfs de bewoners van de steile Bergstrasse mochten alleen te voet en onder politiebegeleiding naar hun huizen. De kinderspeeltuin halverwege de straat was afgezet met zwart en geel politielint.

Veel uitleg kregen de bewoners niet. De politieagenten bromden wat over een internationale conferentie die maandag zou beginnen. En ach, de mensen van de Bergstrasse deden niet moeilijk. Een belangrijke conferentie op het eind van je straat, dat maak je niet elke dag mee.

De benedictijnenabdij Sankt-Michael ligt boven op een groene bergkegel in het midden van Siegburg, een woonstad op twintig kilometer van Bonn, de hoofdstad van het voormalige West-Duitsland. Met zijn lichtgele buitenmuren en zwarte daken is het gebouw een baken voor de hele stad.

Nu was de hele berg afgesloten. Zelfs bij de wandelpaden naar boven stonden bewakers. Niemand kon er voorbij. Dat wil zeggen: niemand behalve Robbert Mayer. Hij was tweeëntachtig en verdiende wat bij als hulpkelner in de Abtei Stuben, het café naast de ingang van de abdij.

Het personeel had te horen gekregen dat wegens een conferentie met hooggeplaatste religieuze leiders de hele Sankt-Michaelsberg zou worden afgesloten. De Stube moest twee weken dicht. Alle personeelsleden mochten zich aanmelden bij de werklozendienst van de gemeente. Dat bericht was een meevaller voor de twee koksjongens en de drie diensters. Twee weken thuis en betaald door de gemeente, wat kon je meer wensen?

Robbert Mayer was de enige die zijn wenkbrauwen fronste. 'Ik wil weten wat daar gebeurt,' zei hij.

Gisela zag in papa weer de jongen die ze in 1945 had leren kennen. Hij was net zeventien en in dienst van de zoeklichtwerpers van het zesde regiment. 'Een zoeklicht aansteken tegenover de vijand was hem ook een mikpunt geven,' had de jonge Robbert haar uitgelegd. 'Het is wetens en willens kogels en granaten naar je toe trekken. En om dat te doen – nacht na nacht – moet je een gestaald gemoed hebben.'

Met haar hand had ze een haarlok uit zijn gezicht gestreken en ze had de gloed in zijn ogen gezien. Op dat moment was ze voor hem gevallen. Misschien komt paus Romanus morgen ook en ziet hij papa staan, dacht Gisela.

Om halfvijf was hij opgestaan. De nieuwe dag hing nog niet in de lucht toen hij aan zijn klim begon. Hij kende iedere weg en elk zijpaadje. Hij wist waar hij moest opletten voor dorre takken en de plekken waar hij geen beschutting had. Slechts één keer diende hij zich achter een hazelaarstruik te verschuilen omdat twee bewakers honderd meter verder hardop pratend passeerden. Daarna geraakte hij met natte broekspijpen en zonder gezien te worden tot boven op de berg. Hij had een sleutel van de achterdeur van de Stube. Eenmaal binnen schoof hij de gordijnen dicht en stelde zich verdekt op.

De eerste uren gebeurde er helemaal niets en Robbert Mayer begon al spijt te krijgen van zijn ochtendlijke expeditie. Hij dempte het geknor van zijn maag met gedroogde rozijnenkoeken die hij uit een bokaal op het buffet viste.

Het was nog geen zeven uur toen hij hoorde dat de poort van de abdij werd geopend. Van tussen de gordijnen zag hij hoe even later een autobus arriveerde. Een groep mannen stapte uit. De helft stak in een donkerblauw of grijs pak. Een tiental droeg een zwart habijt, had een baard en het haar in een knot gebonden. Een derde groep droeg pijen en gewaden in kleuren en stoffen die je hier niet aantrof. Waren het priesters? Niemand lachte, niemand zei wat. Dit waren zeker geen retraitegangers, vond Robbert Mayer. Die zijn meestal wat opgelaten vooraleer ze zich enkele dagen laten opsluiten in de abdij. Terwijl de groep door de poort naar binnen ging, liet de oude Mayer zijn blik over de voorgevel glijden. Vanuit het donker van een open raam op de tweede verdieping trof hem een lichtweerkaatsing. Hij boog instinctmatig naar voren en zag dat een man door een verrekijker naar hem keek. Mayer schrok en deinsde achteruit. Daarbij stootte hij tegen een tafel. Een vaasje met twee rozen kantelde even onbeslist heen en weer om uiteindelijk toch te vallen. De oude man zakte neer op de houten muurbank. Zijn hart bonsde zo dat het pijn deed. Hij hield zijn ogen enige ogenblikken dicht en zo kwam het dat hij de twee mannen pas zag toen ze al in het midden van de gelagzaal stonden. Hij herkende een van hen. Een benedictijn die niet tot het klooster in Siegburg hoorde. Mayer had al eens met hem gesproken in het abdijcafé. '*Guten Tag*, broeder Theodor. Waarmee kan ik u van dienst zijn?' vroeg Mayer en hij wist meteen dat zijn luchtige toon verkeerd viel. De mannen zwegen, geen spier in hun gezicht bewoog.

'Gaat u zitten, heren,' probeerde Mayer nog.

Ze bleven staan. De broeder die Theodor werd genoemd, deed twee stappen naar voren en klemde de arm van de oude man op het tafelblad. De ander haalde een injectiespuit uit een foedraal en dreef de naald in de arm van Mayer.

'Wat doen jullie met me? Ik wil naar Gisela,' riep hij nog. Zes tellen later brak zijn hart.

Voor de dubbele deur van de kloosterzaal stonden veertig mannen in de rij. Eén voor één lieten ze zich gewillig fouilleren door twee bewakingsagenten. Daarna moesten ze door een detectorpoortje lopen. Bij de eerste ging het al mis. Het apparaat begon te loeien en een zwaailicht schoot aan. De veroorzaker van het alarm was de vertegenwoordiger van de Georgisch-orthodoxe Kerk. Hij was breed in de schouders en stond op zulke korte beentjes dat het leek alsof chassis en onderstel van een verschillend merk waren. De arme pope voelde zich betrapt. Rood aangelopen haalde hij zijn zakken leeg. Hij deponeerde een nagelknipper, een polshorloge, kleingeld en zijn broeksband op een plastic schaal. Bij de tweede poging loeide de detector opnieuw.

'Hebt u iets om de hals hangen?' informeerde de bewakingsagent.

Er ging de pope een licht op. 'Ach, natuurlijk,' zei hij opgelucht, knoopte zijn habijt los en trok een kettinkje met een zilveren kruisje over zijn hoofd. Op slag begonnen andere mannen achter hem aan hun hemd of habijt te friemelen. Ze haalden allemaal een kruisje of een schapulier boven.

Het tafereel werd smalend bekeken door drie mannen die achter de rij popes, priesters en monniken stonden. Ze hadden hun hemdsmouwen opgestroopt en droegen hun colbert over hun schouders. Ze praatten hardop en met een Amerikaans accent.

'Ik denk dat we weer een leuke tijd tegemoet gaan, Jeff,' zei de grootste. Op het zakje van zijn hemd had hij zijn initialen laten borduren: D.E. van Duane Eckhardt.

'Je houdt het niet voor mogelijk,' zei Jeff Hodson. 'Het lijkt of we met de teletijdmachine zijn gekomen.'

'Ik blijf me iedere keer verbazen. *These are the Middle Ages, man*,' zei Eckhardt.

Enkele van de geestelijken liepen verder tot aan de hoge boogramen die uitzicht gaven op de binnentuin. Anderen haalden een koffie of een kruidenthee bij een monnik die een buitenmaatse percolator bediende en schurkten zich tegen de gietijzeren elementen van de centrale verwarming. In de zaal stonden de tafels geschikt in de vorm van een U. Op de tafels lagen geen naambordjes. Toch kenden de mannen hun plaats en gingen ze uiteindelijk ieder achter hun stoel staan. Drie mannen namen plaats aan de kop. De middelste van de drie en tegelijk de kleinste was een wat pafferige, kale figuur. Hij zag er dan misschien wat vormeloos uit, toch maakte hij geen slome indruk. Dat had alles te maken met zijn ogen die voortdurend snel heen en weer schoten. Hij pleegde even overleg met zijn compagnons, twee opgeschoten heren met grijs haar en duidelijk te korte broekspijpen. Daarna knikte hij naar de andere deelnemers. Op slag ging iedereen zitten, wat een verschrikkelijke herrie gaf want de stoelen krijsten op de stenen vloer. De deuren werden gesloten. De kleine voorzitter nam het woord.

'Welkom, broeders in Christus. Ik wil graag beginnen met het afpunten van de aanwezigheidslijst.' Aan zijn accent hoorde je dat Engels zijn moedertaal niet was. De man haalde een papier uit zijn binnenzak. Telkens wanneer hij een naam zei, stak iemand van het gezelschap zijn hand op.

- Giovanni Fabri namens de Romeins-katholieke kerk
- Aram Hogrogian namens de Armeens-katholieke kerk
- Abdul Salih namens de Chaldeeuws-katholieke kerk
- Nizar Seirawan namens de Syrisch-katholieke Kerk
- Antoine Kallas namens de Maronitische Kerk
- Youannes Tewfik namens de Koptisch-katholieke Kerk
- Mikis Cronides namens de Griek-melkitisch-katholieke Kerk
- Jo van der Ha namens de oudkatholieke Kerk
- Andreas Mardin namens het patriarchaat van Constantinopel
- Petros Dioscesus namens het patriarchaat van Alexandrië
- Ozdemir Dursun namens het patriarchaat van Antiochië
- Gabriël Tabbah namens het patriarchaat van Jeruzalem
- Georgi Kedrov namens de Russisch-orthodoxe Kerk
- Traian Piturca namens de Roemeens-orthodoxe Kerk

- Droan Tosic namens de Servisch-orthodoxe Kerk
- Vassil Zjekov namens de Bulgaars-orthodoxe kerk
- Vakhtang Burduli namens de Georgisch-orthodoxe Kerk
- Alexander Kandakos namens de Grieks-orthodoxe Kerk
- Rauf Skoullos namens de Cypriotisch-orthodoxe Kerk
- Ivan Buskiewicz namens de Pools-orthodoxe Kerk
- Bujar Seku namens de Albanees-orthodoxe Kerk
- Shimal Faez namens de Assyrische Kerk
- Zurab Sargsyants namens de Armeens-apostolische Kerk
- Hassan El Mallah namens de Koptisch-orthodoxe Kerk
- Durhaid Hamoui namens de Syrisch-orthodoxe Kerk
- Robert F. Wardner namens de Anglicaanse Kerk
- Martin York namens de Baptistische Kerk
- Jeff Hudson namens de Anabaptistische Kerk
- Peter Magnus namens de Gereformeerde kerk
- Paul Gits namens de Hervormde Kerk
- Carl Dimon namens het Congregationalisme
- Sverker Gutsche namens de Lutherse Wereldfederatie
- Duane Eckhardt namens de (Amerikaanse) Evangelische Kerk
- Gerard Berenger namens de katholiek-apostolische Kerk
- Paul Mulder namens de Hersteld Apostolische Kerk
- Ronald Kloeck namens de Nieuw-Apostolische Kerk
- Henry Snow namens de Kerk van de Zevendedagsadventisten
- Fred Paulson namens het Methodisme
- Marek Baldek namens de Pinkstergemeente
- Lex Hall namens de Ware Jezuskerk
- Gerhard Miller namens de Quakers
- Woodrom Andersen namens de Kerk van Jezus van de Laatste Dagen
- Jonathan Rice namens Jehova's getuigen.

Toen hij zich ervan vergewist had, dat alle genodigden aanwezig waren, ging de voorzitter verder. Hij sprak traag, in een gezwollen taal. 'Broeders in Christus, na onze eerste sessie vergaderingen in het Servische klooster op Athos in Griekenland, zijn we hier ten tweeden male samen in het grootste geheim, vanuit het besef van de uiterst kritieke toestand waarin de christenheid – en dus de mensheid – zich bevinden. De wereldsituatie wordt gekenmerkt door een acuut gevaar voor een beschavingsoorlog met de islam. De spanningen stapelen zich op. Ik herinner u aan onze opdracht: de christenheid moet eerst zijn geloofsverdeeldheid overwinnen om vanuit een nieuwe eendracht de islam tegemoet te treden. Alleen zo kan een wereldramp worden afgewend. Ik wens ieder van jullie een open geest en inspiratie tijdens deze gespreksronde en herinner er u nogmaals aan dat elke deelnemer aan dit Ibrahim-Comité handelt buiten het kader van de Wereldraad van Kerken en zonder officieel mandaat van de kerk die hij vertegenwoordigt. Net zoals op Athos wil ik de collectieve eed van stilzwijgen afnemen. Mag ik allen verzoeken om op te staan?'

Opnieuw maakten de stoelen een hels lawaai. Alle mannen legden hun rechterhand op hun hart. De voorzitter hield een bijbel in zijn hand en sprak: 'Ik zweer voor God de Almachtige, Schepper van hemel en aarde, dat ik in alle omstandigheden het diepste stilzwijgen zal bewaren omtrent deze bijeenkomsten. Dat ik niets van wat hier wordt gezegd of afgesproken, zal openbaren, zelfs niet aan personen die zo'n een gunst verdienen door hun toewijding, ijver en volharding. Bij schending van deze eed, al dan niet met moedwil, met de beste bedoelingen of door achteloosheid, afpersing, lichamelijke en geestelijke pijniging, zal ik de straf aanvaarden die wordt opgelegd door de Oecumenische Punificatiecommissie.'

Amen, zegden de drieënveertig mannen. Het bleef enkele

ogenblikken muisstil in de zaal. Van buiten klonk alleen het klagelijk geluid van een sirene.

Iedereen bleef achter zijn stoel staan. De voorzitter stapte naar een deur en deed ze open. Een monnik in donkere pij kwam naar voren.

'Broeders, welkom in Siegburg. Ik ben de abt van dit klooster. Deze abdij is deze week uw gastenverblijf. Buiten mezelf verblijven hier nog dertien monniken. Mijn confraters weten niet meer dan dat er een belangrijke oecumenische vergadering plaatsheeft, en dat is het natuurlijk ook. Zij staan in voor de maaltijden en het onderhoud van de zalen en gangen. Zij hebben de opdracht om niet te praten met u. Als u een praktisch probleem heeft, hetzij met de voeding of met uw kamer, dan kunt u zich wenden tot het loket aan de ingang van het klooster. Daar zit broeder Mauritz die met belangstelling uw opmerkingen zal aanhoren. Wij hebben twee vleugels van dit klooster tot uw beschikking, en de binnentuin, en de buitentuin. Alle in- en uitgangen worden bewaakt, zowel door personeel van een bewakingsdienst als door camera's. Al het andere personeel is tijdelijk doorgestuurd. De monniken verblijven zolang de conferentie duurt in het bijgebouw dat normalerwijze dient als gasthuis voor jongerengroepen. Ik stel voor dat iedereen zich opfrist in zijn cel. Om acht uur is het ontbijt. Om negen uur begint de eerste vergadering. Ik dank u.'

Bij het verlaten van de zaal sloeg Jeff Hodson voor de grap op de schouder van een pope.

'Mijn vriend, kunt u mij zeggen waar onze koffers staan?' vroeg hij heel traag en nadrukkelijk, alsof zijn gesprekspartner een idioot met tijdelijk verlof was.

'Kennen wij elkaar?' antwoordde de jonge monnik.

'Waarom vraagt u dat?'

'Omdat u mij "vriend" noemt.'

‘Wij Amerikanen zijn gewoon vriendelijk.’

‘Dat is aardig, *friend*. U wilde weten waar uw koffers staan?’ zei de pope in uitermate lenig Oxford-Engels. ‘U gaat rechtdoor, voorbij de kapel, dan slaat u linksaf langs de kruisweg tot aan de trap. Naast de trap staan alle koffers. Denkt u de weg terug te vinden of wilt u dat ik met u meega? Dan moet ik wel even mijn teletijdmachine verplaatsen.’

De pope draaide zich om en liet de Amerikanen voor schut staan.

Toen iedereen de kloosterzaal had verlaten, hield de voorzitter een van de vier bewakingsagenten aan.

‘Wat was die sirene buiten?’

‘Een ambulance. Vlak bij de Stube is een oude man overleden. Een hartinfarct, hoorde ik zeggen.’

6

In de tuin van Vaticaanstad liepen twee geestelijken. De ene was een spichtig mannetje. Hij droeg een soutane met een rode gordel en een bonnet van dezelfde kleur op zijn hoofdje. Onder zijn arm hield hij een kalfslederen aktetas met een medaille van Sint-Christoffel aan het tipje van de ritssluiting. Rechts van hem liep een boom van een vent die alsmaar in zijn handen wreef. Hij droeg een soutane zonder enig versiersel.

De kleinste was kardinaal Bruno M., hoofd van het directoraat voor Filatelie en Numismatiek. De andere was monseigneur Alessandro Bonfatto, pauselijk nuntius en tweede in bevel bij de Ufficio Informazioni, de Vaticaanse inlichtingendienst.

Beide heren hadden niet de minste belangstelling voor de

palmbomen, steeneiken en buxussen. Zelfs de eerste abrikozenbloesems gunden ze geen blik. De twee gingen op een bank zitten. Bonfatto haalde een papier boven en gaf het aan de kardinaal.

'Dit is het eerste verslag uit Siegburg. Het is deze ochtend gearriveerd.'

Terwijl de kardinaal de tekst bestudeerde, viel er geen woord.

Berggesprekken I
Verslag na de vierde dag van de tweede sessie.

Alle protestantse en orthodoxe Kerken zijn 'in principe' bereid om in de toekomst het gezag van de paus van de rooms-katholieke Kerk te erkennen. In de discussie was een bijzondere rol weggelegd voor Sverker Gutsche van de Lutherse Wereldfederatie, die stelde dat er een paus moet zijn omdat dit een deel is van Christus' plan voor de Kerk. Hij herinnerde eraan dat het pausdom niet ter discussie stond bij het begin van de Hervorming, wel het misbruik van de pauselijke macht.

De katholieke delegatie van haar kant is ook bereid tot toegevingen. Zij verzaakt aan het dogma van de pauselijke onfeilbaarheid. De paus zal in de toekomst vooral een protocollaire functie krijgen. Wanneer het eenmakingsprincipe officieel van kracht is, wordt de paus niet meer gekozen door een conclaaf van katholieke kardinalen. In plaats daarvan komt een oecumenische kerkenraad. Het aantal vertegenwoordigers van de katholieke, orthodoxe en protestantse strekkingen moet recht evenredig zijn met het aantal van hun gelovigen. De coëfficiënten zullen later door een technische commissie worden vastgesteld.

De Lutheranen, die in deze discussie een bemiddelende rol speelden, eisten wel dat de katholieken instemden met het toela-

ten van vrouwen tot het priesterambt. Giovanni Fabri zei dat dit in een niet zo verre toekomst mogelijk moet zijn.

Uw dienaar

Kardinaal Bruno M. stond op en gaf het verslag terug aan Bonfatto. Die vouwde het papier in vieren en stak het weer weg tussen de plooien van zijn soutane.

'Giovanni Fabri zei dat dit in een niet zo verre toekomst mogelijk moet zijn,' herhaalde de kardinaal de laatste zin van het verslag.

'We laten ons in de luren leggen,' snoof Bonfatto, terwijl hij en de kardinaal voortwandelden. 'Ze accepteren de paus alleen als hij een louter protocollaire functie krijgt. Dat wil zeggen dat hij alleen nog de zegen 'Urbi et Orbi' mag uitspreken van op zijn balkon, audiënties verlenen, staatsbezoeken afleggen en vage oproepen lanceren voor vrede en tegen armoede.'

'De priesterwijding wordt mogelijk gemaakt voor vrouwen,' ging de kardinaal verder, terwijl hij zijn ogen ten hemel sloeg alsof vrouwen het ergste waren wat de Kerk kon overkomen.

'Schande,' zei Bonfatto, al had hij persoonlijk geen bezwaren tegen vrouwelijke priesters. Hij besefte wel dat hij die mening op dit ogenblik het best even voor zich hield.

'Ik wist dat het de verkeerde kant uit zou gaan,' zei de kardinaal. 'In dit concept wordt de paus van de Heilige Roomse Kerk gedegradeerd tot een marionet. Het Ibrahim-Comité heeft de geest uit de fles gelaten. Alessandro, het wordt tijd om in actie te treden of we stevenen af op een catastrofe.'

'Ik deel uw overtuiging, eminentie.'

De kleine kardinaal en de grote nuntius hielden halt voor

de Fontana del Santissimo Sacramento, de fontein van het Heilig Sacrament.

'Hoe staat het trouwens met onze Ontstekingsman? Het is opnieuw een Belg, heb ik gehoord,' zei de kardinaal.

'Hij is de zoon van Frank Witters.'

'Ik herinner mij Frank Witters. Een begaafd man en uitermate geschikt. Hoe is het met hem?'

'Hij is dood, eminentie. Een half jaar geleden overleden.'

'Gewoon dood?'

'Voor zover ik weet: gewoon dood, eminentie. Hartproblemen.'

'Goed zo.'

Bonfatto ergerde zich aan de nonchalance van de kardinaal. Dat overlijden van Witters had hij moeten weten. M. was een vroom man, gepromoveerd tot een niveau dat zijn capaciteiten te boven ging. Officieel leidde hij het Ufficio Filatelico e Numismatico, het directoraat voor postzegels en munten. Daarnaast was hij sinds 2003 de chef van de Vaticaanse inlichtingendienst. Zijn voorganger, kardinaal Conrado L., was uit heel ander hout gesneden. Een ijzervreter die in dienst van Johannes Paulus II de communisten op de knieën kreeg. M. daarentegen was meer eiwit dan dooier. Zijn beleid was niet doortastend en een inlichtingendienst waar van bovenaf geen druk op staat, wordt slordig.

De kardinaal schudde ongerust zijn hoofd. 'Zal die zoon van Witters serieus worden genomen door de wereldpers? Lopen we geen risico met hem?'

Bonfatto hield even zijn antwoord in omdat een groepje toeristen passeerde.

'Integendeel, eminentie. Als zoon van de beroemde Frank Witters kan hij altijd zeggen dat hij het netwerk van informanten van zijn vader heeft geërfd.'

'Wie heeft de zoon van Witters aanbevolen?'

'Nicolae Calson.'

Er gleed even een uitdrukking van verbazing over zijn gezicht, die snel weer verdween.

'Wat doet Witters nu?'

'We hebben hem aan een baan geholpen als freelancejournalist. In Brussel. We moeten hem nog wel activeren.'

'Hou me op de hoogte, Alessandro.'

'Uiteraard, eminentie.'

De mannen namen afscheid van elkaar. De kardinaal schreed in de richting van de kerk van Santo Stefano degli Abissini. Hij had even tijd voor een kort gebed. Over een halfuur werd hij verwacht op een vergadering over de lay-out van de nieuwe serie postzegels. Op een van de ontwerpen stond de paus in profiel, en door een eigenaardig spel van lijnen en schaduwen leek hij daar op een schoonmaakster die de nacht voordien aan de whisky had gezeten.

Bonfatto keek de kardinaal na. De man zijn beleid was zo slap als een sandwich, maar dat had ook zijn voordelen. Het gaf sommige ondergeschikten de kans om initiatieven te ontwikkelen. Zoals hemzelf. Hij beende met grote stappen in de richting van het Ethiopisch College, een zonnig gebouw dat sinds 1919 dienstdoet als opleidingsinstituut. Hij nam de trap naar de bovenste verdieping. Op de derde deur rechts stond zijn naam. Het kantoor bevatte een schrijfbureau met een fauteuil, een archiefkast en een kleine kleerkast. Hij schoof de gordijnen dicht en deed de bureaulamp aan. Hij wurmde zich uit zijn soutane. Uit zijn kleerkast koos hij een ruitjeshemd en een linnen broek. Hij sloeg nonchalant een lamswollen trui over zijn schouders, sloot zijn kantoor en stapte naar de San Pellegrinokerk. In de sacristie ging hij een deur binnen die half verborgen was achter een wandtapijt met daarop een tafereel van de Engel die Maria bezoekt. Een duistere gang leidde naar een volgende deur. Bonfatto toetste de code in, de deur zwaaide open en hij stapte de Via di Porta Angelica op. Niemand die op hem lette. Hij sloeg linksaf, stak de Piazza del Risorgimento over en enterde een taxi.

Bonfatto gaf de chauffeur een adres op buiten het centrum. Hij leunde achterover en genoot van de drukte op straat. Hij hield van Rome. Van de knetterende scooters, de *bella signorina* in minirok, de trottoirs die overdag ingenomen worden door auto's en 's avonds worden volgezet met wit gedekte tafels en bloembakken, de *trattorie* met hun dagschotels, de cappuccinobars en ja, waarom niet, de vele koele kerken.

Zelf was hij van geboorte helemaal geen stadsjongen. Zijn vader was een tarweboer in Campania in het zuiden van Italië. Zijn moeder kweekte tomaten, aubergines en uien. Verder studeren zat er niet in voor de kinderen. Voor zijn broers was dat niet erg. Hun wereld eindigde bij hun verste akker. Alessandro daarentegen wilde meer. De enige mogelijkheid om te studeren was het seminarie. Tegen een hogere roeping kon zijn vader niet op en daarom gaf de jonge Alessandro zich op als misdienaar. Zo kon hij de pastoor, don Achille Ottone, voor zijn kar spannen.

Het duurde niet lang voor hij de oude priester had overtuigd dat hij niets liever wenste dan een leven ten dienste van Christus. De pastoor haalde zelfs geld van de bankrekening van de kerkfabriek en zette een bescheiden studiefonds voor Alessandro op. Toen de parochienotabelen die fraude ontdekten, zag het er even benauwd uit voor don Achille. Gelukkig was Alessandro al seminarist en kwam hij in soutane en met een kerkboek in de hand ter plaatse de pastoor uit de wind zetten. Toen hij jaren later kanunnik werd, straalde het hele dorp, want tot dan was Giuseppe Lorino, die in Napels een groothandel in gordijnstoffen dreef, de enige uit Forino die het had gemaakt in de wereld.

*

Bonfatto lachte in zichzelf.

'U hebt er plezier in,' zei de taxichauffeur in zijn achteruitkijkspiegel.

'Dit is een mooie dag voor een hoop dingen,' zei Bonfatto terwijl hij zijn handen warm wreef.

De taxi voerde hem onder een spoorwegbrug uit het oude centrum. Op de Via Tiburtina sloeg de chauffeur linksaf de Via Vertumino in. Aan het eind van de straat deed Bonfatto de taxi stoppen. Toen hij had afgerekend, wachtte hij tot de taxi om de hoek was verdwenen en liep dan drie straten verder om het metrostation Monti Tiburtini in te duiken.

Geregeld keek hij naar links en naar rechts, alsof hij op zijn hoede was voor naderend verkeer. In werkelijkheid deed hij dat om te zien of hij werd gevolgd.

Hij nam de metro één halte terug richting centrum. Tot in het station Pietralata. Nog een laatste keer spiedde hij om zich heen. Alles was veilig. Hij sloeg de hoek om en koos onverwacht voor de Via della Dea Opi. Een doodlopende straat. Met een snelheid die je van een man van zijn kaliber niet zou verwachten, glipte hij een deur binnen. Een ijzeren kooilift voerde hem naar de tweede verdieping.

Appartement 203 was helemaal niet ingericht. Aan de muren hing een vaal bloemetjesbehang. Er stonden amper meubels. In de voorkamer lag een matras op de grond. In de keuken hing een gloeilamp boven een tafel met twee stoelen. Op een daarvan zat Dora Calson. Bonfatto zoende haar op de wang.

'Dora, we gaan Witters activeren.'

'Loopt het fout in het comité?'

'Fabri is niet opgewassen tegen de overmacht. Ze vreten hem op.'

Bonfatto schonk een glas water in. 'De tweede sessie onderhandelingen is pas vier dagen bezig en wij zouden al het dogma van de onfeilbaarheid van de paus moeten opgeven.'

Bonfatto zweeg over de toezegging om vrouwen tot priester te wijden. Hij wist dat de eerste die gebruik zou maken van die regel, zuster Dora zou zijn. Meer zelfs, zij zou als eerste vrouwelijke bisschop worden gewijd.

'Dus wordt het tijd om Harry Witters wakker te maken,' zei ze. 'Is het dringend of warmen we hem traag op?'

'We hoeven ons niet te haasten.'

Op hetzelfde ogenblik dat monseigneur Bonfatto met Dora Calson aan de keukentafel zat, werd de deur van zijn kantoor in Vaticaanstad vakkundig geopend door een jonge priester van Aziatische komaf. Hij liep recht naar de kleerkast. Naast enkele antracietgrijze broeken en colberts hingen vier soutanes. Uit de soutane die warm aanvoelde, viste hij een gevouwen papier.

'Berggesprekken. Verslag na de vierde dag van de tweede sessie,' las hij. Hij legde het document op het bureau, streek het glad en maakte er met een digitale camera twee foto's van. Dan vouwde hij het papier weer in vieren en stak het terug in de soutane. Toen hij zeker was dat er niemand op de gang liep, verliet hij de kamer.

'*Dominus vobiscum*,' fluisterde hij in het microfoontje dat op de kraag van zijn jasje was gepind.

'*Et cum spiritu tuo*,' klonk het in zijn oortje. Mike moest lachen.

7

Het was begin april en officieel was het lente. De regen miezerde in een niet aflatende stroom naar beneden. Het was nog geen vijf uur in de namiddag en het leek alsof de nacht was gevallen. Harry zat aan zijn bureau bij het raam. Op zijn laptop stond de aanzet van een artikel over een meisje van veertien dat op haar verjaardag was doodgereden door een chauffeur die vluchtmisdrijf pleegde. Hij had interviews met haar ouders, haar vriendje, getuigen én met de chauffeur. Hij had de jongen van negentien kunnen traceren en hem overgehaald om zich aan te geven bij de politie.

'Wilt u met mij meegaan?' had de jonge doodrijder gegriend.

'Als ik je daarmee kan helpen,' antwoordde hij met een uitgestreken gezicht terwijl zijn journalistenhart opsprong. Zijn blik dwaalde naar buiten. Hij zag hoe autobussen afgeladen met schoolkinderen zich naar de randgemeenten spoedden.

Harry huurde een loft in Antwerpen-Noord, de wijk waar de stad de haven raakt. Vanuit zijn raam had hij een zicht op het Sint-Jansplein, het grootste plein van Antwerpen. Tot voor kort regen de ruige cafés zich er aaneen. Er ging geen week voorbij of er werd geschoten of met messen gevochten. De kentering kwam vanuit de andere kant van de stad. De zuidwijk werd een yuppiebuurt met onbetaalbare huizen. Jonge mensen kozen daarom voor het noorden. Huizen werden opgeknapt, pakhuizen omgebouwd tot lofts, nieuwe winkels en bankfilialen zagen heil in deze plek.

Eerst wilde Harry nog aan de Scheldekaaien wonen. Dat idee moest hij opgeven wegens te duur. Trouwens, de Schelde stelt ter hoogte van het stadscentrum niet veel voor. Schepen komen al lang niet meer zo ver. Wat overblijft ter hoogte van Antwerpen is een grijze rivier. Het enige wat beweegt is eb en vloed. Dus koos Harry voor de noordkant waar zijn oog viel op een loft met uitzicht.

De grote ruimte was open gelaten. Vanaf zijn bureau had hij zicht op zijn bed, de badkamerhoek en het keukenblok. Eén muur was bepleisterd en door een graffiti-artiest beschilderd met roodharige vrouwen in netkousen en rijgkorsetten. De andere bakstenen muren had hij zo gelaten. Naast zijn zitbank stond een originele Texaco-benzinepomp uit de jaren vijftig. De motorkap van een Mini Cooper diende als bijzettafel.

☆

De telefoon ging. Aan de andere kant klonk geen stem, wel het geklaag van violen. Het was het geluid waar hij naar had uitgekeken en tegelijk had gevreesd. Iets meer dan vier en een halve minuut moest hij nu blijven luisteren.

Negen maanden was het geleden dat zijn vader was overleden. Sindsdien had hij niets meer gehoord van Sandra, Dora of Bonfatto. Toen hij uit Canada kwam en zijn bankuittreksels nakeek, zag hij dat de eerste 2.500 euro al overgeschreven waren. Die storting was vijf dagen eerder gebeurd. Dus nog vóór hij aan Calson en Bonfatto zijn medewerking had toegezegd. Sindsdien werd elke tweede werkdag van de maand het geld op zijn rekening gestort.

De trompet steeg boven de violen uit.

Calson had hem de naam en het telefoonnummer gegeven van Lou Van Horen, hoofdredacteur van het persbureau *Brussels Calling*. Nog diezelfde week had hij een afspraak. Van Horen was het prototype van de hoofdredacteur. Een vorsende kop met bossige wenkbrauwen en wallen onder de ogen. In de hoek van zijn mond bungelde een sigaret. Hij rookte Gauloises en dat was aan zijn stem te horen.

'Luister jongen, ik heb een kater als een koningstijger. Daarom hou ik het kort. Achttien mensen werken hier voor mij. Twee eindredacteurs, vijf fotografen en elf reporters. Gouden pennen zoals ik er in de hele Vlaamse pers geen ken. Zij werken als freelancer en bezorgen mij hun verhalen a rato van één story per week. Ik betaal goed, plaats hun repo's in kranten en magazines. Laat ze desgevallend vertalen voor publicatie in het buitenland. Iedereen die op mijn voorwaarden wil werken, is welkom. Ik weet evenwel dat weinig freelancers in dit tempo kwaliteit kunnen leveren. Er hebben al vele gegadigden in jouw stoel gezeten. Ik geef iedereen zijn kans. Zo ontdek ik af en toe toch een goudhaantje.'

De violen klonken nu als een gebed in het donker.

Harry's eerste verhaal zat meteen snor. Op een avond deden zich rellen voor in het bioscoopcomplex aan de De Keyserlei in Antwerpen. Enkele allochtone jongeren werkten met hun gedrag de andere bezoekers op hun zenuwen. De jonge Marokkanen werden met duwen en trekken door de security uit de zaal gezet. Nog voor het eind van de film stonden ze er terug. Ze hadden hun vrienden meegebracht. Het kwam tot een gevecht in regel. Stoelen werden uitgebroken, baseballknuppels bovengehaald. Tot plots een man vooroverstortte. Een mes stak tot het heft in zijn hart. Iedereen vluchtte de zaal uit en verdween in de donkere straten rond het Centraal Station.

Een bericht van twintig regels in de kranten. Harry Witters daarentegen zocht en vond getuigen, noteerde hun verhaal, volgde hun aanwijzingen naar weer andere getuigen, daders en slachtoffers. Hij schreef een artikel van 4.500 woorden waarin hij de hele avond minutieus reconstrueerde. Zijn reportage werd verkocht aan een weekblad dat er erg goed mee scoorde.

Harry had een formule gevonden. Hij hanteerde hetzelfde procedé met een kettingbotsing in de Kennedytunnel. Er waren zes vrachtwagens en twaalf auto's bij betrokken. Drie mensen kwamen om het leven. Harry reconstrueerde de botsing. Elke betrokkene had zijn verhaal. Lou Van Horen liet een grafiek tekenen waarop je elke auto kon situeren.

Een bruiloft die eindigde met een schot hagel, een overval op een nachtwinkel. Het werd een serie die onder het logo 'Getuigen XYZ' liep in hetzelfde magazine.

De reportages hadden zo'n succes dat Harry werd geïnterviewd op de radio en als gast werd uitgenodigd in een laatavondshow op tv.

De muziek in de telefoon stierf uit.

Harry legde de hoorn neer en wachtte. Enkele seconden later werd opnieuw gebeld.

'Harry?'

Het was de stem van Dora. Hij wilde vragen hoe het met haar was, maar zij praatte gewoon verder. Haar toon was zakelijk.

'Harry, noteer: nu donderdag om 10.02 uur aan kaai 629 in het Kanaaldok. Panamees containerschip Princess Remora. Zoals ik zeg: R-E-M-O-R-A. Ga aan de overkant van het dok staan. Neem een fotograaf mee, maar zeg nooit waarover het gaat en van wie je de tip hebt gekregen.'

De hoorn werd ingehaakt. Donderdag. Dat was over drie dagen.

8

Om half tien stond Harry aan kaai 760. Door zijn verrekijker zag hij aan de overkant van het dok de Princess Remora liggen, een kustvaarder met een midscheepse bovenbouw. Op het dek was niets te bespeuren dat op enige activiteit wees. In vergelijking met de fel gekleurde containerreuzen leek het alsof de pokken over het Panamese prinsesje waren gewaaid. De romp was getekend door roestpuisten waarvan een aantal met menie waren bedekt. Op het dek was niemand te bekennen. Het enige teken van leven was een ferme straal water die uit een loosgat werd geperst.

De wolken hingen laag en er waaide een onaangename wind die stonk naar verbrande verf. Naast hem stond Arlette te koukleumen. Zij werkte als freelancefotograaf exclusief voor het agentschap *Brussels Calling*. Harry had haar voor het eerst ontmoet toen zij in de nasleep van de bioscooprel foto's voor hem had genomen. Ze droeg die dag een Levis, bergschoenen en een witte kabeltrui. Van onder haar wollen muts krulde blond haar. Pas toen ze in zijn richting liep, zag hij hoe mooi zij was. Het klikte meteen tussen hen. Het was weliswaar nog niet echt iets geworden. Dat was grotendeels te wijten aan zijn klunzigheid. Hij wilde wel, maar tegen dat hij eindelijk de gepaste opening had bedacht, was het juiste moment weer weg.

9.45 uur.

'Koffie?' vroeg Arlette terwijl ze de dop van de thermosfles schroefde. Ze dronken uit dezelfde beker. Daarna pakte zij haar camera weer op. De telelens was haast zo groot als de thermos.

'Denk je dat hij gaat komen?' vroeg zij.

'Tien uur heeft hij gezegd.'

Harry had haar verteld dat hij een afspraak had met een internationale drugsdealer. Die zou hem introduceren in de wereld van de cocaïnesmokkel. Vanaf het schip tot in de discotheek.

'Waarom moet ik mee?' had Arlette gevraagd. 'Als die man anoniem wil getuigen, zal hij toch niet op de foto willen?'

Harry had er zich met moeite onderuit kunnen praten.

'Waarschijnlijk duidt hij ons een smokkelschip aan,' had hij gezegd.

9.58 uur.

De vettige deining had planken en een jerrycan bijeengedreven in een hoek van het dok. Arlette en Harry volgden de aanvallen van een meeuw op een plastic melkfles. Toen de vogel zijn duikvluchten opgaf, tuurde Harry nog een keer naar het schip. Arlette stond naast hem met haar camera in aanslag.

'Valt er iets te zien?' vroeg ze

'Nee. Het is een Panamees. Princess Remora heet hij. Ken je een prinses Remora?'

'Nooit van gehoord. Ik hoop alleen dat je mannetje van zijn woord is, want ik heb het koud.'

Harry trok haar speels tegen zich aan. 'Als hij er om kwart over tien niet is, gaan we ons opwarmen.'

'Heu?'

'In een havencafé, bedoel ik. Wat dacht je dan?'

'Ik dacht aan een oneerbaar voorstel.'

10.01 uur.

Harry en Arlette lachten. Eén moment stonden ze oog in oog en merkte hij in haar blik een fonkel die een belofte inhield. Dit is een oog-wenk dacht hij, een oog-opslag, een ogenblik. Dan bleef zijn taalspelletje opeens steken, want een zuil van vuur sloeg uit de Princess Remora, onmiddellijk gevolgd door een oorverscheurende knal en een luchtverplaatsing die hen deed wankelen. De vuurzuil zwol in twee seconden tot een toren van wel tachtig meter hoog. Harry stond aan de grond genageld. Hij hoorde niet dat Arlette de ene foto na de andere nam. Het dok baadde in een oranje licht. Alsof de zon weer opkwam. Dan stuikte de toren ineen tot er alleen nog vlammen uit het schip sloegen. Een sirene loeide. Mensen riepen. Van een van de nabijgelegen schepen tuimelden twee containers in het water.

'Dit is niet te geloven,' stamelde Harry. Arlette was allang weer bij haar positieven.

'Komaan Harry, we moeten ernaartoe.'

Ze reden via de Thijsmanstunnel onder het Kanaaldok. In minder dan tien minuten stonden ze bij de Princess Remora. De vlammen haalden geen hoogte meer maar uit de mangaten sloegen nog vlammen. Achter hen hoorden ze de sirenes van de brandweer en ambulances. Iets later volgde een stoet van politieauto's.

Arlette bleef alles volgen door de lens van haar camera. Ze zag een matroos overboord springen, de blusboten die naderden, de brandweer die de kade afzette.

Een brandweerman liep voorbij.

'Weet u iets van slachtoffers?' riep Harry.

'Ik hoorde dat één bemanningslid is omgekomen. Een ander is in paniek in het water gesprongen. Hij is gered door de bemanning van de blusboot. Hoe de toestand binnen in het schip is, weten we niet. Benedendeks raast het vuur nog.'

'Zijn er gewonden?'

'Sorry, daar kan ik niet op antwoorden. Dat moet je straks aan de commandant vragen.'

Harry belde vanuit de auto naar Lou Van Horen en legde uit wat er was gebeurd. Dat Arlette de foto van het jaar had en dat hij hele verhaal vanavond nog rond zou hebben.

Net toen ze wilden vertrekken, zag Harry een man op een meerpaal zitten. Hij had zijn gezicht in zijn handen, zijn kleren waren geblakerd. Het bleek een matroos uit Bangladesh die veilig van boord was geraakt. Hij dankte Allah dat hij het had gehaald. Zijn vriend was levend verbrand.

'Het ene moment zag ik Subhash aan de reling staan, een seconde later sloeg het vuur over hem heen. Hij stak zijn armen omhoog, viel op zijn knieën en ik had de indruk dat hij nog naar mij wilde kruipen. Toen de vuurbal kromp, lag daar een zwart karkas.'

Arlette maakte foto's. Ze zag de schoonheid van de compositie: het grijze dokwater, de rechte lijn van de kade, het menselijk drama en op de achtergrond het brandende schip. Het was een kwestie van de juiste scherptediepte in te stellen.

☆

De eerste reporters kwamen ter plaatse, gevolgd door twee televisieploegen. Harry zag de namen van de kranten en omroepen op de flanken van de auto's. Fotografen en cameramensen schoten naar voren om nog zoveel mogelijk vlammen te kunnen vastleggen. Dat viel lelijk tegen. Toen de brandweer was beginnen te blussen, waren de vlammen en roetwolken veranderd in een grijze damp.

Het duurde dan ook niet lang of de journalisten verdrongen zich rond Arlette, die haar beelden op het schermpje van haar digitale camera toonde.

Een redacteur van *Het Laatste Nieuws*, die samen met Harry het tafereel bekeek, stak een sigaartje op.

'Hoe komt het dat jullie er zo snel bij waren? Waren jullie getipt of zo?'

'Wij waren toevallig in de buurt voor een andere reportage,' loog Harry.

'Ik ben Willy Troch. Ik ken jou niet. Voor wie werken jullie?'

'Voor *Brussels Calling*.'

'Voor Lou Van Horen? Hoe gaat het met die oude reus?'

'*Alive and kicking*.'

'Ik ken Lou erg goed. Hij heeft lange tijd voor onze krant gewerkt. Een gedreven reporter. Wij waren allemaal stomverbaasd dat hij ermee kapte en een eigen onooglijk persbureau opzette. Later hoorden we natuurlijk hoe de vork aan de steel zat.'

'Hoe bedoel je?

'Wel, wij dachten allemaal dat Lou een overtuigd vrijmetselaar was en dan bleek hij opeens een paapsgezinde te zijn. *Brussels Calling* is toch het persbureau van de conservatieve strekking binnen de katholieke Kerk. Wist je dat niet?'

'Er wordt zoveel gezegd,' zei Harry en hij maakte zich los van Troch.

De foto's van Arlette waren indrukwekkend. Zowel die van de explosie zelf als het beeld van de huilende Bengaal op de meerpaal. Lou Van Horen wist dezelfde dag nog de reportage te verkopen aan agentschappen, kranten en magazines over heel de wereld. Harry en Arlette vierden hun succes in Harry's loft.

'Vertel me nog eens hoe goed ik ben,' zei Arlette terwijl ze zich achterover in de fauteuil liet vallen.

'Jij bent de beste,' zei Harry terwijl hij haar glas nog eens inschonk.

'En je moest de gezichten zien van de collega's. Toen zij toekwamen, waren de vlammen nog maar zó hoog.'

'Ik hoorde een rare oprisping van de collega van *Het Laatste Nieuws*,' zei Harry.

'Willy Troch?'

'Weet jij dat *Brussels Calling* wordt beschouwd als een katholiek persbureau?'

'Ik werk er al twee jaar en ik heb daar nooit wat van gemerkt. Wat ik wel weet, is dat Lou van conservatieve signatuur is en dan krijg je algauw het etiket 'Opus Dei' opgeplakt. Ach wat, Willy Troch is zijn versheidsdatum lang voorbij. Hij is een zeur geworden. Willy Grog, zo noemen ze hem op de redactie. Hij herkent zijn eigen krant niet meer en dat is voor hem een voorwendsel om geen klap uit te voeren. Hij is een drankorgel vol zelfmedelijden.'

Arlette schonk de glazen nog eens vol en schoof dichter naar Harry. 'Wat deed jij vroeger? Ik had jouw naam nog niet gehoord,' zei ze.

'Ik ben begonnen op dezelfde krant als waar mijn vader werkte. Ik kreeg er een proefcontract van tweemaal zes maanden aangeboden. Ik draaide al snel mee op de redactie. Meer zelfs, ik heb in die korte tijd een paar opvallende reportages geschreven zoals over de kaasfabriek 'Het Volle Gras' die een smokkelcentrum voor marihuana bleek te zijn.'

'Ik herinner me dat verhaal. Was er geen wiet in de bollen kaas geraakt? En kwamen die bollen niet terecht in een verzorgingstehuis voor bejaarden? Ik heb me toen een breuk gelachen. Dat verhaal is een legende geworden. Dus jij was het die dat heeft uitgebracht? Vanaf dan was je broodje toch gebakken?'

'Tot op een dag in het zuiden van Egypte een autobus met Belgische toeristen op een landmijn reed en negen inzittenden het leven lieten. Ik had toen nachtdienst. In het artikel dat ik schreef, beschuldigde ik de Belgische touroperators van grove nalatigheid. Ondanks de acute terreurdreiging bleven ze moedwillig toeristen lokken naar risicolanden als Jemen,

Egypte en Iran, stelde ik. Mijn artikel 'Onderweg met de nv Dodenreizen' veroorzaakte ophef. De reiswereld was razend en weigerde nog advertenties te plaatsen in de krant. De directie van de krant maakte op staande voet een eind aan mijn contract.'

'Kreeg je geen steun van je collega's?'

'Ze zuchtten dat het onrechtvaardig was en in het ledenblad van de Journalistenvereniging verscheen de reactie van een verontwaardigde voorzitter die het had over de dunne scheidslijn tussen nieuws en commercie. Aan het eind van het verhaal stond ik wel alleen.'

'Kon je gauw ergens anders aan de slag?'

'Ik was aangeschoten wild. Geen enkele andere krant wilde mij. Tot ik met wat meeval kon beginnen als autojournalist voor een uitgeverij van gratis huis-aan-huisbladen met titels als *De Kempense Koerier*, *Fijn Limburg* en *Oost-Vlaams Advertentieblad*. Ik schreef over alles wat op wielen reed. Van de nieuwe Volkswagen tot een verbeterde versie van de twaalfrijige bietenrooier. Ik maakte mijn teksten op basis van perscommuniqués. Af en toe kreeg ik van een plaatselijke dealer een auto te leen. Voor één, hooguit twee dagen. Proefrijden in de Pyreneeën of aan de Azurenkust zat er niet in.'

Ja, één keer mocht hij mee met de grote jongens. Naar Genua, voor de presentatie van een nieuwe Lancia. De collega's van de kranten en magazines negeerden hem. 's Avonds in de lounge schoof hij toch aan bij het gezelschap. Ze hadden het over relatiegeschenken die autofabrikanten telkens discreet achterlieten op de hotelkamer van de journalisten.

'Op mijn kamer ligt niets,' zei Harry.

'Staat er bij jou dan geen lamp op je nachtkastje?' vroeg de collega van *De Morgen*.

'Jawel,' zei Harry.

'Wel, dat is het relatiecadeau deze keer. Het is een Massimo Morozzi. Daar kun je thuis mee komen.'

De ochtend van het vertrek stond iedereen in de lobby van het hotel te wachten op het busje naar de luchthaven. Harry stapte uit de lift. In de ene hand zijn reiskoffer en in de andere hand de lamp. Het hotelpersoneel was geschokt. Vernederd tot in zijn krent ging Harry zijn lamp terugzetten. Van Genua tot in Brussel brulden de collega's om de grap.

Dit laatste verhaal vertelde hij Arlette niet. Trouwens, wat haar betreft deed de champagne zijn werk.

'Ik vind champagne heerlijk. Ik word er wel ontzettend snel tipsy van,' zei ze terwijl ze tegen Harry opkroop.

'Dat is van die koude bubbels,' zei Harry.

'We gingen ons toch opwarmen, heb je gezegd. Beloofd is beloofd.'

Harry boog zich voorover en zoende haar voorzichtig op de mond. Heel even. Toen nam zij het initiatief over.

9

Drie weken na de explosie op de Remora zongen de violen en de trompet opnieuw in Harry's oor. Na vier en een halve minuut haakte hij in, werd hij opnieuw opgebeld en had hij Dora aan de lijn.

'Al wat bekomen van de stunt?' vroeg ze opgewekt.

'Het was een wereldsucces,' zei Harry. Eigenlijk had hij willen vragen hoe Dora ervan op de hoogte was dat het schip ging ontploffen. Hoe het kwam dat zij tot op de minuut wist wat er ging gebeuren. Dat kon alleen een bom zijn geweest. Wie had die dan geplaatst? De Vaticaanse geheime dienst? Of was die erachter gekomen dat terroristen de Remora gingen opblazen? Na de brand was gebleken dat het schip een aanzienlijke hoeveelheid wapens aan boord had. Voornamelijk granaatwerpers en Chinese korteafstandsraketten. Voor wie waren die bestemd? Allemaal vragen die Harry op dit moment niet durfde te stellen. En dus zei hij alleen: 'Het was een wereldsucces.'

'Ik hoor het graag,' zei Dora. 'Maar we moeten voort. Ik kom straks langs om wat dingen door te praten. Om halfdrie sta ik bij jou voor de deur.'

Zij vroeg niet of het schikte.

Dora gaf Harry een zoen toen ze binnenkwam en dat was ook het einde van de plichtplegingen. Ze ging aan de tafel zitten en haalde twee kaftjes uit de binnenzak van haar zwart leren motorjasje. Daaronder droeg zij een wit T-shirt boven een gesneden zwarte wollen broek.

'De volgende stap is dat je ook in de voetsporen van je vader treedt en gefundeerde commentaren en voorbeschouwingen schrijft over wat de wereld te wachten staat. Ik heb wat dat betreft een serieus dossier en een leuke uitsmijter voor jou,' zei ze, terwijl ze de twee kaftjes naast elkaar op de tafel legde. Eentje daarvan schoof ze gelijk naar voren. Sarkozy, las Harry op de kaft terwijl hij tegenover haar plaatsnam.

'Je gaat de Franse president vanaf vandaag nauwlettend volgen. Hij is bijna vier jaar aan de macht en groeide ondanks zijn liefdesperikelen uit tot een politicus van wereldallure. Hij overstijgt Frankrijk en zelfs Europa,' zei Dora. 'Zoals je weet is Sarkozy een tegenstander van de toetreding van Turkije tot de Europese Unie. Hij is de enige Europese leider die een ferm standpunt inneemt. Andere politici durven dat niet, wat hun uiteindelijk zuur zal opbreken want de Europeanen zijn bang van zo'n groot moslimland.'

'Een weigering zal de Turken razend maken,' zei Harry.

'En niet alleen de Turken. Met hen de hele islamitische wereld. De moslims zullen zo'n afwijzing beschouwen als een anti-islamitisch besluit van het christelijke Europa. De islam zal nog meer radicaliseren en dat zal zich ook doen voelen bij de grote moslimminderheden in West-Europa. In de eerste plaats in de Parijse voorsteden. Daarom is de houding van Sarkozy zo bewonderenswaardig. In dit dossier vind je een heleboel originele informatie over hem. Inzicht in zijn retoriek. Getuigenissen over zijn geheime gesprekken met Angela Merkel in Duitsland om samen te spannen tegen de Britten die de Turken er wel graag bij halen.'

'Ik neem aan dat ik de president steun en verdedig.'

'Dat je dat nog vraagt!'

'Ik vraag het omdat de paus, tot nader order nog altijd jullie grote baas, zich verscheidene keren heeft uitgesproken vóór een Turkse toetreding.'

'Harry, laat het me heel duidelijk stellen: de Vaticaanse geheime dienst is tégen een toetreding.'

Om een wederwoord in de kiem te smoren, schoof Dora het tweede bundeltje naar voren.

'Dit is iets helemaal anders,' zei ze. 'Een bijzonder leuke wereldscoop.'

'Nieuws dat de wereld zal schokken?'

'Ongetwijfeld. Je weet dat in 2012 de Olympische Spelen plaatshebben in Londen. En je weet ook dat die Spelen altijd beginnen met een spectaculaire show die door twee miljard mensen wordt gevolgd op televisie. Het hoogtepunt van die ceremonie is een atleet die met een fakkel in de hand het stadion binnenloopt en onder luid applaus de Olympische vlam aansteekt. Wat denk je dat er gebeurt als de vlam niet gaat branden?'

'Waar wil je naartoe?'

'Wat als die atleet zijn fakkel uitsteekt, miljarden mensen in spanning wachten en er geen vlam oplaait? Hoogstens wat gesputter.'

'Dan maakt Groot-Brittannië zich belachelijk in de ogen van heel de wereld. Het land staat voor paal. Een leuk verhaal, maar waar zit jouw scoop?'

'Je gelooft het nooit. De Russen hebben een team opgezet dat moet verhinderen dat de Olympische vlam wordt ontstoken. Ze gaan proberen het ontstekingsmechanisme te saboteren.'

Harry moest lachen.

Dora opende het kaftje. Er stak slechts één enkel A4-velletje in. Harry las het adres van een pakhuis in Moskou en twee namen – Mikhail Awerjanytsj en Andrej Jefimytsj.

'Praat er met Lou Van Horen over, en maak samen een plan de campagne,' zei Dora dwingend. Haar toon benauwde Harry. Hij rekte zich uit. Een gebaar waarmee hij wilde aangeven dat wat hem betreft alles gezegd was en zij kon vertrekken. Dora negeerde het signaal en dus vroeg Harry: 'Koffie?' in de hoop dat ze zou zeggen: 'Doe geen moeite', maar ze zei: 'Liever iets fris', en dus haalde Harry twee cokes uit de koelkast.

'Ik zag je deze week op televisie,' riep Dora hem achterna. Ze doelde op de laatavondshow waarin Harry te gast was.

'Hoe vond je me?' vroeg hij.

'Je hebt aanleg voor televisie. Ik meen het. Je oogt goed. Je straalt intelligentie uit en je houdt genoeg jongensachtige flair over. Je bent gevat en beschikt over humor.'

Harry lachte verlegen.

'Alleen moet je dringend wat aan je outfit doen,' zei Dora.

'Wat is daar mis mee?'

'Je was veel te braaf gekleed.'

'Ik had de broek en het hemd daags tevoren gekocht. Met Arlette. In een boetiek.'

'Olala! In een boetiek. Met Arlette,' zei Dora met geforceerde bewondering. Het gaf hem een onbehaaglijk gevoel. 'Luister Harry, kleren hebben alles te maken met imago. Ofwel ga je naar de televisiestudio als een man van de wereld, in een fijngesneden pak en met een das in een halve windsor geknoopt. Ofwel verschijn je als de journalist-avonturier met boots en een safarihemd boven een stevige katoenen broek met minstens vijf gestikte zakken.'

'Zoals Indiana Jones?'

'Lach maar. Wat je in ieder geval niet mag doen, nóóit mag doen, is je opwachting maken in de kleren waarmee je nu op televisie kwam. De spullen die je – met Arlette – hebt gekozen in die boetiek. Je leek op een boerenzoon die zich had opgedirkt om in de grote stad op bordeelbezoek te gaan.'

'Zo'n lichte broek met daar een donker jasje overheen is momenteel wel in de mode. Hier. In Europa.'

'Mode is wat anders dan goede smaak. Hoe zit het trouwens tussen jou en die Arlette?'

'Niet slecht. We zijn maatjes.'

'Ach wat, jullie zijn een span.'

Harry liep rood aan. Hij kwam overeind en ging bij het raam staan. 'Collega's en voorlopig niets meer,' zei hij.

'Zie je haar wel zitten?'

'Ik vind haar sympathiek.'

'Meer niet?'

'Ze is knap.'

'Dat is ze. Aan de andere kant vind ik haar – hoe moet ik het zeggen – wat gewoontjes. Zoals zij er bijloopt: *high dreams, low heels*. Dat getuigt ook niet van veel smaak.'

'Smaken kunnen verschillen.'

'Goede smaken niet.'

'Zij is persfotograaf, weet je wel. Die raken betrokken in straatrellen, springen over sloten, maken reportages op bouwwerven.'

'Dat begrijp ik en dat ze dan werkkleding draagt, wil ik ook nog accepteren. Maar in je vrije tijd loop je toch niet als een Schotse geitenboerin.'

'Ik vind Arlette meer dan gewoon.'

'Aha. Nu komt het.'

'Toegegeven. Ik hou van haar. Denk ik.'

'Besef dat je niet langer die oude Harry bent. De Harry van *De Achterhoekse Bode*. Je wordt stilaan Harry Witters, internationaal journalist. Vanaf nu moet je aan je uitstraling werken. Imago is álles. Je wordt beroemd, het geld rolt in jouw richting en er staan straks fantastische vrouwen aan je deur met de vraag of ze alsjeblieft binnen mogen.'

'Volgens de damesbladen is de ideale vrouw slank, intelligent, romantisch en draagt ze een string. Bedoel je dat met een fantastische vrouw?'

'Wat ik zeker niet bedoel is een... maatje.' Ze maakte een wegwerpgebaar.

Op dat moment had hij Dora op haar nummer moeten zetten en haar de deur wijzen. In plaats daarvan keek hij uit het raam en zag hij aan de overkant van de straat de zwarte Alfa Romeo staan die hij vorige week had gekocht.

Iets na elven de volgende dag liep Harry de Diamantwijk in. Een groot woord voor drie straatjes. En toch was dit het stadsdeel van Antwerpen met de meeste internationale allure. Tachtig procent van de ruwe diamant en de helft van de geslepen diamant wereldwijd passeert via deze drie straatjes. Dat is 26 miljard dollar per jaar. Om de wijk open en veilig te houden, staan agenten met machinegeweren op wacht, hangen er om en bij de tweehonderd camera's en heeft haast ieder gebouw zij badgesysteem. Een vrolijk centrum is het niet. Omdat het om groothandel gaat, staan er enkel grijze gebouwen, onderverdeeld in vele kantoortjes. Een diamantair heeft alleen een raam nodig dat op het noorden is gericht, een werktafel, een tweede bureau om klanten te ontvangen en een goede safe.

Harry stapte de RBC United Bank binnen en meldde zich aan bij de balie. Hij werd naar een achterafzaaltje geleid en kreeg koffie geserveerd. Door het raam zag hij bedienden zenuwachtig heen en weer lopen. Na enkele minuten kwam een man haast geruisloos de kamer binnen. Hij stelde zich voor als Pierre Doeselaar, assistant-manager. Hij was blufferig gekleed, met een fancy das en een joekel van een Breitling aan zijn pols. Een horloge waar je zeker zestig meter diep mee kon duiken, wist Harry. Wat zou Doeselaar zo diep te zoeken hebben?

'Het spijt me verschrikkelijk dat ik u heb laten wachten. We hebben vanochtend vastgesteld dat er in de loop van de nacht negen kluizen zijn gekraakt.'

'Ook de mijne?'

'Wat is het nummer?'

'8071.'

Doeselaar zocht het nummer op in de lijst. 'Uw kluis is niet open geweest, maar vertoont wel sporen van braak. Waarschijnlijk is de inbreker in tijdsnood geraakt of werd hij opgeschrikt.'

'Hoe groot is de buit?' vroeg Harry.

'We schatten 40.000 karaat aan diamanten.'

‘Ik weet niet wat ik me daar moet bij voorstellen.’

‘Dat is 8 kilo, oftewel een aktetas vol.’

‘Wie zijn de eigenaars?’

‘Wijzelf. Het gaat om diamant die we in onderpand hadden genomen van diamanthandelaars. Ze bezorgen ons diamant en wij geven hen cash geld.’

‘Weten jullie iets van de daders?’

‘Nee, zelfs geen vermoeden.’

Doeselaar ging hem voor naar de kluizenzaal. Hij wees Harry op de sporen van inbraak. Harry zag dat het deurtje van zijn kluisje in een van de hoeken licht was omgebogen en enkele schilfers lak eraf waren gesprongen. Doeselaar haalde met een zwierig gebaar Harry’s cassette uit de muur en zette ze op een tafel.

‘U mag kijken wat erin steekt, maar ik moet jammer genoeg persoonlijk toezien dat u er niets uit haalt. Voorlopig alleszins.’

Harry opende het deksel. Hij merkte dat Doeselaar zijn ogen slechts gedeeltelijk afwendde. In de cassette staken een pak honderddollarbiljetten en een witte enveloppe waarop zijn naam stond geschreven.

‘Mag ik de enveloppe openmaken?’ vroeg Harry.

‘Natuurlijk. Alleen mag u ze niet meenemen.’

Harry las:

Beste zoon,

ik weet dat geld niet kan goedmaken wat er is misgelopen. Misschien kan het helpen voor een investering, de aankoop van een huis of wat mij betreft een cruise rond de wereld. Doe ermee wat je wilt. En als je niet meer weet wie te vertrouwen, vraag dan aan Van Horen om je in contact te brengen met Il Gruppo. Ik heb Il Gruppo lelijk in de steek gelaten. Zeg hun dat het mij spijt. Wees voorzichtig en heb een goed leven.

Je vader

'Het is in orde,' zei Harry.

'Zodra de inhoud mag worden meegenomen, laat ik u iets weten,' zei Doeselaar.

'Eén vraagje, mijnheer Doeselaar. U zei dat uw medewerkers vanochtend de kraak hebben vastgesteld. Het is nu bijna halftien. Hoe komt het dat ik geen enkele politieagent zie?'

'Wij wilden eerst sommige van onze trouwe klanten op de hoogte brengen. Als u begrijpt wat ik bedoel. Volgt u mij, alstublieft.'

Harry was nog geen vijftig meter van de bank verwijderd toen van twee kanten sirenes naderden.

☆

's Avonds gingen Harry en Arlette eten bij Luca Bresi. In het restaurant waren de tafeltjes in een halve cirkel opgesteld rond een pizzaoven. Telkens als de schuif openging, wierp het vuur een grillig licht op de koppeltjes die elkaar hun liefde verklaarden met de mond vol basilicum en look, en ondertussen niet merkten dat de bodem van hun pizza als slappe mortel van hun bord gleed.

'Eigenlijk heb ik meer zin in *funghi in tegame*. Gebakken wilde paddenstoelen,' zei Arlette.

'Dan doen we dat toch? We zijn het wereldberoemde reportersduo Arlette Buys – Harry Witters.'

'Witters en Buys. Dat klinkt wel.'

'Heb je al een voorschot gekregen van Van Horen voor je foto's?'

'Ik schrok me een bult toen ik het bedrag op mijn rekening zag. Nog zo'n voltreffer en ik hoef de rest van het jaar niet meer te werken.'

'Zelfs die tweede treffer hoeft niet, want het groot geld moet nog komen.'

'Wat doen we de rest van het jaar?' vroeg Arlette.

'We gaan voor vier maanden naar een paradijselijk strand in Maleisië om dan Kerstmis te vieren in Zwitserland,' zei Harry.

'Ik ga liever naar Noorwegen. Picknikken mit bröd og laks aan de euver von de fjord.'

'En ondertussen reugenen en reugenen...'

'Mijnheer wil niet mee? – Dat is jammer. Dan scheiden hier onze wegen,' zei Arlette.

'Het was kort maar mooi,' speelde Harry mee. 'Ofwel maken we er een eind aan, of we vinden een compromis.'

'Een compromis! Dat klinkt zo huwelijks. We lijken wel een koppel dat veertig jaar getrouwd is: als jij geen winden laat, zal ik niet boeren. Dat doet me denken aan het huwelijk van mijn ouders. Mijn moeder riep ooit in volle colère tegen mijn vader: jij toont nooit je gevoelens. Hoe kom je daar bij, zei hij. Ik heb je in dertig jaar geen wind horen laten, zei zij weer.'

'Dat doen wij anders,' zei Harry. 'Vanaf de eerste dag laten we boeren en winden.'

'We beginnen er morgen mee. Wat zeg ik? Vanavond nog.'

'Nee, niet vanavond.'

'Heeft mijnheer plannen?'

'Proost,' zei Harry. 'Ik toost op alle ongeremde vrouwen.'

'*Ad absurdum*,' zei Arlette.

10

Donderdag vergaderde het Ibrahim-Comité pas na de lunch. De organisatie had een vrije voormiddag ingelast zodat iedereen zich een paar uur kon ontspannen. De roomsen maakten een wandeling door de kloostertuin of gingen met een boek in de zon zitten. Veel kans op een oecumenisch gesprek zat er niet in, want de meeste protestanten maakten van de gelegenheid gebruik om langer in bed te blijven liggen en de orthodoxen gingen uitgebreid in bad. Je hoorde een van de popes door het open raam tot buiten zingen. Eerst nog een 'Onze-Lieve-vrouw van de Karpaten' en 'Krymskaja aan de Russische kroon', maar toen hij opeens 'Treat Me Like A Woman' inzette, haastte de vertegenwoordiger van de Servisch-orthodoxe Kerk die al gewassen was, zich naar boven om zijn medebroeder te wijzen op de profaniteit die in zijn repertoire was geslopen.

In een van de spreekkamers op de gelijkvloerse verdieping stond de voorzitter van het Ibrahim-Comité voor het raam. Hij zag de deelnemers die in de tuin wandelden. Als iemand zijn kant op keek en de hand opstak, wuifde hij terug. Even snel waaide die vriendelijkheid weg en zag zijn gezicht er weer uit als een stuk bedorven fruit. Achter hem zaten zijn twee collega's van Il Gruppo samen met abt Raphael aan tafel.

'Onze man in Rome wist te melden dat amper twee dagen na de eerste sessie over de bevoegdheden van de paus al een verslag toekwam bij de hoogste leiding van de Vaticaanse geheime dienst,' zei de voorzitter terwijl hij door het raam bleef kijken.

'Hebt u een idee wie het kan hebben gedaan?' vroeg de abt.

'Een sterk vermoeden. Nog geen bewijzen. Wat we wel zeker weten is dat hij een medeplichtige heeft onder uw broeders. De verrader moet zijn verslag aan iemand kunnen meegeven.'

'Kan hij niet gewoon bellen met zijn mobieltje?'

'Zowel de deelnemers als hun bagage zijn gescreend. Geen paperclip kon mee naar binnen. De beveiligingsdienst heeft sensors die aangeven als er een mobieltje in een kamer ligt, zelfs als het niet wordt gebruikt.'

'Hoe kan ik u helpen?' vroeg de abt.

'Er moet zo snel mogelijk een bijkomende nachtcamera verdekt worden opgehangen in de gang op de tweede verdieping. Als ons vermoeden klopt, verblijft daar de verrader. De klus moet in enkele uren geklaard zijn, terwijl iedereen in vergadering is. Niemand mag iets merken.'

'Ik zal ervoor zorgen,' zei de abt en hij verliet de kamer.

'Ik heb gehoord dat Bonfatto contact heeft gelegd met Harry Witters, de zoon van Frank, zei een van de twee lange adjuncten.

'God, begint dat verhaal weer helemaal opnieuw?' reageerde de voorzitter.

'Wat doen we eraan?'

'Martin, praat eens met hem. Probeer te achterhalen wat voor iemand hij is.'

Enkele tellen lang bleven de drie mannen zonder iets te zeggen. Dan sloeg de voorzitter opeens met zijn platte hand op de tafel.

'Ik haat Bonfatto en zijn spionagegedoe,' riep hij.

✯

Minder dan een uur na de lunch schoven de vijfenveertig mannen weer rond de vergadertafel. De voorzitter stond op.

'Broeders in Christus, laten we het hebben over de sacramenten. We hebben in Griekenland de sacramenten voor het eerst geïnventariseerd en jullie hebben mij belast met de opdracht om een compromis te ontwikkelen. Mijn rapport ligt voor u op tafel, maar mag ik mijn uitgangspunt heel simpel formuleren? Het protestantisme telt twee sacramenten: het Doopsel en het Avondmaal. Katholieken en orthodoxen tellen er elk zeven. Ik wil niet vooruitlopen op de besprekingen, maar naar mijn gevoel moet hier een schikking kunnen worden getroffen waarbij alle partijen iets toegeven.'

Een man stak zijn hand op om het woord te vragen. Het was weer Sverker Gutsche, die tijdens die eerste helft van deze week al de opvallende rol van bemiddelaar had gespeeld. De vertegenwoordiger van de Lutherse Wereldfederatie was een opgeschoten blonde man van in de dertig en afkomstig uit Stockholm.

'Mijnheer de voorzitter, wij lutheranen zijn bereid om u een eind te volgen in uw zoektocht naar een compromis. Wij zijn bereid om – onder voorwaarden weliswaar – het Huwelijk en het Heilig Oliesel als sacrament te accepteren. We hebben uiteraard een probleem met de Biecht en het Priesterschap. Temeer omdat er geen enkel bewijs is dat het priesterambt is ingesteld op de uitdrukkelijke wil van Christus.'

'Mijnheer Fabri?' vroeg de voorzitter.

De katholiek Giovanni Fabri was in alles het tegenbeeld van Gutsche. Net zestig jaar en al grotendeels kaal. Een bijzondere theoloog die jarenlang de rechterhand was van Johannes Paulus II. Hoe briljant hij ook was, doordat hij zo binnensmonds praatte, moest je al heel geconcentreerd luisteren om hem te verstaan. Sommigen konden dat geduld moeilijk opbrengen.

'Mijnheer de voorzitter, wat het Priesterschap betreft zijn wij er in principe tegen dat het middenveld tussen God en mens wordt afgeschaft. Met het einde van een priesterlijke Kerk komt volgens ons het hele instituut op de tocht te staan.'

'Is dat niet juist de bedoeling van dit Ibrahim-Comité? Om te onderzoeken of in de nabije toekomst een nieuwe eengemaakte Kerk kan worden opgericht?' onderbrak Gutsche hem.

Fabri maakte een bezwerend gebaar. 'Ik ga die discussie hier niet heropenen. Integendeel, wij willen ons deel van het compromis vervullen en het sacrament van het Priesterschap vervangen door een buitengewone, non-sacramentele wijding.'

'Dan spreken we toch over een wijding die geldt voor mannen én vrouwen?' riep Peter Magnus van de Gereformeerde Kerk brutaal.

'Het lijkt me niet meer dan logisch dat, als het Priesterschap met louter een wijding wordt ingesteld, op termijn het ambt ook kan worden opengesteld voor vrouwen,' herhaalde Fabri.

'En wat met de Biecht, mijnheer Fabri?' vroeg de voorzitter. Deze keer ging de katholieke theoloog overeind staan om zijn betoog meer kracht bij te zetten.

'Wij beschouwen het sacrament van de Biecht als een directe handeling van Jezus Christus. In Johannes 20, vers 20 tot 23 lezen we: "En Jezus sprak tot zijn leerlingen: Ontvangt de Heilige Geest, wier zonden gij vergeeft, hun zijn ze vergeven, wier zonden gij behoudt, hun zijn ze behouden." Met andere woorden: de Biecht vindt haar oorsprong in de historische Jezus en daar gaan we dan ook niet over marchanderen.'

Sverker Gutsche wilde niet onderdoen voor Fabri en op zijn beurt stond hij op.

'Mijnheer de voorzitter, het protestantisme gelooft dat je

zonden vergeven worden wanneer je ze oprecht belijdt tegenover God. Vergeving komt van God en heeft geen tussenkomst van priesters nodig.'

Fabri gaf niet af.

'Het eerste klopt, het tweede niet. Jullie, die zoveel belang hechten aan de Heilige Schrift, kunnen toch niet ontkennen wat Jezus zelf zegt tegen zijn apostelen: Wier zonden gij vergeeft, hun zijn ze vergeven?'

Gutsche slaakte een ongeduldige zucht. 'De tekst spreekt niet van apostelen, maar van volgelingen. Wie wordt bedoeld met volgelingen? Toch niet alleen de twaalf apostelen, maar de hele gemeente.'

'Reeds op het concilie van Trente...' begon Fabri.

Gutsche snoerde hem de mond.

'Mijnheer Fabri, alstublieft! We kennen allemaal dat concilie van Trente. Dat had slechts één bedoeling: de meubels redden vooraleer heel Europa protestants werd. Op die concilies van jullie werden vaak de raarste dingen beslist, zoals de Onbevlekte Ontvangenis van Maria en de Biecht.'

De voorzitter onderbrak het gekibbel. 'Heren, heren! Gaat u zitten, alstublieft. Wat zegt de orthodoxe strekking? Mijnheer Kandakos, uw mening graag.'

Alexander Kandakos schrok toen hij rechtstreeks werd aangesproken. Hij verlegde zijn stramme benen en streek over zijn witte baard.

'De Biecht heeft een grote betekenis in ons geloof in Gods erbarmen. Ze behoedt ons voor wanhoop.'

Kandakos werd onderbroken door Peter Magnus.

'Psychiaters en psychologen zijn beter opgeleid dan priesters om de wanhoop te bestrijden. Of om de seksualiteit te beteugelen, want daar ging het jullie toch vooral om: de seks.'

Kandakos raakte gepikeerd. 'Seks was vroeger misschien

een zonde, mijnheer Magnus, maar met de komst van de psychiaters is het een ziekte geworden.'

Het dispuut sleepte meer dan drie uur aan.

☆

Na het diner – broccolisoep, kalfsgebraad in deegkorst en Duitse rabarberkoek – bleef het gezelschap nog wat hangen. De voorzitter had veel verwacht van deze avonden. Hij had gehoopt dat de leden van het comité informeel met elkaar zouden omgaan, dat er persoonlijke gesprekken op gang zouden komen, misschien zelfs vriendschappen zouden worden gesmeed. Dat viel lelijk tegen. Af en toe werden wel beschaafde conversaties gevoerd, meer ook niet. Na enkele dagen zaten orthodoxen, protestanten en katholieken in groepjes bij elkaar. Toen een van de Amerikanen hardop begon te zingen van 'Walk with me, talk to me, treat me like a woman', konden de orthodoxen hem wel schieten.

Jeff Hodson trok op met Fred Paulson van de Methodisten en Carl Dimon van het Congregationalisme. Ze hadden geslapen tot elf uur. De lange afzondering begon te wegen bij deze mannen. Weer praatten de Amerikanen zo luid dat de halve zaal moest meeluisteren, wat menig kanunnik en pope in verlegenheid bracht.

De hoogdravendheid van de Amerikanen werd ongewild onderuitgehaald door twee monniken die aan het tafeltje naast hen zaten, Abdul Salih van de Chaldeeuws-katholieke Kerk en Nizar Seirawan van de Syrisch-katholieke Kerk. Twee woestijnmonniken met een taaie huid die opgeschuurd was door het zand. Niet dat zij veel lawaai maakten. Het was het plezier dat ze hadden in hun conversatie dat zo aanstekelijk werkte.

'Melito?' vroeg Abdul Salih.

‘Van Sardis,’ antwoordde Nizar Seirawan snel.

‘Goed zo. En Cyrillus?’

‘Ik ken er twee. Cyrillus van Jeruzalem en Cyrillus van Alexandrië.’

‘Zeer goed. Nu een moeilijke: Theophitus de...?’

‘De Areopagiet?’

‘Neen, dat was Dionysius. Het is Theophitus de Afvallige.’

‘Nu ik,’ zei Nizar. ‘Gregorius?’

‘Van Nyssa en van Nazianze.’

‘Excellent. Iets anders dan. Wie van de volgende vrouwen is géén martelares: Agatha, Birgitta of Symforosa?’

‘Dat is een makkelijke. Symforosa en haar zeven zonen zijn in Rome onder keizer Hadrianus de marteldood gestorven. Ik twijfel tussen Agatha en Birgitta. Ik houd het bij Birgitta, al geef ik toe dat ik een gok doe.’

‘Dan gokt u juist. Birgitta was de weduwe van een Zweedse landvoogd en heeft het christendom verspreid in Scandinavië. Zij is een natuurlijke dood gestorven. De kuise Agatha daarentegen stierf de marteldood nadat ze eerst door de stadhouder van Catania in een bordeel was geplaatst.’

De twee monniken voelden zich in hun schik met de gelijkopgaande stand.

‘Vraag eens waarmee ze bezig zijn,’ stookte Dimon zijn maat Hodson op.

Jeff Hodson draaide zich om en vroeg met gespeelde beleefdheid wat de eerbiedwaardige broeders in Christus aan het doen waren.

‘O, dat was maar een spelletje,’ zei Nizar. ‘Wij moesten in het seminarie alle martelaren en kerkvaders van de vroegchristelijke Kerk uit het hoofd kennen, en dat wilden we nog eens uitproberen bij elkaar.’

Jeff Hodson wendde zich weer naar zijn geestesgenoten

en siste: '*Like I said: these are the Middle Ages, man. Beam me up Scottie!*'

'Dat is net wat ik ga doen,' zei Nizar Seirawan en hij vertrok naar zijn kamer.

☆

De nacht spreidde een deken van gewijde stilte over het klooster van Siegburg. De klok van de kerk luidde driemaal. In de gaarkeuken sloeg een koelkast aan. In de voorbouw dommelde een bewaker in het schijnsel van drie monitoren die beelden toonden van de poort, de tuin en lege gangen. Op de tweede verdieping, in de vierde cel vanaf de trap, floepte een lichtje aan. Het straaltje was zo klein dat je het van op de gang zelfs niet merkte. De bewoner gleed uit zijn bed en ging geruisloos aan het tafeltje zitten. Hij legde de minuscule zaklantaarn zo dat een blad papier werd beschenen.

Verslag van het Ibrahim-Comité
Onderwerp: de sacramenten.

De drie fracties gingen snel akkoord over het behoud of de invoering van Doopsel, Heilig Oliesel, Huwelijk en Eucharistie. Zowel katholieken als orthodoxen zijn bereid het sacrament van het priesterschap te vervangen door een niet-sacramentele zegening, die zoals blijkt uit een voorgaande vergadering, ook openstaat voor vrouwen.

Grootste punt van discussie was de Biecht. Bij aanvang was de toon af en toe bitsig (tussen Fabri, Gutsche en Magnus). Toch werd na twee dagen praten deze namiddag een consensus gevonden. Het sacrament van de Biecht verdwijnt bij katholieken en orthodoxen. Protestanten, katholieken en orthodoxen zijn wel overeengekomen om de Laatste Biecht, de Ziekenzalving en het Heilig Oliesel te combineren tot een Sacrament voor de Stervenden.'

Uw dienaar

De man legde zijn pen neer, knipte de zaklantaarn uit en bleef in het pikdonker zitten. Toen de klok halfvier sloeg, werd er tweemaal zacht geklopt. De man zette de deur van zijn cel op een kier en gaf zijn verslag aan een monnik. Er werd geen woord gezegd.

Om 16 uur diezelfde dag arriveerde het verslag op het bureau van monseigneur Alessandro Bonfatto. Om 16.30 uur kreeg kardinaal M., hoofd van het directoraat voor Filatelie en Numismatiek, het papier in handen.

'*Porca miseria!*' vloekte hij toen hij het helemaal had gelezen.

II

Rashid Za-mar hield één hand aan het stuur van zijn witte BMW. Met driekwart minder auto's dan op andere dagen was het ontspannen rijden op de Sheikh Zayed Road. Het weerkundig instituut van Dubai had voor vandaag en voor de rest van de week een maximumtemperatuur van 46,5 graden Celsius voorspeld. Een hele opluchting voor de bijna tweehonderdduizend Indiase en Pakistaanse bouwvakkers die volgens de wet niet hoefden te werken als het kwik boven de 44 graden steeg. Ze lagen nu wel op apegapen in hun kale achterafkamertjes, maar dat was nog altijd beter dan honderdtwintig meter hoog in een van de tientallen wolkenkrabbers in aanbouw. Ook veel kantoorvolk had wat vrije dagen opgenomen om te genieten van de koelte van de huiselijke airconditioning.

Rashid Za-mar, beëdigd tolk Arabisch-Engels-Farsi, kon geen vakantie nemen omdat net deze week Dubai gastheer was van de algemene vergadering van de Arabische Liga. Het emiraat Dubai had zich de afgelopen jaren ontwikkeld tot de economische hoofdstad van een Arabisch rijk dat zich uitstrekte van Marokko tot Iran, en probeerde zich nu ook een politieke hoofdrol aan te meten. Tweeëntwintig landen hadden een delegatie gestuurd en dat bracht heel wat vertaalwerk met zich mee.

Rashid parkeerde zijn auto op de met tentzeilen beschaduwde parking van het Royal Mirage Hotel. Tussen de parking en de receptie moest hij zich twee keer legitimeren en werd hij één keer gefouilleerd. In de lobby stond een zenuwachtige ambtenaar hem op te wachten. Net als Rashid was hij gekleed in een smetteloos witte *thobe* die tot aan zijn sandalen reikte en droeg hij de traditionele rood-witte *ghutra* op het hoofd.

'U bent niets te vroeg,' zei de ambtenaar.

'Eigenlijk hoefde ik pas deze middag op te komen,' zei Rashid. 'Ik ben een uur geleden gebeld. Wat is er zo dringend?'

'Ik weet alleen dat ze erg geheimzinnig doen. Kom mee.'

De ambtenaar ging hem voor tot aan de deur van suite 24. Hij klopte tweemaal discreet. Niemand reageerde, waarop de man de deur opende.

'Wacht hier,' zei hij.

De stilte in de koele suite was volmaakt. In de kamer stonden zes indrukwekkende lederen fauteuils in een cirkel geplaatst. Naast elke fauteuil bevond zich een piepklein bijzettafeltje met daarop twee flessen spuitwater en twee glazen. Rashid vatte post voor het grote raam. Hij keek naar de tuin die met veel moeite werd besproeid zodat het leek alsof de hotelgasten in een oase verbleven. Achter het zwembad zag hij een stukje van het strand van Jumeirah. Na tien minuten wachten zwaaide opeens de deur open en kwamen zes mannen binnen. Rashid deinsde achteruit en boog diep, want hij herkende op slag de eerste drie: de Saudische koning Abdoellah bin Abdoel Aziz al-Saoed, de president van Iran en de Turkse premier. De aanwezigheid van deze laatste was uitzonderlijk, omdat Turkije geen lid was van de Arabische Liga. De drie topleiders waren ieder vergezeld van hun minister van Buitenlandse Zaken. Eén minister knikte naar Rashid. Voor de anderen was de tolk louter lucht.

Het gesprek in suite 24 duurde minder dan een uur en Rashid hoefde slechts af en toe tussenbeide te komen met een vertaling. Dat had zeker te maken met de groeiende invloed van het Arabisch op het hedendaagse Perzisch en het feit dat Erdogan ook Arabisch begreep.

Het leek eerst alsof de Turkse premier voor de vierschaar stond. Gaandeweg bleek dat hij het was die zijn Iraanse en Saudische collega's had uitgenodigd. Recep Tayyip Erdogan was Turks eerste minister sinds 2003 én een omstreden figuur. Enerzijds ijverde hij voor een snelle toetreding van Turkije tot de Europese Unie, anderzijds was hij een overtuigd islamist en schafte hij het hoofddoekenverbod op Turkse universiteiten af.

Na een inleidende losse babbel kwam Erdogan tot de essentie. In korte zinnen maakte hij duidelijk dat zijn land er genoeg van had om te bedelen naar het lidmaatschap van de Europese Unie.

'Ik heb de Europeanen zo vaak uitgelegd dat Turkije een brug kan zijn tussen twee beschavingen. Maar er was altijd wat: we waren te arm, met te veel, te onderontwikkeld, te weinig democratisch,...'

'En vooral: té islamitisch,' zei koning Abdoellah. 'Waarom bleef u zo lang in die vernederende rol?'

'U hebt groot gelijk. Turkije trekt zijn aanvraag in. Meer zelfs, mijn partij is vast van plan om het secularisme te laten varen, zodat Turkije zijn historische rol als belangrijkste vertolker van de islam kan hervatten.'

'Ik ben een gelukkig man om dit te mogen horen uit uw mond,' zei de koning van Saudi-Arabië.

De Iraanse president knikte goedkeurend. 'Als Europa een christelijk clubje wil zijn, dan laten we het toch gewoon barsten,' zei hij.

'Natuurlijk verliezen we Europese financiële steun,' zei Erdogan.

Koning Abdoellah kwam langzaam overeind. 'U weet wat ik u eerder heb gezegd. Laat geld geen argument zijn. U kan rekenen op Saudi-Arabië.'

Toen de president van Turkije zijn voornemen bekendmaakte, die late voormiddag van 11 augustus in suite 24 van het Royal Mirage Hotel in Dubai, waren daar welgeteld zeven personen bij aanwezig. Zeven, van wie zes behoorden tot de hoogste leiders van de Arabische wereld. En toch kreeg Dora Calson minder dan een dag later een verslag van deze vergadering.

12

Dora Calson vroeg Harry Witters twee weken te wachten met publicatie, tot het Ufficio een onderduikadres had geregeld voor zijn agent uit Dubai. Dat vond Harry niet erg omdat hij volop bezig was met het verhaal over de sputterende Olympische fakkel.

Toen Lou Van Horen voor het eerst van die vlam hoorde, lachte hij de kalk uit het plafond. Hij liet er geen gras over groeien en belde 's avonds met zijn mannetje in Moskou. De deal was snel gesloten. Simon Chobotow, een plaatselijke freelancer, zou ter plekke de zaak uitspitten en foto's laten nemen van het pakhuis en, als het zou lukken, van de twee Russische agenten. Op basis van die informatie zou Harry reacties verzamelen en de achtergrond schetsen. De artikels zouden op dezelfde dag in *The Washington Post* en de Britse *The Evening Standard* verschijnen. Ze zouden worden ondertekend door Witters en Chobotow.

'Ik heb ze koud op hun nest gepakt!' bulderde Chobotow geen drie weken later door de telefoon.

Hij en een fotograaf waren op een avond vrij simpel in het pakhuis geraakt. Ze hadden zelfs geen slot hoeven te forceren. Alle opslagruimten waren gevuld met grote zakken met vermicellilettertjes voor in de soep. 'Imported from Italy' stond op de zakken. En verder: 'Cyrillic alphabet'. Uiteindelijk ontdekten Chobotow en zijn collega op de derde verdieping een lab. De volgende avond waren ze teruggegaan en nu hadden ze een chemisch expert mee die namen van produkten noteerde en stalen nam. De ochtend daarop al belde hij Chobotow, en die telefoneerde een uur later naar collega Witters in België.

'Harry, ben je wakker?'

'Nu wel. Zeg me niet dat je al meer weet.'

'Maxim was zo nieuwsgierig dat hij de hele nacht heeft doorgewerkt. Een volledig rapport mag je pas volgende week verwachten, maar ik kan je nu al zeggen dat je vermoedens kloppen.'

'Vertel.'

'De saboteurs hebben een systeem bedacht waarmee de Olympische vlam drie seconden na de ontsteking weer dooft. Ook bij een tweede, derde en vierde poging zal de vlam telkens even uitslaan om dan onmiddellijk te krimpen. Er wordt gebruik gemaakt van een kleine ampule Novec 1230.'

'Hoe schrijf je dat?'

'N-O-V-E-C met een C achteraan. Dat is een chemisch blusgas dat is gebaseerd op warmteonttrekking door moleculevergroting. Hoe dat spul werkt, moet jij maar uitvogelen, makker.'

'Heb je kunnen achterhalen wie de twee saboteurs zijn? Hoe heten ze nu weer?'

'Mikhail Awerjanytsj en Andrej Jefimytsj. Zij staan op de loonlijst van Gazprom.'

'Het aardgasbedrijf?'

'Het grootste aardgasbedrijf van de wereld.'

'Simon, je bent een reus.'

'Wacht tot je mijn rekening krijgt.'

'Je bent het dubbel en dik waard.'

☆

‘Waarom waagt Gazprom zich aan een dergelijk avontuur?’ vroeg Lou Van Horen aan Harry.

‘Groot-Brittannië wil samen met Frankrijk een nieuwe generatie kerncentrales bouwen en die technologie de volgende vijftien jaar wereldwijd exporteren. Officieel doen ze dat om de globale opwarming te bestrijden. De ware reden is dat Europa weinig vertrouwen heeft in Gazprom als energieleverancier. Herinner je hoe Rusland weigerde om gas naar Europa te pompen. Hoe groter het succes van die centrales, hoe slechter de groeivooruitzichten van Gazprom. Door de Britten belachelijk te maken, ondergraven de Russen bij het publiek het vertrouwen in de kernenergie. Als ze nog geen fakkel kunnen doen branden, hoe veilig zijn dan hun centrales?’

13

In de grote zaal van de Sint-Michaelabdij hing een uitgelaten sfeer. Vooral de lutheranen en de protestanten hadden er schik in en zelfs katholieken en orthodoxen konden af en toe hun lach niet onderdrukken. Het had te maken met het onderwerp van debat: de heiligenverering.

Martin York van de Southern Baptists was de man die het rondje vermaak opende. De jonge Amerikaan richtte zich rechtstreeks tot de vertegenwoordiger van de roomse Kerk. ‘Zeg nu eerlijk, signor Fabri, die heiligenverering bij jullie lijkt toch verdacht veel op afgoderij. Als ik een katholieke kerk binnenga, dan zie ik aan elke pilaar een heiligenbeeld: Sint-Antonius met zijn varken, Christoffel die het kind Jezus over de rivier draagt, Franciscus die met de dieren praat. Het lijkt wel Disneyland. En dan die eindeloze lijst van patroonheiligen!

Bartholomeus is de patroon van de bakkers. Van alle bakkers? Nee, want Laurentius is de patroon van de banketbakkers. En dan vraag ik mij af: is Donatius misschien de heilige die zich het lot aantrekt van de donutbakkers? Vitus wordt aangeroepen tegen de bliksem, Rupertus tegen de kinderkramp, Appolonia tegen de tandpijn, Lucia tegen de menstruatiepijnen, Constipapus tegen de buikloop en Diareos tegen de hardlijvigheid...'

Zelfs met die flauwe grappen kreeg hij het gezelschap op zijn hand. Na een week van beschuitdroge discussies waren de theologen toe aan enige scherts. York breide verder op zijn bijval.

'Alfa van Augsburg is de patrones van de prostituees. Excuseer, van de berouwvolle prostituees.'

Giovanni Fabri onderbrak hem.

'En wat dan gezegd van uw patroonheilige: Judas Thaddeus?'

'De mijne?'

'Ja, de uwe. Judas Thaddeus is toch de patroon van hopeloze gevallen?'

De voorzitter van de vergadering kreeg slechts met moeite de ernst in het debat. Toen het min of meer weer stil was, gaf hij het woord aan Georgi Kedrov van de Russisch-orthodoxe Kerk. Die zat naast de oude Grieks-orthodox met de witte baard en de stramme benen. Ook Kedrov had een baard maar die was glimmend zwart, net als zijn haar dat in een dot was gebonden. Ondanks zijn jeugdige leeftijd sprak hij met een sonore basstem. Als hij tijdens de eredienst op kerstavond uithaalde met 'Blazhen Mouzh' – Gezegend is de Heer –, kreeg menig gelovige koude rillingen. Een gevoel alsof Gods adem je beroerde.

'Een heilige is iemand die bijzonder rechtschapen en gelovig heeft geleefd, en van wie wordt aangenomen dat hij of zij daardoor invloed kan uitoefenen op het leven op aarde,' sprak hij met holle stem. 'Hij of zij doet dat door middel van voorspraak bij God. Zij kunnen proberen Hem mild te stemmen als een gelovige iets verzoekt.'

'Dat kan best zo zijn,' begon Martin York weer, 'en toch zal u moeten toegeven dat veel van uw gelovigen rechtstreeks de heiligen aanbidden.'

Kedrov liet zich niet uit zijn evenwicht brengen.

'De orthodoxe Kerk heeft altijd een onderscheid gemaakt tussen de aanbidding van God en de verering van de heiligen.'

Kedrov zweeg even en vervolgde toen bedachtzaam. 'U en ik weten dat God ons meer nabij is dan wie ook, maar dit is moeilijk te vatten voor iedereen. En dus hebben heiligen een rol. Degene voor wie God onbereikbaar is, kan een heilige aanroepen en om hulp smeken. Daarom vind ik uw radicale afwijzing van de heiligenverering een uiting van hoogmoed. De heiligen behoren tot het volk. Raak aan Saint Patrick en je raakt de Ieren. Ontneem de Armeniërs hun Sint-Gregorius en je snijdt in hun ziel.'

Het was stil in de zaal en York moest al zijn Amerikaanse lef bijeenschrapen om opnieuw het woord te nemen.

'Dat beseffen wij en daarom eisen wij ook niet de afschaffing van de heiligenverering. We vragen wel uitdrukkelijk dat de katholieke en orthodoxe Kerken de heiligenverering beschouwen als volksdevotie en in de toekomst geen nieuwe heiligen meer erkennen.'

Nu pikte Fabri in. De standvastigheid van Kedrov inspireerde hem.

'U gaat wel heel erg ver. U spreekt van volksdevotie en eigenlijk bedoelt u folklore, is het niet?'

Maar Fabri had nu eenmaal niet de stem en het postuur van Kedrov. Martin York raakte opnieuw gelanceerd.

‘Ik vind het altijd zo vermakelijk om vast te stellen dat de wonderen in de wereld zich grotendeels voordoen tussen de dertigste en de vijftigste breedtegraad. Heel toevallig liggen in die breedtekring ook de wijnbouwgebieden.’

De lachers waren er weer.

Youannes Tewfik zat om drie uur ’s nachts in zijn cel te schrijven aan zijn eindverslag. Alhoewel hij helemaal niet dik was, had hij een hoofdje als een blozende appel. Zijn neus en mond zaten gevangen tussen twee bolle wangetjes.

Tewfik had zich geërgerd aan de nonchalance waarmee over Maria en de heiligen werd gesproken en aan de manier waarop na drie dagen van debat diezelfde heiligen naar de volksdevotie werden verbannen, zoals de protestanten van in het begin hadden gevraagd. Mariaprocessies, Maria-aanbiddingen, bedevaartplaatsen, genadeoorden, regionale heiligdommen mochten blijven als folklore, maar de principes van de maagdelijke geboorte, de blijvende maagdelijkheid, de Onbevlekte Ontvangenis en het dogma van de Tenhemelopneming zouden moeten worden geschrapt.

Tewfik begreep niet waarom de katholieke fractie de ene toegeving op de andere stapelde. Hij had een hekel aan de slappe Fabri. Hij had een hekel aan álle rooms-katholieken. Al heel lang.

In oktober 1994 was Tewfik uitgenodigd om als toehoorder in Rome de negende Algemene Bisschoppensynode van de katholieke Kerk bij te wonen. Deze hoge bijeenkomst handelde over de toekomst van de religieuzen: zusters, paters, broeders en monniken. Hij zag hoe de synode gedomineerd werd door de progressieve strekking die zich sterk maakte voor een modernisering van het kloosterleven. Volgens die nieuwlichters moesten religieuzen nog meer geëngageerd de wereld in trekken in plaats van zich te verstoppen achter habijt en tralies. Op een ochtend, toen hij het Sint-Pietersplein overstak om een commissievergadering bij te wonen, stootte hij op een vlucht lelijke nonnen die protesteerden omdat ze uitgesloten werden van het kerkbestuur. Tewfik, in zijn zwarte kleed en zijn met kruisjes geborduurde kap, zag het tafereel met weerzin aan. Een schaduw viel over hem. Een zware, opgeschoten katholieke priester stond naast hem.

'Ik kan me voorstellen dat u dit maar niets vindt,' zei die terwijl hij in zijn handen wreef.

'Dat is nog niet het ergste,' zei Tewfik. 'Gisteren kreeg ik pamfletten in de hand gestopt van de werkgroepen *Vrouwen van priesters* en *Geloof en homoseksualiteit*.

De twee mannen stelden zich aan elkaar voor, hoewel elk van hen de ander kende. Tewfik wist dat de priester Alessandro Bonfatto heette en chef was van het organisatiecomité dat alle praktische zaken in verband met de synode regelde. Hij en zijn team zochten naar vrije hotelkamers, organiseerden vipbezoekjes aan het Vaticaans museum, zorgden voor maaltijdbonnen en riepen een arts op als een of andere kardinaal het benauwd kreeg. En Bonfatto, die toen al voor een belangrijk stuk de Vaticaanse inlichtingendienst beheerde, had op zijn bureau een fiche over Youannes Tewfik. Dezelfde avond spraken de twee mannen af in het appartement van Bonfatto, waar de kok van het huis gebraden kip met citroen in zeezout serveerde.

De twee karakters lagen elkaar. En wat Tewfik helemaal

verraste was dat de carrièrepriester Bonfatto net als hijzelf alle moderniteiten naar de hel wenste.

'Onze Kerk is na het concilie van 1962 in een spirituele crisis verzeild,' zei Bonfatto. 'De behoudsgezinden delfden het onderspit en het enthousiasme van de progressieven is geleidelijk aan verkoeld. Wat blijft is de verwarring. En dan spreek ik alleen van de thuiswacht, want miljoenen gelovigen zijn via de achterdeur de Kerk ontvlucht.'

'Ze zijn niet gevlucht, Bonfatto. Ze zijn onverschillig geworden. De moderne mens heeft geen behoefte aan God en Kerk. Het verhaal dat hun na de dood een beter leven wacht, raak je aan hen niet meer kwijt. Hoe, beter? Het huidige leven is toch al goed!'

Tewfik was opgestaan van tafel en liep naar de andere kant van de kamer, waar boven een donkere buffetkast een Latijnse spreuk hing.

'*Dominus Rex noster, ipse salvabit nos.* De Heer is onze Koning, Hij zal ons verlossen,' las hij hardop. 'Is dat je lijfspreuk, Bonfatto?'

'Ja, ik zie Christus als de heerser in het koninkrijk Gods.'

'Een aards koninkrijk of een geestelijk?'

'Ik volg hierin Sint-Augustinus. Die stelde dat het geestelijke rijk niet alle aardse macht uitsluit, integendeel. Voor zover aardse macht noodzakelijk is om het koninkrijk Gods te grondvesten, is ook zij aan Christus gegeven.'

Bonfatto trok naar de keuken om koffie te zetten.

Op het seminarie werd vaak gediscussieerd over de figuur van Jezus. Er waren studenten die hem een socialist noemden, een idealist, een utopist, een pacifist. Bonfatto's geloof daarentegen was gebaseerd op een fragment uit het evangelie van Johannes, waar Pilatus Jezus op de man af vraagt: 'Gij zijt dus toch koning?' En Jezus antwoordt: 'Ja, koning ben Ik. Hiertoe ben Ik geboren en hiertoe ben Ik in de wereld gekomen.'

Bonfatto was fanatiek gelovig en toch geen stoker van twist en tweedracht. Hij stopte geen grein van zijn energie in discussies of ruzie. Nee, Bonfatto was een binnenvetter die amper reageerde op provocaties. Hij wachtte als een spin in haar web, schoot dan uit en beet zijn prooi de kop af. Zo had hij Carlo Mendini te grazen genomen. Het was begonnen met een banaal voorval in het laatste jaar van de lagere school. Hij was toen net geen twaalf. Lieve hemel, wat was hij nog een broekje. Hij was een goede leerling, maar tijdens het paasexamen aardrijkskunde zocht hij in zijn hoofd tevergeefs naar de klimaatgordels in Europa. Met eindeloos geduld wist hij zijn atlas uit zijn boekentas te vissen en de antwoorden over te schrijven zonder dat meester Fermi iets merkte.

De laatste dag voor de paasvakantie kregen de kinderen hun rapport. Meester Fermi loofde Alessandro omdat hij als enige het maximum van de punten had gehaald voor *geografia*. Carlo Mendini, *bastardo*, *stupido* en zoon van politieagent Bernardo Mendini, stak zijn vinger op en klikte dat Alessandro had gespiekt. Meester Fermi, die al meer dan dertig jaar lesgaf in de lagere school van Forino, zag het blikken en het blozen en wist meteen hoe de vork aan de steel zat. Spieken is verraad aan je vriendjes die wel hebben gestudeerd, zei meester Fermi en hij gaf Bonfatto 0 op 40.

Diezelfde paasvakantie raakte de kleine Carlo vermist. Dagenlang zochten politieagenten, collega's van Carlo's vader, de omgeving af. Er werden honden ingezet. Kwaaie beesten aan lange leibanden. Pas vier dagen later werd de jongen gevonden. Zijn lichaam dreef in een ven. Het moest boven zijn gekomen door de gassen die zich opstapelden in zijn buik. Anders was het niet te verklaren, want in de zakken van zijn jasje staken twee stenen.

Heel het dorp treurde toen Carlo naar zijn grafje werd gedragen. Niemand begreep wat er was gebeurd. Alessandro staarde tijdens de uitvaartdienst naar het kruis boven het altaar.

'Help, ik zink,' had Carlo geroepen.

Domme Carlo, hoe kon je geloven dat er in het midden van het ven een schat lag en dat je alleen met stenen in je zak tot op de bodem geraakte?

Kyrie eleison. Heer, ontferm U.

Terwijl hij in de keuken bezig was, wierp Bonfatto af en toe een oogje op zijn gast. Hij wist dat deze monnik lid was van de Heilige Koptische Kerk in Egypte, filosofie en theologie had gestudeerd en naast Koptisch en Arabisch, ook Frans en Italiaans beheerste.

De vader van Tewfik was commissionair in effecten bij de Bank of Cairo. Na zijn opleiding kwam Tewfik als vanzelf op de bank terecht. Terwijl zijn vader een voorzichtig beursmakelaar was, durfde Tewfik wel risico's te nemen. Een strategie die loonde, want hij verdiende in weinig tijd veel geld. Tot wanhoop van vader Tewfik werd het leven van zijn zoon bepaald door Duitse auto's, Italiaanse meisjes en Amerikaanse dollars. Dat mooie leven duurde tot hij kort na elkaar enkele zware verliezen moest incasseren. Om zijn levensstijl hoog te houden, tilde hij de bank. Dat lukte enige tijd, tot hij geen kant meer op kon. Op dat moment liep hij zijn oude schoolvriend Hassi tegen het lijf, een oplichter die ook dringend verlegen zat om geld. Hassi haalde Tewfik over om samen bij de bank een lening van 1,5 miljoen dollar los te weken als aanbetaling bij de koop van een hotel in Abu Dhabi. Hassi plaatste zijn villa als onderpand. Tewfik zorgde voor de referenties, zodat de bank bereid was in te gaan op het voorstel. Maar een van de managers ontdekte dat de notariële akte zo vals was als een briefje van 51 dollar. Tewfik werd beschuldigd van schriftvervalsing en oplichting. Hij werd veroordeeld tot drie jaar cel. Zijn vader nam uit schaamte ontslag bij de bank.

Toen Tewfik na twee jaar de gevangenis mocht verlaten, zocht hij zijn ouders op. Ze woonden in een achterafstraatje in Caïro. Vader werkte als hulpje in een bakkerij. Tewfik was zo gegrepen door de gevolgen van zijn wangedrag dat hij zijn zonden beleed bij een oude priester. Die begeleidde hem een jaar, tot Tewfik toetrad tot de orde der lazaristen. Vier jaar lang woonde hij als kluizenaar in de woestijn.

'Koffie?' vroeg Bonfatto.

'Alsjeblieft. En hoe gaat het met de paus?' vroeg Tewfik.

'Een heldere geest in een ziek lichaam.'

'Ik hoorde geruchten dat hij zou aftreden.'

'Dat zal hij nooit doen. Iemand als hij sterft in het harnas.'

'Wie zie jij als mogelijke opvolger?'

'Joseph Ratzinger. Daar moet je niet aan twijfelen.'

'Hoe ben jij zo zeker?'

Bonfatto lachte en hield zijn wijsvinger aan zijn rechterneusvleugel. 'Hou het maar op voorkennis van zaken, Tewfik. Ratzinger wordt de volgende paus, let op mijn woorden.'

☆

Tewfik legde de laatste hand aan zijn verslag voor Bonfatto. Toen het Ibrahim-Comité alle mogelijke christelijke Kerken uitnodigde, had Bonfatto ervoor gezorgd dat Tewfik door de patriarch van de Koptische Kerk werd afgevaardigd. Bonfatto was een rabiate tegenstander van de doelstellingen van het comité en om de plannen ervan tijdig te kunnen kelderen, wilde hij een mannetje hebben binnen de vergadering. Op Fabri, die linkse slapjanus, kon hij niet rekenen. Op die brave Tewfik wel.

Ze spraken af dat Tewfik geregeld verslag zou uitbrengen van wat er gezegd werd op de vergaderingen. Op de dagen dat hij zijn verslag schreef, zou hij na het avondeten zijn bestek kruiselings op zijn bord leggen. Broeder Mauritz, benedictijn in Siegburg, verantwoordelijk voor het afruimen en de vaat, en van hetzelfde geloof als Bonfatto, zou dan 's nachts de tekst komen ophalen.

Er werd geklopt. Tewfik knipte zijn zaklantaarntje uit en opende de deur. Zonder een woord te zeggen duwde hij het papier in de handen van broeder Mauritz die geluidloos in de donkere kloostergang verdween.

De twee mannen beseften niet dat de overhandiging werd opgenomen door een piepkleine infraroodcamera, die in de voormiddag was opgehangen door twee technici van het bedrijf dat de beveiliging van de conferentie regelde. De installatie was gebeurd terwijl iedereen in vergadering was. Niemand die het had gemerkt.

In het voorgebouw volgden drie mannen het tafereel op een televisiescherm.

'Tewfik,' zei de langste van de drie.

'Ons vermoeden was dus terecht,' zei de kleine dikke voorzitter van het Ibrahim-Comité.

14

De redactie van *Brussels Calling* besloeg de helft van de zevende verdieping van het Sanloria-gebouw in het centrum van Brussel. Het rijk van Lou Van Horen begon achter een dubbele glazen deur waarin het logo van het persbureau was geslepen: het Atomium waarvan de bovenste bol een globe was. Het had er chique kunnen uitzien, ware het niet dat er een lelijke rode tape dwars over de deuren was gekleefd omdat vorig jaar op korte tijd twee idioten – althans volgens Van Horen – met hun kop tegen het glas waren geknald.

Voorbij die toegang moest je nog langs een voorgeborchte waarin twee redactiesecretaressen van onbestemde leeftijd het beste van zichzelf gaven. Iedereen sprak over hen als over de Siamezen. Hun poezekopjes stonden bij ieder van hen boven op een uitgerekt en lenig lijf zodat je al heel fantasieloos moest zijn om er geen Siamese katten in te zien. Pas als je die twee wachters kon omzeilen, geraakte je tot bij de hoofdredacteur.

'Het ziet er op het eerste gezicht prima uit. Toch wil ik straks je tekst nog even couperen.' Lou Van Horen legde de papieren voor zich op het bureau en stak een nieuwe sigaar op. Hij doofde de lucifer door ermee in de lucht te zwaaien.

'Twijfel je aan mij?' vroeg Harry.

'Nee hoor. Met couperen bedoel ik dat we er voor moeten zorgen dat je na het lanceren van je scoop voldoende munitie achter de hand houdt zodat je ook 's anderendaags en de dag daarna nog het nieuws kan maken. Pas vanaf de derde dag mag je ervan uitgaan dat de concurrentie je inhaalt. Geen dag vroeger. Het beste is dat je na dag drie zelf onderwerp van gesprek wordt.'

Lou Van Horen was zijn hele leven een reporter-straatvechter geweest. Geen groot schrijver, wel een nieuwsjager. Scoop na scoop sleepte hij zijn krant binnen. Twintig jaar lang ergerde hij zich aan de collega's van de eindredactie die zijn teksten verminkten. Konijnen noemde hij hen omdat ze de hele dag voor hun computer zaten.

'Mijn oude chef van de nieuwsdienst stuurde ons op pad. "Zestig regels en maak er wat van," riep hij. Vroeger had je één eindredacteur op zeven reporters. Nu heb je zeven eindredacteurs voor één reporter. En een nieuwsmanager én een peoplemanager. Ze vergaderen zich het apezuur om hun targets te halen en dan hebben ze het nog druk-druk-druk met evaluatiegesprekken die ze met die arme reporters moeten houden.'

'Ben je daarom begonnen met je eigen persbureau?' vroeg Harry.

'Met pijn in het hart want het mooiste wat er is voor een schrijvend journalist is zijn krant. De krant is de vervulling van zijn bestaan. Hij maakt haar. Zij maakt hem. Hij krijgt van haar respect, zij krijgt van hem zijn leven.'

'En dat vond je op het laatst niet meer terug in de krant?'

'Het leven op de redactie werd niet meer bepaald door de reporters, maar door de marketingafdeling en de redactiemanagers. Samen vormen die een soort van republikeinse wacht die van het voetvolk onvoorwaardelijke loyaliteit eist. Laatst hoorde ik op een krant dat een reporter op zijn evaluatierapport een negatieve beoordeling kreeg. Niet omdat hij slecht bezig was maar omdat hij niet loyaal was aan het regime.'

Lou haalde een fles uit een bureaukastje.

'Borrel?'

'Is het daar niet wat vroeg voor?'

'Natuurlijk niet. Je vader en ik hebben hier vaak gezeten. We dronken altijd calvados. Frank had een persoonlijke leverancier in Saint Germain du Pert in Normandië. Calvados is een drank zonder complimenten. Niet zoals whisky met dat eeuwige gezeur over single malt en premium blended. Of over een afdronk die al of niet naar turf smaakt. Calvados is calvados. Het scheurt je slokdarm en opent je geest. Santé.'

'Santé. Was mijn vader een echte reporter, Lou?'

'Reken maar. Ik heb samen met hem in een prauw gelegen op de Congorivier tussen Leopoldville en Brazzaville terwijl de kogels over onze hoofden vlogen. Ik ben samen met hem midden in de nacht van de trein gehaald door de KGB. Dat was in Kaliningrad aan de grens van Polen en de Sovjet-Unie. We hadden als eerste westerse journalisten een interview met Vytautas Landsbergis, de president van Litouwen dat zich pas had afgescheurd van de Sovjet-Unie. Wij zijn toen een hele nacht ondervraagd door de Sovjets.'

'Was mijn vader een aangename collega?'

'Frank was niet alleen een uitstekend journalist. Hij was ook een voortreffelijke reisgenoot. Iemand die zich in alle situaties uit de slag trok. Ja, hij was ook een fijne collega en een trouwe vriend.'

'Dit soort van calvadosbabbel had ik graag met mijn vader gehad.'

'Ik begrijp je jongen.'

15

Harry verliet het kantoorgebouw waar de redactie van *Brussels Calling* was gevestigd. Hij zette zijn kraag op en wilde de straat oversteken toen hij zijn naam hoorde roepen. 'Mijnheer Witters!' Een opgeschoten oudere man wuifde en kwam in zijn richting gelopen. Harry kon het gezicht niet zo snel thuisbrengen. De man stak zijn hand uit.

'Martin Grünman. We hebben elkaar ontmoet in Vancouver, bij het ziekbed van uw vader.'

'Natuurlijk. Ik herinner het mij. Il Gruppo. Hoe maakt u het?'

'Ik mopper alleen over dat Belgische weertje van jullie. Mag ik u een koffie aanbieden? Ik zag hier recht tegenover een café. Rond dit uur moet het er rustig zijn.'

Harry wist zeker dat deze ontmoeting helemaal niet zo toevallig was als Grünman wilde laten uitschijnen. Het maakte Harry nieuwsgierig. 'Vooruit dan maar,' zei hij.

Ondanks het vroege uur waren haast alle tafeltjes bezet. Grünman liep voorop naar een plaats bij het raam. Onderweg bestelde hij twee koffies bij een ober die tegen het buffet stond geparkeerd.

'Wat brengt u in Brussel?' vroeg Harry.

'Ik had een onderhoud met enkele Europarlementsleden en was op weg naar het kantoor van *Brussels Calling* toen ik u zag. En dat kwam me goed uit want ik wilde u spreken.'

'U maakt me benieuwd.'

'Wij hebben vernomen dat u op de hoogte bent van de inhoud van een geheime ontmoeting tussen de Turkse premier, de Iraanse president en de koning van Saudi-Arabië. Ik besef dat het moeilijk is voor u om dit te bevestigen of te ontkennen. Ons verzoek, ik zou zelfs durven spreken van onze smeekbede, is om hierover niets te publiceren.'

'In de veronderstelling dat ik van zo'n gesprek op de hoogte ben, waarom mag er dan niet over geschreven worden?'

'Omdat wij...'

'Il Gruppo?'

'Il Gruppo én met ons iedereen die gelooft in een dialoog met de islam, niet willen dat er olie op het vuur wordt gegoten.'

'Neemt u mij niet kwalijk, maar wie heeft het vuur aangestoken?'

'Wat de Turkse premier in Dubai heeft gezegd was hoogst onverstandig. Dat geef ik toe. Wij geloven dat zijn uitspraak moet worden geïnterpreteerd als een noodkreet, omdat Europa zijn volk al zo lang afhoudt van lidmaatschap.'

'Daar zijn ook redenen voor. Gebrek aan respect voor de mensenrechten bijvoorbeeld.'

'Die discussie wil ik nu niet voeren. Ik weet alleen dat als u nu publiceert, de bruggen met de hele moslimwereld worden opgeblazen.'

Op dat moment werd de rust in de gelagzaal verstoord door drie dames van middelbare leeftijd die met veel gedruis naar binnen kwamen. Alle drie sleepten ze in hun zog tassen mee van Prada, Gucci, Miu Miu en DKNY. Ze slaakten gilletjes zoals alleen schoolmeisjes met verwarde hormonen dat kunnen. De drie gratiën vonden een plaatsje aan de andere kant van de taverne.

Grünman pikte de draad weer op. 'Wilt u ons verzoek in overweging nemen?'

'Ik beloof niets, want ik vind dat u de rollen wat al te gemakkelijk omdraait. Ik zal er in ieder geval over nadenken.'

'Ik dank u bij voorbaat,' zei Grünman terwijl hij met een zakje suiker speelde. 'Ik wil het ook hebben over uw vader.'

'Weet u iets meer?'

'Hij is overleden aan de combinatie van een zieke hartklep én een overdosis coniine.'

'Wat bedoelt u?'

'Dat uw vader weliswaar erg zwak van gezondheid was, maar dat hij uiteindelijk is gestorven door vergiftiging. Hij is om het leven gebracht.'

'Weet u door wie?'

'Nog niet. We proberen eerst te achterhalen waarom.'

Harry verstopte even zijn gezicht in zijn handen. Hij haalde diep adem.

'Mijnheer Grünman, hoe is vader in die situatie verzeild geraakt?'

'Hoe bent ú er in verzeild geraakt? Stel uzelf de vraag, en u kent het antwoord. Uw vader is ingegaan op een aanbod van monseigneur Bonfatto. Net zoals u.'

Harry negeerde die laatste woorden. 'Waarom koos Bonfatto hem uit?'

'Frank werkte aanvankelijk met ons samen.'

'Met Il Gruppo, bedoelt u dan toch?'

'De leden van Il Gruppo zijn studievrienden. Oorspronkelijk waren we met zijn vieren. Die vierde was Karol Wojtyla. We studeerden theologie aan de universiteit van Krakau en waren alle vier fel anticommunistisch. Karol was enkele jaren ouder en de leider van onze kliek. Toen hij in 1958 tot hulpbisschop van Krakau werd benoemd, is hij samen met ons begonnen aan de uitbouw van een informantennet. Tot ieders verbazing, ook die van hemzelf, werd hij tot paus verkozen. Na zijn aanstelling nodigde hij ons uit naar Rome om mee de anticommunistische strategie van het Vaticaan te ontwikkelen. We werden alle drie tot bisschop gewijd: Alexis Brozek, Radoslaw Malkowski en ikzelf.'

'Hoe kwamen jullie bij mijn vader uit?'

'We hadden een plan, en uw vader was geknipt voor de taak die we in gedachten hadden.'

'Er waren toen toch meer dan genoeg journalisten met naam en faam?'

'Het moest iemand zijn uit een klein katholiek en westers land. Met wat wij voor ogen hadden, konden we geen Amerikaan, Brit, Fransman of Duitser aanspreken. Zelfs geen Spanjaard of Italiaan. Nederland en de Scandinavische landen waren dan weer te protestants. Onze keuze viel op België, een klein land met Brussel als bescheiden wereldstad en centrum van Europa.'

'Wie of wat zochten jullie dan?'

'Wij wilden een journalist naar voren schuiven die de loop der dingen mee kon bepalen als wij hem precieze informatie bezorgden en hem naar de juiste contactpersonen leidden. We stelden profielen op en gingen elimineren. Tot uiteindelijk Frank Witters overbleef, buitenlandredacteur en anticommunist.'

'Volgens Nicolae Calson was het Bonfatto die vader het verhaal van de zieke Sovjetleiders heeft toegespeeld.'

'Ach wat. Bonfatto kwam pas jaren later in beeld. Wij hebben Frank gemaakt.'

'Vader ging er prat op dat hij een netwerk van informanten had opgezet.'

'Dat was ook zo. Alleen lepelden wij hem de namen op. Of beter, de ene informant leidde Frank tot bij de volgende. Dat deden we zo discreet en voorzichtig dat hij ervan overtuigd was dat het zijn verdienste was.'

'En hij vervulde zijn rol met verve...'

'Zeer zeker. Zijn werk heeft mee de loop van de gebeurtenissen bepaald, zowel in het Westen als in het Oosten. Uit goede bron weten we dat zijn column talloze keren werd gekopieerd op het Foreign Office, en dat een van zijn trouwste lezers president Reagan was. Ook in het Kremlin werden zijn analyses en prognoses gespeld.'

'En toen kwam Bonfatto?'

'Aanvankelijk werkte het Ufficio met ons samen. De officiële Vaticaanse inlichtingendienst was op het eind van de Tweede Wereldoorlog opgedroogd. Pius XII, die zelf onder vuur kwam te liggen omdat hij de nazi's te lankmoedig had verdragen, hield zich ver van iedere diplomatie die een beetje gedurfd was, laat staan dat hij een inlichtingennetwerk zou opzetten. Tot eind de jaren zeventig leidde de dienst een slapend bestaan. Niemand had er interesse voor, zelfs de toenmalige pausen niet. Dat was de ideale situatie voor de jonge Bonfatto om het Ufficio nieuw leven in te blazen en het naar zijn hand te zetten. Hij is een gedreven katholiek en beschikt over een organisatietalent. In korte tijd zette hij het Ufficio weer op de rails en maakte hij er een efficiënte organisatie van. Daarom was het heel frustrerend voor hem dat paus Johannes Paulus II zich in de eerste plaats liet leiden door Il Gruppo. Dat stak hem zodanig dat hij probeerde een van de koninginnestukken, uw vader, los te weken van Il Gruppo.'

'Wat kon Bonfatto meer bieden dan jullie?'

'Geld. Het spijt me dat ik het zo botweg moet zeggen. Het ging gewoon om geld. Wij waren in de eerste plaats idealistisch ingesteld. Natuurlijk hadden we de beschikking over de nodige fondsen. Uw vader werd door ons betaald voor zijn diensten en hij kon alle onkosten inbrengen...'

'Maar vader wilde meer?'

'Door de aard van het werk kwam hij in contact met een andere wereld. Hij verkeerde in de hoogste kringen van macht en financiën. En voor wie overdag kaviaar eet, is het moeilijk om 's avonds thuis een bordje aardappelen te waarderen. Uw vader ging dus steeds meer een ander leven leiden. Hij kreeg allures. Hij verliet jou en je moeder en knoopte een relatie aan met Sandra. Ze leidden een welgesteld bestaan. Ze droegen dure kleren, reisden graag de wereld rond, kochten een flat en een countryhouse in Canada en hielden een appartement aan in Brussel. Bonfatto zag dat eerder dan wij en zwaaide met groot geld. Zo speelden wij Frank Witters voorgoed kwijt. Via het persbureau van zijn oude vriend Lou Van Horen ging hij voor Bonfatto aan de slag.'

Die laatste woorden sprak Grünman met een zucht uit. Het klonk als het einde van een sprookje. Harry bestudeerde Grünman die in de beslagen ruit van de taverne een kijkgat wreef en met één oog dichtgeknepen naar de straat keek als een tankcommandant naar het slagveld. De lange Poolse bisschop had diepe, goedmoedige ogen.

Grünman draaide zich plots naar Harry. 'En nu zit ú in de greep van Bonfatto.'

'In de greep? Dat lijkt me sterk. Ik noem het een evenwichtige samenwerking.'

'De vraag is: wat is het einddoel van die samenwerking? Wat wil monseigneur Alessandro Bonfatto?'

'Misschien hetzelfde als u: het welzijn van de rooms- katholieke Kerk.'

'Ik vrees dat Bonfatto en Il Gruppo een tegengestelde visie hebben wat de toekomst van de Kerk betreft. Wij geloven in een zichtbare eenheid van Kerken. Bonfatto is een product van de triomfalistische Kerk. De man van het grote gelijk. Daar gaat hij voor. Zonder veel scrupules gebruikt hij iedereen om zijn doel te bereiken.'

'Zoals hij deed met mijn vader?'

'Zeker.'

'De laatste jaren van zijn leven was vaders rol uitgespeeld.'

Grünman zweeg even, want de drie dolle dames schoten weer met veel vertoon in hun jassen en zochten zich op onvaste benen een weg tussen de tafeltjes. Toen de rust was weergekeerd, nam Grünman de draad weer op.

'Ja, want het doel was bereikt. In 1986 stortte het communisme in. Het Ufficio kon het niet maken om Frank in zijn rol te laten bij de Golfoorlogen, de bezetting van Irak en het internationaal terrorisme, Frank zou een orakel zijn geworden en dat hield een te groot gevaar in. Dus liet Bonfatto jouw vader zachtjes uitbollen met wat brokjes Kroatië en Bosnië-Herzegovina. In feite was hij van geen betekenis meer.'

'En toch moet hij iets achter de hand hebben gehad. Iets wat zo bezwarend was voor iemand dat die mijn vader vergiftigde.'

'Daar lijkt het sterk op.'

Buiten toeterde een auto. Grünman hield zijn oog voor het kijkgat. Hij stond op en hees zich in zijn regenjas. 'We spreken elkaar nog wel,' zei hij en hij liep naar buiten. Harry zag hoe de bisschop in een gereedstaande Citroën stapte.

Harry wachtte Arlette op in De Steenen Beer, een restaurant met twee sterren. Hij had haar uitgenodigd. Voor een chic etentje, had hij uitdrukkelijk gezegd.

Alle stoelen waren bezet door dure heren met mooie vrouwen. Aan het tafeltje naast hem zat een blondine die iets te geforceerd de Grote Onschuld speelde. Een flinterdun jurkje lag gedrapeerd rond haar borsten die zo rechtop stonden dat je bij wijze van spreken het garantiebewijs van de siliconenvulling kon zien. Hij merkte hoe zwaar getepeld zij was. Aan de details kon je het vakmanschap van de chirurg herkennen.

Harry's blik kruiste die van de vrouw. Hij kon zich voor het hoofd slaan omdat hij weer eens werd betrapt op het staren naar borsten. Hij dacht aan het incident in Vancouver met Sandra. Maar hoe meer hij zich dat misverstand voor ogen haalde en hoe meer hij zich probeerde te vermannen, hoe meer zijn ogen hun eigen leven leidden. Niet doen, kijk in het menu, roep de ober, bewonder het plafond!

'Gaat het?' Arlette stond naast hem. Hij had haar niet zien binnenkomen.

'Ik heb het warm,' zei hij naar waarheid.

'Wat raar. Ik vind het net frisjes.'

Hoe kan dat nu, dacht Harry toen hij haar zag staan. Ze had haar coltrui verwisseld voor een lamswollen slip-over, haar jeans voor een ribfluwelen rok en haar bergschoenen voor instappers met een wel heel platte hiel.

Harry stond op en omhelsde haar. Ze zag er niet uit, maar ze had haar best gedaan. Ze was een schatje.

Arlette schudde haar wilde haren naar achteren.

'Wat gaan we eten? Ik scheur van de honger.' Zij dook meteen in het menu om twee minuten later weer naar boven te komen.

'Harry zouden we een voorgerecht nemen? Het is hier wel heel duur.'

'Arlette, heb jij vandaag nog naar je rekeningafschriften gekeken?'

'Dat wil nog niet zeggen dat we ons geld moeten opsouperen. We gingen toch sparen voor Noorwegen?'

'Maleisië.'

'Noorwegen.' Zij zette haar handen onder haar kin.

'Al goed. Het wordt Noorwegen. Op voorwaarde dat ik vanavond een voorgerecht mag nemen,' lachte Harry. Zijn blik kruiste weer die van de blondine aan het volgende tafeltje. Die had vol ongeloof meegeluisterd naar hun onnozele praat en zoog nu vol overgave een oester naar binnen, waarbij ze iets naar voren boog en Harry ongewild diep kon binnenkijken.

16

Het was laat geworden de vorige avond en daarom was Harry niet blij toen de violen zijn oor teisterden. Na vier minuten muziek legde hij in en werd hij weer opgebeld.

'Harry, heb je de kranten van vandaag al gelezen?' vroeg Dora.

'Ja.'

'Ook van dat lijk dat is gevonden naast de spoorweg?'

'Nee, niet echt.'

'Het was maar een kort bericht. Vijf regels, niet meer.'

'Wat is er met dat lijk?'

'Gooi je op die story. Er zit een verhaal achter. Momenteel maakt niemand zich druk om dat lijk. De pers niet, en zelfs bij de politie wordt geen moeite gedaan. Men gaat ervan uit dat binnen de kortste keren wel een vriendje, een bovenbuurman of een pooier zal bekennen. Dat geeft jou de kans om nieuws te maken. Neem van me aan: dit wordt een grote zaak. Met internationale uitstraling. Daarom zeg ik je: bijt je erin vast. Neem het voortouw, bouw een voorsprong op en je collega's halen je nooit meer in.'

De hoorn werd opgelegd. Harry pakte de krant van de dag. Op pagina 14 onderaan las hij het bericht.

Lijk langs spoor gevonden

VILVOORDE – *Een ploeg arbeiders van de Belgische Spoorwegen ontdekte dinsdagochtend op het grondgebied van de gemeente Vilvoorde de stoffelijke resten van een vrouw. Het lichaam was in verregaande staat van ontbinding. De arbeiders deden hun akelige ontdekking in een berm naast de sporen. Op het lichaam werden geen identiteitspapieren gevonden.*

Net toen Harry zich afvroeg wat hij hier in godsnaam mee moest, ging de telefoon weer. Het was opnieuw Dora. Dit keer zonder vioolmuziek.

'Heb je het gelezen?'

'Ja.'

'Noteer: Claire Munro. 6, Rue Terre Neuve, Brussel. Heb je het? Munro. M-U-N-R-O.'

En weer legde zij zonder afscheid te nemen de hoorn in.

De Rue Terre Neuve was een kasseistraatje niet ver van het toeristisch centrum van Brussel. Nummer 6 bleek het meest frisse huis van de straat. De witte gevel was afgeboord met een donkerrode band. Voor elk raam was een hekje van rode en witte spijltjes waarachter een bloembak stond. De dubbele deur telde vier koperen brievenbussen. Op geen enkel bel stond de naam Munro vermeld. Harry drukte een voor een op alle belletjes. Het duurde even maar toen deed een jongen met een fretachtig gezicht de deur open. Harry noemde de naam van Claire Munro.

'Die woont hier al lang niet meer,' zei de jongeman terwijl hij schaamteloos over zijn navel wreef. 'Zij is vier maanden geleden van de ene op de andere dag vertrokken. Waarschijnlijk terug naar Schotland.'

'Vond u het niet raar dat zij zonder een woord verdween?'

'Ik had niet zoveel contact met haar. Mijn Engels is niet zo goed en zij sprak geen woord Frans. Maar ik weet dat de huiseigenaar een brief kreeg waarin zij de huur opzegde en dat de flat helemaal was opgeruimd. Alle kasten waren leeggehaald. Waarom zoekt u haar?'

Harry wilde hem niet vertellen dat haar lijk was gevonden en mompelde dat hij een oud-collega van haar was.

'Werkt u ook voor de Europese Unie?' vroeg de jongen.

'Nu niet meer,' verzon Harry. 'Claire en ik zijn elkaar uit het oog verloren. Ik was toevallig in de buurt en dacht: ik loop eens langs bij Claire.' Zijn smoes rammelde als een metalen gereedschapskist, maar de jongeman leek het niet te merken.

'U hebt geen adres van haar in Schotland?' vroeg Harry.

'Nee, dat heb ik niet. Maar ik ken wel een vriendin van haar. Isobel Griffith. Zij is een Engelse en woont twee straten verder in de Rue du Midi. Het is tussen een muziekwinkel en zo'n zaak waar je belegde broodjes kunt kopen.'

Harry vond het huis heel gemakkelijk. Deze keer prijkte de naam Griffith wel op de deurbel. Een aantrekkelijk meisje deed de deur open. Zij had haar haren opgespeld, droeg een trainingsbroek en een witte T-shirt. Zij droeg geen bh. Harry legde uit dat hij op zoek was naar Claire Munro.

Gelukkig stelde het meisje geen vragen en nodigde ze hem uit om binnen te komen. Zij ging hem voor de trap op. Haar tweekamerflat was strak en wit ingericht. Geen paperclip of elastiekje lag verkeerd.

'Claire is van de wereld verdwenen,' zei ze. 'Van de ene dag op de andere was zij weg. Ik heb haar nog als vermist opgegeven bij de Belgische politie maar die heeft er nooit werk van gemaakt. Iedereen ging ervan uit dat zij terug naar huis was vertrokken. Ze had een ontslagbrief gestuurd, haar huur keurig opgezegd en haar adreswijziging naar de gemeente verzonden. Maar zij is nooit aangekomen in Schotland.'

'Heeft zij daar familie?'

'Haar ouders zijn overleden. Er is nog een broer die acht jaar ouder is. Die maakt zich evenwel geen zorgen omdat zijn zus een nogal avontuurlijk karakter had. Zij was eerder al eens zonder veel drukte naar Zimbabwe verhuisd.'

'Maar u maakte zich wel zorgen?'

'Omdat zij mij helemaal niets heeft verteld en wij toch vriendinnen waren.'

'Jullie werkten allebei voor de Europese Unie?'

'Ik op de Dienst Patenten. Zij was *personal assistant* van Raymond Conerth. Die was een jaar geleden nog europarlementslid en is sinds vorige maand opgenomen in de Britse regering als onderminister van Financiën.'

'Had Claire problemen? Privé of op haar werk?'

Haar gezicht vertrok. 'Bent u van de politie?'

'Nee, hoe komt u erbij? Ik heb haar vroeger leren kennen op een of andere receptie en wilde haar nog eens opzoeken.'

'En u wist niet dat ze werkte voor Raymond Conerth?'

'Misschien heeft ze mij dat wel verteld, maar ik kan het me niet herinneren.'

'Ze zou dat zeker hebben verteld, want ze stond in bewondering voor hem. Alles wat de man zei, ging er bij haar in als koek. Ze sliep zelfs met hem. Claire en Conerth hadden een relatie. Ik heb haar nog gewaarschuwd dat zo'n verhouding tot niets zou leiden. Een man van 53 jaar met twee dochters en vooraanstaand lid van de Conservatieve Partij. Maar ze luisterde niet. En dat terwijl zij een vriend had van haar eigen leeftijd: Peter Lawford, een schat van een jongen. En toch bleef zij aanpappen met Conerth.'

'Die Peter Lawford, werkt die ook voor de Europese Unie?'
'Nog altijd. Ik kan u zijn telefoonnummer geven, als u wilt.'

☆

Twee dagen later had hij een afspraak met Peter Lawford in de lobby van het hotel Barry aan de noordzijde van het Anneessensplein in Brussel. Het gebouw was vier verdiepingen hoog. Boven de onderste rij ramen hielden blauw-witte markiezen het zonlicht buiten. Harry stapte naar binnen. Een man aan een tafeltje wenkte hem nog voor hij de receptie bereikte. Harry schatte hem op een jaar of dertig.

'Claire... Wat moet ik zeggen? Op een dag was zij weg.'

'Was u haar vriend?'

'Ik was een vriend, niet dé vriend. We hadden geen liefdesrelatie.'

'Wist u van haar relatie met Raymond Conerth?'

'Ja, maar ik wist het niet van haar. Ik hoorde het van anderen.'

'Hebt u er ooit met Claire over gesproken?'

'Nee. Zij begon er zelf niet over en daarom heb ik er ook niets van gezegd. Maar waarom wilt u dat allemaal weten?'

Lawford maakte een eerlijke en open indruk en Harry besliste om hem in vertrouwen te nemen. Hij vertelde van het lichaam dat was gevonden, en zei dat het waarschijnlijk Claire betrof. Lawfords gezicht verstrakte.

'Weet u dat van de politie?'

Harry aarzelde. 'Het onderzoek loopt nog, maar mijn bronnen hebben een sterk vermoeden.'

'Als het echt Claire is dan komt mijn voorgevoel uit,' zei Lawford. 'Zij leefde gevaarlijk. Haar relatie met Conerth was niet zomaar een relatie. Zij en Conerth waren geregelde gasten op seksfeestjes. Er waren drie voorwaarden om in die kring binnen te geraken: je moest worden geïntroduceerd, je moest het kunnen betalen en je moest met een vrouwelijke partner komen. Je eigen vrouw, je vriendin – of wat de meesten deden – met een meisje van een escortservice. Conerth ging altijd in gezelschap van Claire.'

'Heeft zij u verteld van die seksfeestjes?'

'Nooit.

'Hoe weet u dan daarvan?'

'Ik heb een videoband.'

'Hoe komt u daaraan?'

'Ik werk voor de beveiligingsdienst van de Europese Unie. Op een avond deed ik mijn ronde in het gebouw aan het Schumannplein. Toen ik langs het kantoor van de cameracontroleurs kwam, hoorde ik gelach. Ik ging naar binnen en zag die bewakers naar een scherm kijken. Het waren beelden van een orgie in Turkse stijl. Alle mannen waren gekleed als sultans, de vrouwen als slavinnen. Ik dacht eerst dat ze een pornofilm hadden gehuurd, maar net toen ik wilde uitvliegen, zag ik op het beeld Claire terwijl zij orale seks had met twee mannen.'

'Waar hadden die bewakers de band vandaan?' vroeg Harry.

'Van een collega, zegden ze. Zij wilden geen naam noemen en ik was te zeer aangeslagen om door te vragen.'

'Vertrouwt u mij?' vroeg Harry. 'Zou u mij de video willen lenen?'

'Daar ken ik u niet genoeg voor. Liever niet.'

'Dan heb ik een ander voorstel. Kunnen we die band samen bekijken?'

☆

Het duurde eindeloos om de videoband van negentig minuten te bekijken. Er was geen geluid en de beelden hadden de lamentabele kwaliteit van een bewakingscamera. Harry keek uit naar bekende figuren, maar herkende niemand. Arlette zat in kleermakerszit op de grond voor het scherm. Haar camera was met een kabel verbonden met het tv-toestel.

'Harry, let eens op die vrouw achteraan. Die met dat donker haar. Haar gezicht krijg je nooit te zien. Het is alsof zij weet dat er een camera hangt. Alle andere deelnemers zijn zich duidelijk van geen camera bewust.'

Harry begon te letten op de vrouw en jawel, al deed zij mee aan allerlei standjes en combinaties, ze slaagde er altijd in om onherkenbaar te blijven. Ofwel draaide ze haar hoofd weg, ofwel viel haar haar over haar gezicht.

Na de Turkse harem-orgie volgden beelden van een Romeinse orgie. Alle mannen gekleed in een toga en de vrouwen in niets meer dan wat zijden sjaals. Voor de rest was de seks identiek als op de eerste tape. Het leukste was de derde orgie, een soort van barbarenfeest waarbij mannen en vrouwen in dierenvellen waren gehuld. Ze dronken bier uit kroezen en de seks was van het rauwere soort. Arlette viel haast voorover van het lachen toen bij een van de deelnemers het berenvel losschoot en daar opeens een schriel mannetje met een bril in zijn volle naakte glorie stond. Zijn erectie was haast even groot als het ventje zelf. Achter dit vuurtorentje danste de vrouw van daarnet. Haar heupen stampten als een slagschip op ruwe zee. Op geen enkel moment kwam haar gezicht in beeld. Soms scheelde het echt niet veel. Het was alsof zij een spelletje speelde.

☆

Met Lou werd afgesproken om het verhaal te spreiden over drie dagen in *The Evening Standard*. In het openingsartikel maakte Harry bekend dat in België het vermoorde lichaam was gevonden van een Schotse euroambtenaar. Daags daarop onthulde hij haar geheime liefdesrelatie met Raymond Conerth. En ten slotte bracht hij het verhaal van de seksfeestjes met pikante details en enkele vage foto's.

Drie dagen later stond Groot-Brittannië op zijn kop en volgde een journalistieke heksenjacht op de Britse onderminister. De tabloïds presenteerden een mix van feiten en verzinsels. Ging het om een ordinair seksschandaal? Had Conerth zijn jonge minnares om zeep geholpen? Was zij op de hoogte van malversaties van Conerth of van zijn partij?

De eerste dag deelde Conerth mee dat hij van niets wist. Toen de druk aanhield, verbrak hij dat stilzwijgen in een interview met Jeremy Paxman in het BBC-programma *Newsnight*. Paxman wilde maar één ding: een bekentenis. Dat de onderminister toegaf dat hij wel degelijk overspelige seks had gehad. En als hij tegelijk kon zeggen waarom hij zijn vriendinnetje had vermoord, dan was dat mooi meegenomen. Conerth draaide als een haan met klipzout in zijn kont. Uiteindelijk kon hij geen kant meer op en bekende hij zijn relatie met Claire Munro. Hij hoopte dat daarmee de storm zou gaan liggen, maar toen 's anderendaags *The Daily Mirror* opende met een foto van Conerth in een berenvel terwijl een halfnaakte vrouw aan zijn voeten lag, kondigde hij zijn ontslag aan.

Op vrijdagavond maakte Harry Witters zich klaar om naar Brussel te rijden. Om acht uur werd hij verwacht in de nieuwsstudio van de Vlaamse televisie. Een uur later zou hij vanuit de studio rechtstreeks worden geïnterviewd door een journalist van het Britse ITV.

Er viel een bericht binnen in zijn mailbox. Het was afkomstig van Dora. 'Ik wens je alle succes toe voor vanavond. Blijf koel en wees verwonderd over de buitengewone interesse van de Britse pers voor het seksleven van politici. Probeer die nieuwsgierigheid in verband te brengen met hun protestantse cultuur.'

Twee keer die avond verwonderde Harry zich over de moraliserende aanpak van de Britse en de Amerikaanse pers.

Toen hij 's avonds laat thuiskwam, zat er opnieuw een bericht van Dora in zijn mailbox.

'*Thank you. See you soon.*'

Er was ook een bericht van Lou Van Horen: 'David Simpsen, de kabinetschef van Conerth, wil je morgen in Brussel ontmoeten. Liefst niet op een openbare plaats, vroeg hij. Ik heb hem mijn kantoor voorgesteld. Om halftwaalf. En commissaris De Moor van de federale politie wil je ook spreken. Ik heb een afspraak geregeld om kwart over twee.'

17

David Simpsen droeg een pak met een rustig krijtstreepje, maar hijzelf was allesbehalve rustig. Integendeel, Harry zat nog niet neer of Simpsen opende de aanval.

'Hebt u het nieuws gehoord?'

'Welk nieuws?'

'Mister Conerth heeft geprobeerd zelfmoord te plegen. Hij heeft zich vannacht met zijn auto te pletter gereden tegen een geparkeerde oplegger. Hij zal het waarschijnlijk overleven, maar zijn hersenen zijn geraakt en hij zal verlamd blijven.'

'Het spijt me.'

'Is dat zo? U hebt hem de dood ingejaagd. Uw publicaties waren ronduit smerig.'

'Neemt u mij niet kwalijk, maar wie had er een geheime liefdesrelatie met Claire Munro? Wie stond daar te dansen op een seksfeestje? Dat was uw onderminister.'

'Conerth had inderdaad een relatie met Munro. Dat geef ik toe. Ik was daar vierkant tegen, maar hij wilde niet naar rede luisteren. Maar het was niet Conerth die haar heeft verleid. Het gebeurde net andersom. Claire Munro was niet het onschuldige meisje dat stage liep en ingepalmd werd door een op seks beluste politicus. Zij was een verdorven jonge vrouw. Zij deed er alles aan om hem te strikken. Zij spon het web en Conerth is er als een blinde mot in gevlogen. Ik weet wat u gaat zeggen. Dat het zijn verantwoordelijkheid was en dat is ook zo. Maar, mijn God, Claire Munro heeft wel alle mogelijke verleidingstrucs gebruikt: van de verdrietige stagiaire met heimwee tot de hete sekspoes.'

'Dat heb ik gemerkt op de video-opnamen van die seksfeestjes,' zei Harry.

'Mag ik u wat vragen? Op hoeveel van die feestjes hebt u Munro bezig gezien?'

'Drie.'

'En Conerth?'

'Euh...'

'Ik zal het u zeggen: één. Op het barbarenfeest. Conerth was overtuigd dat hij naar een verkleedpartij ging. Hebt u hem seksuele handelingen zien uitvoeren? Zodra hij doorhad om wat voor soort feestje het ging, heeft hij het pand verlaten. Daags daarna heeft hij met Munro gebroken.'

'Mijn bronnen beweren wat anders.'

'Mijnheer Witters, uw bronnen stinken. Ik heb twaalf jaar

voor Conerth gewerkt. Ik steek voor deze man mijn hand in het vuur. Een tikkeltje conservatief, dat is hij wel, maar hij staat recht in zijn schoenen. Als jong parlementslid heeft hij uitgehaald naar een populair jeugdprogramma op tv omdat daarin volgens hem een vertekend beeld van de maatschappij werd opgehangen. Bijna alle volwassen personages hadden buitenechtelijke relaties, scheidden en hertrouwden, en elk gezin had wel een homo in huis. Conerth wist welk risico hij nam: dat de volledige Britse pers over hem heen zou rollen. Maar hij had het toen over een virtuele realiteit die hij beschouwde als een sluipende infiltratie. Zijn vrees was dat de projectie in de media uiteindelijk als waarheid zou worden geaccepteerd. Wel, hij heeft de hele pers over zich heen gekregen, dat kan ik u wel vertellen. Voor de linkse journalisten was hij op zijn zachtst uitgedrukt een gedemodeerde moraalridder, een rechtse zak die de klok vijftig jaar wilde terugdraaien. Zelfs zijn partijgenoten vroegen zich openlijk af of Conerth niet te ver was gegaan in zijn verontwaardiging. Het programma in kwestie haalde de beste kijkcijfers. Toen kreeg hij opeens het publiek achter zich. Vele mensen begrepen de boodschap en bestookten pers en overheid met brieven waarin ze hun bijval uitten. *Alice in Fondle Land*, zo heette het programma, werd uiteindelijk afgevoerd. Conerth was een fatsoenlijke vent, mijnheer Witters, en fatsoen is een zeldzame kwaliteit in de politiek, weet u. Daarom blijf ik bij mijn standpunt: u hebt mijn baas de dood ingejaagd. Ik hoop dat u daarmee kunt leven.'

Met tranen in zijn ogen stond Simpsen op en verliet zonder nog een woord te zeggen het kantoor.

Lou Van Horen was de eerste die wat zei.

'Van een trouwe medewerker gesproken. Zo loyaal vind je ze niet meer.'

'Wat doen we ermee?' vroeg Harry.

‘Niets natuurlijk. Jij hebt je verhaal gebracht. Conerth heeft zichzelf in nesten gewerkt. Niemand heeft zijn ongeluk gewenst. Dat hij de hand aan zichzelf wilde slaan, is een bewijs dat zijn geweten knaagde.’

Harry’s hartslag maakte een sprongetje. Het was de twijfel die binnensijpelde.

*

Een halfuur later maakte commissaris De Moor zijn opwachting.

‘U hebt het gehoord...,’ begon hij.

‘Van de poging tot zelfmoord. Ja, ja. U wilde mij spreken?’

‘Ik wilde u vragen hoe u wist dat het lichaam in de spoorberm van Claire Munro was. Wij van de politie hadden geen benul wie het was. Ze had geen papieren bij zich, geen littekens of tatoeages.’

‘Ik kreeg een tip.’

‘Waarschijnlijk een anonieme tip?’

‘Dat klopt.’

‘Mijnheer Witters, daar geloof ik geen barst van.’ De Moor hief zijn armen in een afwerend gebaar. ‘Maar ja, ik moet opletten met wat ik zeg want de pers is dezer dagen onaantastbaar. De vierde macht die iedereen op de vingers tikt terwijl ze zelf amper wordt gecontroleerd. In ieder geval, diegene die u tipte, moet de moordenaar zijn geweest of de moordenaar hebben gekend. Het kan dus dat u later wordt beschuldigd van belemmering van het onderzoek.’

‘Waarom zou de moordenaar mij hebben getipt?’

‘Geen flauw idee. Ik kom er wel achter. Ik wil u vragen om tot zolang ter beschikking te blijven.’

‘Ik heb ook een vraag,’ zei Harry. ‘Wat ik nooit heb kunnen ontdekken, is hoe Claire Munro om het leven is gebracht.’

'Zij is vermoord met een Roemeense wurgkoord, een leren riem met in het midden een metalen pin die zich in de keel boort. De doodsstrijd duurt lang en is pijnlijk.'

18

Na vier minuten muziek legde Harry in en werd hij even later weer opgebeld. Natuurlijk was het Dora en natuurlijk viel ze opnieuw met de deur in huis.

'Harry... je kunt dat verhaal van de Turkse ommezwaai brengen.' Zij legde zonder groet de hoorn in.

Harry had Martin Grünman beloofd dat hij zou nadenken over zijn verzoek om niets te publiceren over het voornemen van de Turkse premier. Hij had dat gedaan, maar echt lang had het wikken en wegen niet geduurd. Een journalist schrijft de waarheid. Die kan dan misschien pijn doen, maar ze levend begraven is wreed. En dus schreef hij zijn artikelen met geslepen pen.

'Als Turkije toetreedt, wordt het met zijn 70 miljoen inwoners na Duitsland het grootste land van de EU. Dan moet een schapenboertje in Wales of een wijnbouwer in de Elzas zich voegen naar Europese wetten die grotendeels mee geschreven zijn door de Turken. Wanneer wordt Irak lid van de Europese Unie? Een belachelijke vraag? De Europese leiders gaan wel in volle ernst praten met Iraks buurland Turkije. Dat ligt vlak bij Europa, niet in Europa. Zijn hoofdstad ligt niet in Europa, en 95 procent van de bevolking woont buiten Europa. Het is gewoon geen Europees land.'

Als uitsmijter van zijn tirade maakte Harry de inhoud van het gesprek bekend dat in suite 24 van het Royal Mirage Hotel in Dubai werd gevoerd.

Van Horen zorgde voor de vertaling en de publicatie. Kranten in alle landen namen zijn column over. Hoofdredacteurs met faam stelden zich geen vragen. Harry begreep nog altijd niet waarom dat zo vlot ging. De arm van *Brussels Calling* was wel heel lang. De verontwaardiging in de westerse wereld was natuurlijk bijzonder groot. Voor Europa was de maat vol: Turkije had zijn keuze gemaakt en het land had niet voor Europa gekozen. Dat deed de deur dicht. Sarkozy had overschot van gelijk.

Ook de gevolgen van het schandaal van de Olympische vlam waren niet te overzien. Groot-Brittannië reageerde woedend. De Russische geheime dienst ontkende eerst in alle toonaarden. De regering in Moskou distantieerde zich van 'een initiatief waarvan zij het bestaan niet kende'. Hoe lang kun je dat volhouden als Gazprom voor meer dan 50 procent in handen is van de Russische overheid?

De nationale veiligheidsadviseur hield ten slotte de eer aan zichzelf en bood zijn ontslag aan, wat premier Poetin graag accepteerde. Hij hoopte dat zo het incident zou worden afgesloten. Maar dat gebeurde niet. Wekenlang bleef de pers de zaak uitspitten. *The New York Times* kopte met 'President Poetin flames up' en *The Guardian* melde dat er in het Kremlin een 'flaming row' laaide, een vlammende ruzie. Het verhaal over de sabotage van de Olympische vlam bleef lang nazinderen. Het scoorde beter dan welke andere scoop ook omdat het tot de verbeelding van het publiek sprak. De boze Britten en de betrapte Russen voerden daarbij een nooit geziene poppenkast op. De twee grootmachten bleven naar elkaar grommen. Dan dreigde Groot-Brittannië de Russische atleten geen visum te verlenen, waarna de Russen weer dreigden de Spelen te boycotten. Uiteindelijk slaagde de voorzitter van het Internationaal Olympisch Comité, de Belg Jacques Rogge, erin de plooien glad te strijken. Hij kreeg de Russen zelfs zover dat ze hun verontschuldigingen aanboden.

Zolang de affaire in het nieuws bleef, stond ook Harry in de belangstelling. Tientallen keren moest hij zijn verhaal vertellen en commentaar geven voor de microfoons en camera's. Hij deed dat in het Nederlands, het Frans, het Engels en het Duits. 'Harry Witters doorziet als geen ander de internationale verhoudingen,' schreef *Der Spiegel.*

'Deze Belgische journalist schrijft confronterend, dwars en eigenzinnig. Wat een verademing!' stond in *The New York Times.*

19

Arlette zat achter een cappuccino in een koffiebar in de Leopoldstraat in Antwerpen. Voor haar op tafel lag *The Daily Mail.* Op de voorpagina ging de hoofdredacteur te keer tegen de Turken. 'Too hot in Turkish bath' knalde de kop.

Een mondaine vrouw op hoge hakken schoof langs haar tafeltje. 'Arlette Buys?' vroeg ze. 'Ik ben Sandra van Eck.'

'Gaat u zitten.' Arlette voelde zich niet op haar gemak.

Sandra bestelde ook een cappuccino.

'Mike belde me gisteren dat u mij zocht. Gaat het over Harry?' vroeg Arlette.

'Niet over zijn persoon. Over zijn werk.'

'Waarom zoekt u hem zelf niet op?'

'Ik vrees dat onze relatie niet zo best is. Ik blijf in zijn ogen de minnares van zijn vader. Daarom probeer ik het via een omweg.'

'En ik ben die omweg?'

'Eigenlijk wel, ja.'

Arlette trok een vaag gezicht. Met een lepeltje draaide zij cirkels in haar koffie. 'Eigenlijk wil ik niet samenzweren achter Harry's rug.'

'Zijn jullie verliefd? Dat maakt de zaak alleen maar gecompliceerd. In hoeverre kunnen wij nog op je rekenen?'

Arlette haalde mokkend haar schouders op.

'Nu moet je even goed luisteren, meid,' zei Sandra. Zij schrok even van haar eigen luide stem en keek links en rechts om zich ervan te vergewissen dat niemand haar had gehoord. Dat bleek niet het geval want aan de andere tafeltjes werd verder gekwebbeld. Zij ging voort met gedempte stem. 'Harry heeft internationaal gescoord, eerst met de explosie van dat schip, daarna met die komedie rond de Olympische vlam, de politieke ommezwaai van de Turkse regering en met de zaak Conerth. Heb jij je nooit vragen gesteld? Het was toch wel heel toevallig dat jullie ter plaatse waren toen dat schip de lucht in ging?'

'We hadden er een afspraak met een drugsdealer.'

'Op die plek? Verdachter kan niet. Met zo iemand spreek je toch beter af in een doordeweeks café.'

'Dat vond ik toen ook.' Arlette zweeg even. 'Ja, ik had achteraf wel mijn bedenkingen. Ik heb die eerlijk gezegd laten varen toen mijn foto's de hele wereld rondgingen. Harry is een goed journalist.'

Sandra keek Arlette strak aan.

'Dat ontken ik niet. Hij heeft in korte tijd bewezen wat hij in zijn mars heeft, maar vier wereldscoops op zo'n korte tijd is wel heel sterk.'

'Het succes was overeenkomstig.'

Sandra forceerde een lachje.

'Succes heeft ook zijn schaduwkant. Weet Harry hoe het is afgelopen met zijn Russische collega? Neen? Dan is Lou Van

Horen “vergeten” het hem te vertellen. De politie van Moskou heeft Simon Chobotow vermoord aangetroffen op zijn appartement. Op basis van brieven die werden gevonden, deden de speurders de zaak af als een passiemoord tussen homoseksuele geliefden. Zijn maat Maxim Verylski werd aangehouden. En ken je Rahid Za-mar?’

‘Nooit van gehoord.’

‘Dat is de man die het verslag van de geheime vergadering van de Turkse president met zijn Iraanse en Arabische collega’s doorseinde. Het was de bedoeling dat Za-mar zo snel mogelijk uit Dubai zou vertrekken. Dat heeft hij ook gedaan, maar verder dan Milaan is hij niet geraakt. In de toiletten van de luchthaven hebben ze hem gevonden. Hij was gestorven aan een overdosis heroïne terwijl hij nooit in zijn leven één gram drugs heeft gebruikt. Raymond Conerth zal zijn hele leven verlamd blijven.’

Arlette was aangeslagen. ‘Ik...’

‘Het verhaal is nog niet af. Bij de explosie van de Remora zijn twee matrozen levend verbrand. Jij was erbij. Jouw foto’s gingen de wereld rond. Besef je wel dat diegene die wist dat het schip ging ontploffen, die twee mensenlevens op zijn geweten heeft? Het doel heiligt de middelen, zo wordt gezegd. Is dat altijd zo, vraag ik me af.’

‘Waar wilt u naartoe?’

‘Harry wordt erin geluisd. De drama’s die ik zojuist noemde, waren alleen maar brokjes. Harry krijgt ze toegeworpen en hij hapt toe. En nog eens en opnieuw. Tot hij geen kant meer op kan. Dan zal de ware bedoeling bovenkomen.’

‘Wat kan ik eraan doen?’ vroeg Arlette.

‘Nu meteen? Niet veel meer dan er met Harry over praten. Hij moet zelf tot inzicht komen. Noem daarom mijn naam niet, alsjeblieft. Als hij hoort dat ik met jou heb gepraat, gooit hij meteen de deur dicht.’

'En als hij niet wil luisteren?'

'Dan moeten we via Harry proberen zijn opdrachtgevers aan te pakken.'

Sandra wenkte de dienster. Nadat ze had afgerekend, schoof ze Arlette haar kaartje toe.

'Bel me als je me nodig hebt,' zei ze.

20

Bonfatto zat meer dan een half uur in een fraaie maar ongemakkelijke fauteuil. Hij had de schilderijen aan de muur bestudeerd, daarna het antieke plafond en nu probeerde hij vanuit zijn positie de titels te ontcijferen in de bibliotheekkast. Het was lang geleden dat hij was toegelaten in het tien kamers tellende pauselijk appartement op de bovenste verdieping van het Apostolisch Paleis. De laatste keer was bij Johannes Paulus II, met wie hij aanvankelijk goed kon opschieten. Bonfatto had de Vaticaanse geheime dienst nieuw leven ingeblazen. Eerst wilde de paus niet weten van het Ufficio. Pas toen Bonfatto enkele slagen won in de strijd tegen het communisme, veranderde de paus van mening en ontstond er een begin van een vertrouwensrelatie. Het pauselijk appartement was toen nog een somber hol met ouderwets meubilair en gebrekkig licht. Onder Benedictus XVI onderging het een ingrijpende renovatie. De kamers werden licht en vrolijk met kleuren als zalmroze en strandgeel. De huidige paus ging nog een stap verder. Hij huurde een Mexicaanse interieurarchitect in. De pastelkleuren van Benedictus werden overschilderd in fel rood, geel en blauw en in elke kamer kwam een extra Zuid-Amerikaanse toets. Dat ging van een levensgrote plastic cactus of een poncho die nonchalant over een stoel werd gedrapeerd tot een schilderij van José Clemente Orozco. Benedictus had Bonfatto slechts een enkele keer uitgenodigd in zijn privévertrekken. Hun relatie was er dan ook niet naar. Gek, want Bonfatto had hoge verwachtingen gehad van Joseph Ratzinger en zelfs zijn verkiezing mee georkestreerd. Via voorafgaande gesprekken had hij een respectabel aantal kardinalen ervan kunnen overtuigen dat Ratzinger op het gebied van geloofsleer en visie helemaal op de lijn van zijn voorganger zat. Zo ontstond binnen het kiescollege algauw een Ratzingerblok. De zaak was bijzonder snel beklonken en Ratzinger werd in de vierde stemronde verkozen.

Tot ontsteltenis van Bonfatto ontpopte de rottweiler van God zich als een wat houterige en timide paus die af en toe wel uitpakte met ferme uitspraken die hij achteraf weer introk. Aanvankelijk was zijn grootste verdienste dat hij geen nieuwe vijanden maakte. Dat keerde toen Benedictus in 2009 de excommunicatie ophief over de priesterbroederschap Pius x waartoe ook holocaustontkenner Richard Williamson behoorde.

Bondskanselier Angela Merkel beval de Duitse paus om afstand te nemen van Williamson. Pas na enkele dagen van oorverdovende stilte sprak de paus zich uit tegen Williamson en het negationisme. Het werd toen voor de hele wereld duidelijk dat de paus niet op de hoogte was. Het kostte het Vaticaan zijn morele autoriteit.

Ratzinger overleed volkomen onverwacht in zijn slaap.

☆

Tijdens het daaropvolgende conclaaf hadden de derdewereldlanden wel blok gevormd. Al na de tweede stemronde kwam er witte rook uit de schoorsteen. Het was Jorge Cuzquén, de aartsbisschop van Lima. De nieuwe paus nam de naam Romanus II aan en kreeg algauw de bijnaam 'de Inca' wegens zijn Zuid-Amerikaanse afkomst, zijn getaande huid en zijn haviksneus.

De Inca bracht aanvankelijk het Vaticaan strijdlust bij. Hij ergerde zich aan de Europeanen en hun vage geloof. De Inca vond dat minimalistische geloof irritant en gevaarlijk, omdat het leidde tot relativisme en uiteindelijk tot atheïsme. God is er of Hij is er niet, zei hij. Je kunt niet een beetje gelovig zijn. Net zoals je niet een beetje vegetariër kunt zijn.

In zijn eerste encycliek *Fidei citicula crux* (Het kruis is de toetssteen van het geloof) sprak hij zich uit voor een kleinere, strijdbare Kerk van ware gelovigen, liever dan een zwalpende massa van zelfbedieningskatholieken. De Kerk moest snoeien om de boom gezond te houden, zodat hij daarna zijn takken kon uitslaan in de vorm die wij willen, vond hij.

Vooral dat laatste was bij Bonfatto blijven hangen.

Hij schaarde zich vierkant achter de Inca. Na de slappe Ratzinger was het tijd voor een kordate paus. Een maand geleden had Bonfatto een audiëntie aangevraagd, wat zeer ongewoon was. Iemand van de Vaticaanse geheime dienst blijft in principe zo ver mogelijk van de paus vandaan. Hoe minder de Heilige Vader weet, hoe beter. Bonfatto wilde met de paus overleg plegen over de strategie die moest worden gevolgd om het Ibrahim-Comité de grond in te boren. Tot zijn verbazing had de paus de boot afgehouden.

'Ja Bonfatto, ik heb gezegd dat we de Kerk moeten snoeien, maar snoeien doe je niet met de botte bijl.'

'Heilige Vader, neemt u mij niet kwalijk, maar als het Comité tot een consensus komt, is het afgelopen met de Kerk zoals u en ik die voorstaan.'

De paus had zijn hoofd geschud. 'Misschien. Misschien ook niet. Ik wil eerst nog wat afwachten. We kunnen later nog altijd ingrijpen.'

'Heilige Vader, u zei zelf toch dat we het dode en zieke hout moesten kappen?'

'In de winter kan je niet zien of een tak dood is of dat er nog leven in zit. Pas in de lente als alle gezonde takken knoppen krijgen, kan je er de dode uithalen.'

Bonfatto herkende op slag de verandering in houding. Hij had hetzelfde meegemaakt met Ratzinger. Dat was ook een bullenbijter tot hij op de pauselijke zetel zat en verdronk in het gekonkel van de curie.

De deur zwaaide open en de paus stapte met veerkrachtige tred de bibliotheek in. Onder zijn arm klemde hij *The Wall Street Journal*, terwijl hij in een espresso roerde. Hij zag er schitterend uit. Zijn gebronsde gezicht stak fel af tegen de spierwitte toga waarvan het bovenste knoopje openstond. Hij was 63. Piepjong voor een paus.

'En, Bonfatto? Slecht nieuws?'

'Ik vrees van wel, Heilige Vader.'

'Uit Siegburg? Iets met Fabri?'

'Nee, met onze informant. Volgens de laatste berichten zou hij betrapt zijn. Het is nog een kwestie van dagen voor ze hem oppakken.'

'En wordt dat een schandaal?

'Hij zal worden geëlimineerd. Dat was de afspraak. In principe lekt daar niets van uit, maar daar kan ik wel iets aan doen.

Moord in een Duits klooster op een Koptische monnik tijdens oecumenisch congres. Zo'n bericht overleeft het Ibrahim-Comité nooit. We moeten alleen zorgen dat u buiten schot blijft'

De Inca nipte van zijn koffie. 'Dat is jouw verantwoordelijkheid, Bonfatto.'

'Heb ik dan uw zegen?'

Bonfatto zag hoe de paus even aarzelde. De Inca deed alsof hij iets heel interessants zag door het raam en draaide zich dan om.

'Ik wil er nog over nadenken.'

'De tijd dringt, Heilige Vader.'

'Ik weet het en toch wil ik niet overhaast te werk gaan.'

'Ik heb een plan, Heilige Vader.'

'Ik wil het niet horen, Bonfatto.'

De paus stak in het buitengaan zijn hand uit en een verbouwereerde Bonfatto kuste de ring.

Na de lunch spoedde Bonfatto zich naar de flat in de Via della Dea Opi waar hij Dora Calson zou aantreffen, dochter van zijn goede vriend Nicolae en een van zijn beste agenten.

Nicolae en zijn dochter Dora waren in de zomer van 1987 uit Roemenië gevlucht. De toestand was er voor katholieken onhoudbaar. Werden zij vroeger al om hun geloof vervolgd, dan werden zij in de jaren tachtig ook verdacht als oproerkraaiers. In Polen greep een omwenteling plaats door toedoen van de katholieken, en vele andere Oostbloklanden vreesden dat de vonk zou overslaan. Liefst van al had de Securitate Nicolae

Calson opgepakt en hem gefolterd tot hij al zijn connecties opbiechtte, maar dat zou te veel opschudding veroorzaken. Trouwens, het land had grote behoefte aan de expertise van een professor materiaalleer. Daarom pakte de Roemeense geheime dienst de dochter van Calson aan. Dora was nog geen zestien toen zij op een dinsdag in mei door een politiepatrouille uit stadsschool nummer 27 werd gehaald en 170 kilometer verder in Brasov werd afgeleverd in de jongerenafdeling van het Securitate Opleidingsinstituut. Zij kreeg een plaats toegewezen in een barak waar nog 29 andere meisjes van haar leeftijd woonden. Zij was de enige van de groep die een vader en moeder had. De anderen waren wezen.

In het kamp heerste een strakke discipline. De meisjes werden getraind om de zwaarste en onmenselijkste opdrachten uit te voeren ten bate van Nea Nicu, Oom Nicu, zoals de grote Conducato Ceausescu werd genoemd. De andere meisjes voelden zich ondanks het harde trainingsprogramma gelukkig in het kamp. Zij kregen warme kleren en drie volwaardige maaltijden per dag, terwijl in de rest van het land vrijwel nooit vlees te koop was. Eieren, melk en brood waren schaars. De mensen waren blij met een varkenspoot, een pond lillend vet, een zak bedorven groenten of een handvol zwarte aardappels. Het opleidingsinstituut was voor de weesmeisjes een luxekamp. Voordien moesten ze bij de treinen bedelen om voedsel of werden ze in de cel gestopt bij verkrachters en moordenaars die met hen hun gang mochten gaan.

Dora had het zwaar te verduren in het kamp, ook van haar barakgenoten. Zij was mooi terwijl armoede de andere meisjes had getekend. Hun tanden waren donker door het vitaminegebrek. Hun bleke huid was ontsierd door zweren en puisten. De slagen en pesterijen kwamen van alle kanten. De enige die Dora enige troost leek te bieden, was een leraar die de meisjes onderwees in het Leven en de Werken van Ceausescu, de Meest Geliefde Zoon van het Land, het Genie van de Karpaten, de Grootste Persoonlijkheid van de Roemeense Geschiedenis. Bij hem kon Dora haar heimwee kwijt. De man bood eerst zijn schouder aan om uit te huilen, legde daarna zijn arm rond haar middel en trok haar dan in bed.

Dora's overlevingsdrang maakte dat zij mettertijd die man naar haar hand ging zetten. Zij wist voordeeltjes los te weken. Zij verkreeg haar overplaatsing naar een kleinere, luxueuzere barak en werd aangesteld tot typiste zodat ze de harde training niet meer hoefde te volgen. Nog geen jaar later werd zij uit het kamp ontslagen en tewerkgesteld op de Dienst Informatie in Boekarest. Daar moest zij telefoons van verdachte burgers afluisteren. Ze trok in bij haar vader. Haar moeder was zeven maanden eerder overleden.

Twee jaar later konden Nicolae en zijn dochter Roemenië ontvluchten. Ze belandden in Vancouver waar Dora zich inschreef aan de School voor Vertalers en Tolken.

De talenstudie in Vancouver ging Dora ogenschijnlijk goed af. Zij beschikte over een uitgebreide kennis van het Frans, Spaans, Roemeens en Russisch. En dus was iedereen in haar omgeving – ook haar vader – hoogst verwonderd toen ze vertelde dat ze in het klooster wilde treden, meer bepaald bij The Carmel of the Divine Heart of Jesus, de karmelietessen, in Montreal.

Na twee jaar postulaat begon zij aan haar noviciaat. Op die dag kreeg zij haar habijt, de witte sluier en haar religieuze naam. Dora werd zuster Bénédicte.

☆

Bonfatto vertelde Dora dat Tewfik zo goed als zeker betrapt was. Dat de paus terugkrabbelde, daar zei hij niets van. Hoe had hij zich voor de tweede maal zo kunnen verkijken op een paus. Als kardinaal bliezen ze hoog van de toren, maar eens ze paus waren, wentelden ze zich in een lamzakkige heiligheid. Bonfatto had beslist om geen rekening te houden met de koerswijziging van Romanus II.

'Tot nu hebben we Witters alleen doen sudderen. Het wordt tijd dat hij gaat koken,' zei Bonfatto.

'Harry Witters begint te twijfelen.'

'Na al wat wij voor hem hebben gedaan? We zullen hem opdraaien tot hij alleen nog kan piepen.'

'Moet ik zoals vorige keer weer verzaken aan mijn gelofte van kuisheid?'

'Heb jij daar problemen mee?'

21

Youannes Tewfik was helemaal alleen in de eetzaal van het klooster. Hij had zich aan een tafeltje bij het raam gezet en zag hoe zijn collega's in de tuin wandelden. Er waren er die een serieus gezicht opzetten en duidelijk opgingen in een verheven onderwerp. Anderen lachten om elkaars grapjes. Een Russische pope toonde bijzondere belangstelling voor een moerbeiboom. Hij trok zelfs een blad af en stak het in zijn gebedenboek. Buiten scheen de avondzon, in de eetzaal hing al de schemer. Te donker om te lezen, te helder om de lampen aan te steken. Een broeder duwde een kar in roestvrij staal de refter binnen. Op de kar stonden rijen witte schaaltjes tot aan de rand gevuld met vanillepudding. Tewfik beet zorgvuldig op een zure Duitse boterham. Op zijn bord lagen twee sneden kaas. Hij had heimwee naar zijn klooster in de Egyptische woestijn. Naar het zand en de kiezels die zo heet werden dat je er amper op kon lopen. Hij zag zijn cel die in het duister was gehuld. Het blauwe luikje was gesloten om de felle zon buiten te houden. Hij hoorde hoe op het eind van de namiddag mens en dier weer tot leven kwamen. Terwijl de geur van ketelkoffie door de refter dreef, dacht hij hoe spaarzaam de monniken van zijn klooster omgingen met drinkbaar water.

Het was een merkwaardige dag geweest. Om vijf uur die ochtend was hij zoals elke morgen alleen in de kerk van het klooster. De banken roken naar boenwas. Zijn blik dwaalde langs de beelden die tegen de zes zandstenen pilaren stonden. Hij herkende alleen de engel Michael die, getooid met gulden schild en zwaard, de duivel bekampte. In de rechtse zijkapel stond een beeld van Maria. Zij had een grotesk kroontje op haar hoofd. Haar kleed was met goud afgebiesd. In haar arm droeg ze een blond kindje. Tewfik was altijd verwonderd hoe de katholieken van die eenvoudige moeder van Jezus telkens een koningin maakten.

Hij begon aan zijn getijdengebed, de *agbeya*. 'Ontferm U over ons, God, ontferm U over ons. Gij houdt van de rechtvaardigen en ontferm U over de zondaars, van wie ik de grootste ben. Gij wilt niet de dood van de zondaar, maar dat hij zich omkeert en mag leven. Behoed ons voor onterecht verdriet en voor alle onrust des harten. Omgeef ons met Uw heilige engelen, opdat wij, geleid en bewaakt door hun legermacht, de eenheid van het geloof en de kennis van Uw onzichtbare en onbegrensde heerlijkheid bereiken. Want van U is de eer in eeuwigheid.'

'Amen,' zei een stem naast hem. Youannes Tewfik schrok. Hij had niemand horen binnenkomen en alhoewel hij in stilte had gebeden, klonk het 'Amen' van de ander net na het laatste woord. Hij keek achterom en zag eerwaarde vader Shimal Faez van de Assyrische Kerken van het Oosten zitten. Faez was een klein, mager mannetje in een witte pij die reikte tot aan zijn blote voeten. Zijn huid was gelooid. Zijn neus maakte een scherpe bocht en stond in contrast met zijn flaporen die zo dun waren dat ze het licht doorlieten. Aan zijn halsketting hing een zilveren penning met de beeltenis van de heilige Gregorius.

'Mijn verontschuldigingen dat ik u stoor in uw gebed,' fluisterde Faez.

'Ik was net klaar,' zei Tewfik. 'Ik kom hier elke ochtend zoals mijn Kerk me voorschrijft. Ik hou eigenlijk het meeste van het zesde uur, het uur dat de dag wordt geboren. Maar om kwart voor zes komen de benedictijnen naar de kerk voor hun ochtendgebed. Ik heb u hier niet eerder gezien.'

'Ik bid meestal in mijn cel,' zei Faez. 'Deze kloosterkerk is me te modern. Voor mij moet een kerk donkere hoeken hebben.'

Faez liet even een stilte vallen. Voor Tewfik het teken dat de inleidende conversatie ten einde liep en dat hij nu zou horen wat de bedoeling was van deze ochtendlijke ontmoeting.

'Broeder Youannes, ik vrees dat ik slecht nieuws breng,' zei Faez. 'Ze zijn erachter gekomen dat u de regels van het comité hebt overtreden. Een camera heeft vastgelegd hoe u verslagen doorgaf aan broeder Mauritz.'

'Mijn God,' zei Tewfik. Hij kneep zijn handen samen en staarde voor zicht uit. 'Wat nu?'

'Ik weet het niet. U kent de sanctie die we hebben afgesproken.'

'Ik wist wat het risico was.'

'Waarom hebt u het gedaan?'

'Uit bezorgdheid. Op deze vergadering worden de heiligste principes vergooid. De biecht, de priesterwijding, de heiligenverering.'

'En daarom speelde u alles door aan Bonfatto?'

'Waarom noemt u de naam van Bonfatto?'

'Broeder Youannes, ik wéét dat het Bonfatto is. Ik begrijp alleen niet waarom u hem ter wille bent.'

'Ik heb hem leren kennen als iemand die de rechte leer aanhoudt. Ook hij maakt zich zorgen over het tanende geloof.'

'Bonfatto is alleen bezorgd over de tanende invloed van zijn katholieke Kerk.'

'Dat mag u niet zeggen. Ik ken hem als een...'

'Broeder Youannes, u kent Bonfatto helemaal niet. Weet u dat hij tweede in rang is van de Vaticaanse inlichtingendienst? Dat hij zijn informatie gebruikt om zijn mannetjes benoemd te krijgen? Dat hij tijdens conclaven kardinalen chanteert zodat ze hun stem uitbrengen op zijn pauskandidaat?'

Tewfik kromp in elkaar. 'Wat ben ik een simpele ziel!'

'In vergelijking met de konkelaars in het Vaticaan zijn wij simpele zielen,' zei Faez.

'Wat nu?' herhaalde Tewfik.

'Ze zullen u komen halen, maar niet vóór het eind van de dag. Ik zal zien wat ik voor u kan doen. Beloof me één ding: maak u sterk voor het debat van straks. In uw ochtendgebed vroeg u God: "Omgeef ons met uw heilige engelen." Vandaag hebben we het over die engelen en als we ons niet sterk maken, vergaat het de engelen zoals het de heiligen en de martelaren verging.'

'Ik ben niet zo theologisch beslagen en niet ad rem genoeg om de discussie aan te gaan met die geleerde calvinisten en evangelisten.'

Faez legde zijn hand op het hoofd van Tewfik. 'O, Gabriël, El Gibor, Macht van God, nobele engel, Goddelijke Boodschapper, verover deze ziel en geef ze kracht en wijsheid en zelfvertrouwen.'

Tewfik duizelde. Het leek even of alle geluid verdween. Er was alleen dat geruis. Toen hij zijn ogen opende, zat hij alleen in de kerk.

☆

Na de inleiding door de voorzitter voelde niemand zich geroepen om het woord te voeren. Engelen? Tja, wat moeten we met ze?

Youannes Tewfik kwam langzaam overeind. De stemmen verstomden. Tewfik slikte en dan borrelden van heel diep de woorden bij hem op. Het kostte hem kracht om ze boven te halen.

'Waar zijn de machtige gestalten van Gabriël, Michaël en Rafaël?' zei hij met zijn schorre stem, terwijl zijn wijsvinger in de lucht priemde. 'Ze zijn samen met de andere engelen verdwenen uit de kerken. Ze worden nergens nog genoemd. Zelfs de gewone gelovigen hebben het niet over hen, laat staan dat ze bidden tot de engelen. Hoe kan het dat de engelen zijn verdwenen? Zij hebben toch een cruciale rol gespeeld in de heilsgeschiedenis? Tot in de middeleeuwen golden de engelen als de bewegers van zon en sterren. Toen die overtuiging door het werk van Isaac Newton voorgoed werd ontkracht, was het ook gedaan met de engelen. Voor de protestanten waren engelen producten van bijgeloof en de katholieken maakten er in hun barokke kerken lachwekkende babycherubijntjes van. Broeders in Christus, jullie weten dat ik leef in een kloostergemeenschap in de Egyptische woestijn. Daar heerst de volstrekte eenzaamheid, af en toe onderbroken door Berbers die naast het klooster hun tenten opzetten. Ik ken hun verhalen. Ik hoor van de geesten die hen belagen. Alles wat deze nomaden waarnemen – schrikwekkende geluiden, lichtflitsen in de nacht – wordt toegeschreven aan wezens met bovennatuurlijke eigenschappen. De woestijnen en gebergten waarin die herders ronddwalen, zijn vol van dergelijke wezens. Honger, dorst en hitte prikkelen de hersenen zodanig dat die mensen de geesten horen roepen of dat ze hen zien in gestalten van vuur en licht. Die geesten kunnen veel kwaad en veel goed doen. De goede geesten noemen zij engelen, de kwade zijn de djinns, de duivels.'

Tewfik duizelde even. Met zijn handen zocht hij steun op de tafel.

'U kent het verhaal van Jezus die veertig dagen en veertig nachten had gevast in de woestijn. Toen nam de duivel hem mee naar de hoogste berg, toonde hem alle koninkrijken van de wereld in al hun pracht en zei: "Dit alles zal ik u geven als gij voor mij neervalt en mij aanbidt." Daarop zei Jezus: "Ga weg, Satan! Want er staat geschreven: aanbid de Heer, uw God, vereer alleen hem." Daarna liet de duivel hem met rust, en meteen kwamen er engelen om voor Jezus te zorgen. De leegte van de woestijn is ideaal voor engelen, want in de woestijn heerst de spirituele vrijheid. Het is niet toevallig dat jodendom, christendom én islam in de woestijn zijn ontstaan. Het idee dat er geesten bestaan die tussen God en de mensen onderhandelen, is een onderdeel van alle drie deze geloofsovertuigingen. Daarom alleen al wil ik pleiten voor onze vrienden, de engelen. Ik dank u.'

De kleine Egyptenaar ging weer zitten. Hij was uitgeput. Niemand van de anderen zei wat. Jeff Hodson had zich voorgenomen te vragen waarom God miljarden engelen zou scheppen terwijl ze slechts heel af en toe een boodschap moesten komen brengen. En Martin York was van plan geweest te vragen waarom, als de engelen toch zo geestelijk zijn, op menige synode gediscussieerd werd over hun geslacht, maar toen ze Tewfik voorovergebogen zagen zitten, hielden ze allemaal hun mond. Alleen Shimal Faez van de Assyrische Kerken van het Oosten, die vlak naast Tewfik zat, greep diens hand en zei zacht: 'Amen.'

☆

Youannes Tewfik was niet gebleven voor het gezamenlijke avondeten. Zijn hoofd tolde en zijn voeten brandden in zijn sandalen. Voor hij zich gekleed op zijn brits legde, schreef hij: 'De engelen hebben het gered. Geen onheil zal mij treffen, geen plaag mijn tent bereiken, want Hij zal zijn engelen voor mij ontbieden om mij op mijn weg te behoeden.'

Hij lag nog altijd op zijn rug op het bed toen midden in de nacht op de deur werd geklopt. Tewfik wist dat het onmogelijk broeder Mauritz kon zijn. Toch deed hij open. In de donkere gang zag hij vijf gestalten staan: twee leden van de bewakingsdienst, de voorzitter van het comité, Giovanni Fabri en iemand die hij niet kende. Niemand sprak een woord. Tewfik volgde de mannen tot in de kerk.

Het gezelschap ging rond een tafel zitten. De voorzitter nam als eerste het woord.

'Broeder Youannes, we hebben bewijzen dat u informatie over deze vergadering hebt doorgespeeld aan derden. Wat hebt u daarop te zeggen?'

Youannes Tewfik vouwde zijn handen en zakte op zijn knieën. Zijn hoofd barstte.

'En Jezus zei tot Judas: gij zult de apostel worden die vervloekt wordt door de anderen. Het Koninkrijk der Hemelen ligt binnen uw bereik, maar gij zult veel leed moeten ondergaan.'

'Broeder Tewfik, alstublieft. Hebt u enig verweer in uw voordeel?'

'In de naam van de Schepper van alles wat bestaat, roep ik u aan, nobele engel Michaël, als heerser van het vuur. Sta me bij.'

'Youannes Tewfik, volgens de regels door ons opgesteld, veroordelen wij u tot het drinken van de beker. Wilt u zich in orde stellen met de Heer?'

Tewfik schudde het hoofd. 'De schittering van uw ster zal alle anderen verduisteren. Gij, Judas, zult groter zijn dan hen allemaal'

Tewfik greep totaal onverwacht naar de beker en dronk hem in één teug leeg.

'Moet dat nu echt?' vroeg Durhaid Hamoui van de Syrisch-orthodoxe Kerk met tranen in de ogen.

'Zo hadden we afgesproken,' zei Fabri.

22

Arlette zat 's avonds met Harry op de bank. Ze hadden samen naar een film met Al Pacino gekeken.

'Wil je wat drinken?' vroeg Harry.

Arlette schudde haar hoofd. 'Nee, dank je. Ik stap maar eens op.'

'Je bent al de hele avond zo stil. Wat scheelt er?'

'Wie gaf jou die tips over de Russische sabotage en het manoeuvre van de Turken?'

'Dat kan ik je niet zeggen. Ik wil mijn tipgever niet verbranden.'

'Je vertrouwt hem dus.'

'Ja.'

'Heeft hij verteld dat je Russische collega Simon Chobotow vermoord is gevonden?'

'Dat is niet waar.'

'Heeft hij verteld dat het lijk van Rashid Za-mar is ontdekt op de luchthaven van Milaan?'

'Wie zegt dat?'

'Dat doet er niet toe. Vraag het morgen aan Van Horen. Ik weet alleen dat jij – en voor een deel ook ikzelf – ons aardig in de puree hebben gewerkt. Om nu even het woord shit niet te gebruiken. Daarop mijn vraag: wie is je bron?'

'Eerlijk, ik kan het niet zeggen.'

'Was het dezelfde bron die jou de explosie op de Remora tipte?'

Harry verstrakte. 'Hoe kom je erbij? We waren daar omdat we een afspraak hadden met iemand.'

'Harry, geef toe, dat was wel heel toevallig.'

'Geloof je me niet?'

'Neen. Als je collega wil ik weten wie je bron is. Ik ben gedeeltelijk mee betrokken in de narigheid.'

'Overdrijf je nu niet?'

'Nee, Harry, ik wil het weten.'

'Het spijt me, ik kan het je niet vertellen.'

'Het spijt mij ook Harry,' zei Arlette. Ze stond op en hees zich in haar jas.

Hij hield haar tegen. 'Het is dezelfde bron waar mijn vader mee werkte. Meer kan ik niet zeggen.'

'Meer kun je niet zeggen. We werken samen, we slapen samen, maar meer kun je niet zeggen.'

'Voorlopig niet.'

'Dan doe ik voorlopig niet meer mee,' zei Arlette en ze sloeg de deur dicht.

☆

'Die komt wel terug. Vrouwen reageren nu eenmaal emotioneler. Dat is een dooddoener, maar het is wel zo,' zei Van Horen terwijl hij een nieuwe sigaret opstak. 'Je mag nu niet gaan twijfelen, jongen.'

'Een goed journalist moet af en toe aan zichzelf twijfelen.'

'Als hij de vijftig is gepasseerd. Dan kan hij zich afvragen waarmee hij bezig is. Als je zo jong bent als jij, moet je ervoor gaan.'

'Ik stel me vragen over de manier waarop we Raymond Conerth hebben aangepakt.'

'Conerth is in een put gesprongen zonder te weten hoe diep hij was.'

'Of hebben wij hem in de put geduwd? Akkoord, als politicus moet je op je tellen passen en begin je beter geen relatie met een medewerkster. Maar in de pers wordt zo'n relatie altijd opgeblazen tot een seksschandaal.'

'Harry, doe eens gewoon! Als een oudere man iets begint met een jonge duif dan is dat niet om diepgaande gesprekken te voeren over de buitenlandpolitiek van Zimbabwe. Wat als die affaire niet uitlekt in de pers, maar zo'n Britse onderminister wordt gechanteerd door criminele organisaties? Nee Harry, openbare figuren en zeker politici moeten onder een sterke microscoop worden gelegd.'

Lou had een punt. Harry een knagend gevoel.

'Waarom heb je me niets verteld van Chobotow en Zamar?'

'Ik weet het zelf nog niet zo lang. Ik wilde het je te zeggen, maar het was zo vreselijk druk.'

Harry wist dat Van Horen loog.

☆

Harry was vast van plan om opnieuw langs te gaan bij zijn getuigen in de zaak-Conerth. Hij had Lou niets gezegd over zijn voornemen. Eerst trok hij naar het adres waar Claire Munro had gewoond.

Hij drukte op alle vier de deurbellen. Het duurde even, maar uiteindelijk werd de deur geopend door een kolossale vrouw. Zij was ver over de zestig en liep gekleed als een thuiswerkende prostituee. Haar haren waren zwartgeverfd, haar lippen gestift, haar losse vel was zonnebankbruin. Ze droeg gouden slippers onder een kamerjas met luipaardmotief en toonde heel veel been.

'Waarmee kan ik u van dienst zijn?' De vraag rolde wat moeilijk over haar tong.

Of hier een jongeman woonde?

'Nee, mijnheer. Alle huurders zijn oudere mensen. Madame De Ceuleire is van mijn leeftijd, en op de tweede verdieping wonen mijnheer en madame Tavernier en die zijn allebei de vijfenzestig voorbij. Het vierde appartement staat al een maand leeg.'

'Enkele weken geleden belde ik hier aan en toen deed een magere jongen open.'

'Monsieur, ik woon hier al veertien jaar en er heeft nog nooit een jongen en zeker geen magere jongen gewoond. Dat had ik wel geweten.'

Daar twijfelde Harry niet aan. Hij dankte de vrouw en liep de straat uit naar de Rue du Midi. Naar Isobel Griffith, de ontroostbare vriendin van Claire. Haar naam hing niet meer aan de voordeur. Hij drukte op alle belletjes, in de hoop dat er iemand thuis was. Hij had geluk want twee studentes denderden de trap af en deden giechelend de deur open.

'Isobel Griffith? Hier heeft nooit zo iemand met die naam gewoond,' zei een meisje met piekhaar. 'Er staat hier al lang een kamer leeg. Op een dag dacht ik dat ze verhuurd was want iemand bracht spulletjes naar boven. Twee dagen later merkte ik dat de kamer weer leeg was.'

'Zou ik die kamer mogen zien?' vroeg Harry.

Dat was voor de meisjes geen probleem. Ze brachten hem zelfs tot aan de deur. De kamer wás leeg. Er stond of hing helemaal niets meer, met uitzondering van een grijs vuilniszakje. Het was dichtgebonden met een touwtje en stond achter de deur, klaar om meegenomen te worden. Dat deed Harry dan ook.

Vanuit de lege kamer belde hij eerst nog het nummer van Peter Lawford, de beveiligingsman die hem aan de videotapes had geholpen. Wat hij verwachtte, kwam uit. 'Dit nummer is niet in gebruik,' declameerde een computerstem in drie talen.

Thuis belde hij naar de dienst die de gebouwen van de EU beheert. Dan naar de bewakingsfirma en de veiligheidsdienst.

Overal luidde de reactie identiek. 'Qui? Peter Lawford? Connais pas.'

Hij opende het vuilniszakje en spreidde de inhoud over zijn keukentafel. Er staken geen etensresten in. Geen blikjes, geen diepvriesverpakking. Enkel de wikkel van een pak boterkoekjes, twee lege flesjes Cola Light en een krant van twee weken geleden. Harry berekende snel dat de datum overeenkwam met de dag dat hij er aan de deur had gestaan. Op pagina zestien onderaan was in de witrand een telefoonnummer gekribbeld.

Harry wilde het niet bellen met zijn eigen gsm. Hij trok zijn jas aan en liep naar het station, op zoek naar een openbare telefoon. Harry draaide het nummer. Het begon met 02, voor zone Brussel.

'Hallo? Hallo?' klonk het even en toen werd er ingelegd. Die twee hallo's waren voor Harry niet genoeg om de stem te herkennen. Was het Dora, Sandra of Arlette? Nee, niet Arlette.

23

'Een stad op zondag heeft iets triest,' zei Dora.

Dat vond Harry niet. 'Een stad op zondag is als een mijnwerker die aan de zuurstof ligt. Eén keer per week worden zijn longen schoongeblazen,' zei hij.

'Een mijnwerker die aan de zuurstof ligt is geen mijnwerker maar een patiënt,' zei Dora.

Daar had Harry geen antwoord op.

Harry en Dora liepen door Antwerpen. Gisteren had ze hem gebeld, zonder voorafgaande violen. 'Ik heb volgende week een afspraak in Brussel en ik dacht: ik loop eens bij Harry aan,' zei ze.

Ze verbleef in het Hilton op de Groenplaats en stelde voor dat ze 's anderendaags samen zouden ontbijten in het hotel en dat hij haar daarna de stad zou tonen.

Harry leidde haar via het Rubenshuis, het stadhuis, de kathedraal en de brocanteriewinkeltjes in de Kloosterstraat naar het Museum van Schone Kunsten, om daarna langs de kade terug te keren naar het centrum. Dora was nog het meest onder de indruk van de voetgangerstunnel die Antwerpen verbindt met Linkeroever. Voor het eerst gebruikte ze haar cameraatje, om foto's te nemen van de antieke roltrappen en de betegelde wanden.

'Wat gek dat een stad als Antwerpen geen brug heeft,' zei ze. 'Ik heb een hekel aan tunnels.'

'Deze heeft toch iets?'

'Natuurlijk, jouw tunnel is wel mooi.' Zij leunde tegen hem aan en gaf hem een zoen op zijn wang. Dan zoende ze hem op zijn mond.

Harry had al gemerkt dat dit een heel andere Dora was dan degene die hij kende. Voordien was ze arrogant en dwingend, nu gedroeg ze zich lief en aanhankelijk.

Na de zoen liepen ze hand in hand naar de Groenplaats, waar ze in het ondergrondse station tram 2 namen. De tram was leeg, op drie jonge kerels na die elkaar achteraan in het rijtuig op luide toon en in een Oost-Europese taal aan het jennen waren. Dora en Harry lieten zich op een bank zakken. Zij vlijde haar hoofd tegen zijn schouder, kroelend als een verliefde tiener. Haar gespin trok de aandacht van de drie jongens, die schunnige geluiden begonnen te maken. Toen Harry en Dora daar niet op reageerden, zakten de druktemakers af naar het midden van de tram. De jongste twee gingen achter Harry en Dora zitten. De derde bleef naast Dora staan en duwde zijn kruis wel erg dicht bij haar gezicht.

'Kom we stappen af,' zei Harry. Hij voelde zich onbehaaglijk. Hij wist dat hij moest ingrijpen en besefte tegelijk dat dit het alleen maar erger zou maken.

'Is dit onze halte?' vroeg Dora argeloos.

'Nee, we moeten eraf in station Opera.'

'Dan blijven we toch zitten! We laten ons niet afschrikken door een paar puistenpubers.' Ze zei het zo luid in het Engels dat de drie het wel moesten horen. Daar kwam bij dat twee van de pestkoppen getekend waren door acné. De jongen die naast haar stond, greep Dora bij de haren en trok haar hoofd achterover.

'Misschien wil zij met haar tongetje onze puistjes wel likken,' zei hij.

Harry wilde opstaan om de kerel tot bedaren te brengen, maar de twee achter hem hielden hem vast bij zijn schouders. Hij kon niet weg.

Plots, zonder dat Harry of de jongens beseften wat er gebeurde, plantte Dora haar vuist in de onderbuik van haar belager. De jongen knipte naar voren van de pijn. Dora duwde zijn hoofd achterover en sloeg met de zijkant van haar hand op zijn adamsappel. De knaap maakte een braakgeluid en zakte door zijn knieën.

Zij draaide zich om en dreigde met haar wijsvinger terwijl ze op woedende toon iets siste waarvan Harry alleen de woorden *Vlad Tepes Dracul* begreep.

De twee andere jongens keken verschrikt, raapten hun gevallen vriend op, sleepten hem tot aan de deur en verlieten de tram. In station Opera stapten Harry en Dora uit.

Onderweg naar Harry's flat begon Dora weer te kirren en te kroelen.

'Wat heb jij tegen die jongens gezegd? De doodsangst stond in hun ogen,' zei Harry.

'Het waren Roemenen en ik heb hen snel uitgelegd welke methode Vlad Dracula gebuikte om zijn tegenstanders te folteren.'

'En die is?'

'Dat wil je niet weten,' plaagde Dora.

'Ik wil het wel weten.'

'Vlad Dracula had als hobby het spietsen van tienduizenden vijanden. Een scherpe houten staak werd bij het slachtoffer tussen de benen in de anus gestoken. De kunst was om de staak zo diep in te brengen, dat het slachtoffer niet meteen stierf, maar ook niet van de staak afviel. De doodsstrijd was pijnlijk en kon soms enkele dagen duren.'

'Aardig volkje, jullie Roemenen,' zei Harry.

Dora drukte zich tegen hem aan. 'Vind je?' zei ze.

Terwijl Dora onder de douche stond, zette Harry twee koppen op de motorkap die dienstdeed als bijzettafel. Door het melkglas had hij zicht op de contouren van haar lichaam. Toen hij haar bezig zag op de tram, besefte hij opeens dat de geheime dienst van het Vaticaan heel andere koek was dan de Gebedsbond van het Heilig Hart van Jezus. De besliste manier waarop zij die kerels uitschakelde, verraadde dat zij een gevechtsopleiding achter de rug had.

Af en toe drukte Dora tijdens het afspoelen haar billen naar achteren, zodat zich telkens twee natte cirkels aftekenden op het glas.

'Dora, wil jij koffie en suiker?' riep hij boven het kletterende water uit.

Dora draaide de kraan dicht en schoof de deur open. Zonder zich om te draaien wierp zij haar hoofd naar achteren.

'Alleen melk.'

Zij droogde zich af, wikkelde zich in de badjas die Harry haar had aangereikt en nestelde zich op de bank. Zij dronk van haar koffie en gaf meteen opening van zaken.

'Hoe loopt het met je werk?' vroeg ze.

'Behoorlijk.'

'Behoorlijk? Je verhalen over de Olympische vlam en de Turkse president waren wereldnieuws. Jíj was wereldnieuws! CNN, BBC, Euronews... Ik moet zeggen dat je in je zwarte Armani op een Griekse god leek.' Ze kneep hem zachtjes in de wang. 'En aan wie hebben we dat te danken? Aan wie? Aan tante Dora! En wat zegt het neefje tegen tante Dora? Dank u wel, tante!' Ze wilde hem speels zoenen. Harry zoende terug, na een lichte aarzeling.

'Wat scheelt er, Harry?'

'Niets, het loopt aardig, zoals ik zei.'

'Er zit je iets dwars, Harry. Ik voel het.'

'Begrijp me niet verkeerd, Dora. Jouw tips waren goud waard. En toch heb ik het gevoel dat er iets niet klopt. Dat ik gemanipuleerd word.'

Dora slaakte een zucht van verlichting. 'Lieverd, natuurlijk word je gemanipuleerd. Zo hebben we het ook afgesproken. Weet je nog, die avond met mijn vader en Bonfatto? Wij geven je informatie en jij publiceert. We hadden het over roem en fortuin. Begin nu niet te twijfelen, zoals je vader deed.'

'Twijfelde hij ook?'

'Alleen de laatste jaren. Bonfatto kon er niet mee lachen.'

'Als journalist vind ik...'

Dora schudde zijn hoofd. 'Als journalist? Harry, je bent nauwelijks enkele maanden journalist. Daarvoor schreef je in een advertentieblad. Onze tips hebben jou naar de top geleid. Drie verhalen en je naam is gemaakt. En dit waren slechts voorproefjes. Aan het grote werk gaan we nu beginnen.'

'Dora, ik weet niet of ik nog kan meedoen.' De toon waarop hij het zei, was zeurderig en niet als van een man die een beslissing heeft genomen in een gewetensconflict.

Een ogenblik bleef Dora uit het raam zitten staren en deed ze zichtbaar haar best om haar zelfbeheersing te bewaren. Toen draaide ze zich weer naar Harry.

'Laten we één ding duidelijk stellen, Harry. Je kunt nu moeilijk terug. Als bekend raakt dat je bent getipt voor de ontploffing op de Remora, heb je voorgoed afgedaan. Je riskeert zelfs een aanklacht voor het niet verlenen van hulp aan mensen in nood.' Harry voelde zich ontredderd. Dora veranderde daarom prompt van toon.

'Harry, dat schip was hoe dan ook ontploft, of jij daar nu bij was of niet. Wij hebben dat niet laten exploderen voor jouw plezier. Wij waren alleen op de hoogte dat er wat zou gebeuren.'

Ze ging met gespreide vingers door zijn haren.

Ik ben een hondje, dacht Harry. Een hondje dat geaaid wil worden.

'Ken jij Siegburg?' vroeg Dora opeens.

'Nooit van gehoord.'

'Het is een niet zo grote stad vlak bij Bonn. In het midden van Siegburg is een abdij. Momenteel heeft daar een heel bijzondere vergadering plaats. Alle mogelijke christelijke kerken hebben er een vertegenwoordiger: protestanten, orthodoxen en katholieken. Een veertigtal mannen vormt het Ibrahim-Comité en nemen er deel aan wat zij de Berggesprekken noemen.'

'Met welk doel?'

'Onderzoeken of alle christelijke kerken zich in de toekomst kunnen verenigen.'

'Bedoel je dan: de relaties tussen de kerken aanhalen?'

'Nee, het opzet gaat veel verder. Er wordt bekeken of die kerken weer kunnen samensmelten tot één christelijk kerk.'

'Hoe komt het dat ik nog nooit heb gehoord van die Berggesprekken?'

'Omdat ze worden gevoerd in het grootste geheim. Van de meeste kerken weet vaak alleen de hoogste leiding dat die vergadering plaatsheeft en dat zij er een vertegenwoordiger hebben.'

'Hoe staat het Vaticaan hier tegenover?'

'Volgens monseigneur Bonfatto is de paus absoluut tegen

het opzet van de Berggesprekken. Hij wil vanuit de eigen sterkte verdergaan. Onze vertegenwoordiger, Giovanni Fabri, is aangesteld door de vorige paus Benedictus XVI en is bereid op cruciale punten toe te geven.'

'Waarom roept de paus zijn vertegenwoordiger dan niet terug?' vroeg Harry.

'De Berggesprekken zijn een idee van Il Gruppo, die bestaat uit vertrouwelingen van Johannes Paulus II en Benedictus XVI. Drie doodbrave prelaten die zich al een leven lang inzetten voor interreligieuze dialoog en wereldsolidariteit. Zij organiseren de bijeenkomsten en zitten ze voor. Daarnaast heeft de katholieke Kerk zich ertoe verbonden aan de gesprekken deel te nemen.'

'Je zei dat er in het grootste geheim wordt vergaderd.'

'Als mocht uitlekken wat er in Siegburg wordt bedisseld, zou de bom barsten. Zowel bij fundamentalistische protestanten als bij conservatieve katholieken. Daarom zweren alle deelnemers het grootste stilzwijgen te bewaren. Wie zich daar niet aan houdt, wordt terechtgesteld.'

'Terechtgesteld, in de zin van omgebracht? Dat kan toch niet in deze tijd!'

'En toch is het al gebeurd. De vertegenwoordiger van de Koptisch-katholieke Kerk stuurde geheime verslagen van de zittingen naar de buitenwereld en werd betrapt. Hij is dood.'

'De Koptisch-katholieke Kerk? Daar heb ik nog nooit van gehoord.'

'Het is een onbeduidende katholieke Kerk in Egypte. Maar de man in kwestie werkte in feite voor ons.'

'Was hij een spion voor het Ufficio? Waarom?'

'Omdat ook hij niet gelooft in een eengemaakte Kerk met protestanten en orthodoxen.'

'En wat is nu de bedoeling van het Ufficio?'

'Dat het grote publiek verneemt wat er in Siegburg gebeurt.'

'Zoals jij het verhaal aan mij hebt verteld, zo kunnen jullie dat toch zelf aan de wereldpers kwijt?'

'Het is van het hoogste belang dat het Vaticaan en het Ufficio buiten schot blijven. Vergeet niet dat een aanzienlijk deel van de katholieken wel te vinden is voor een eengemaakte christelijke Kerk.'

'En nu kom ik in beeld?'

'Wij willen dat je naar Siegburg reist. Een van de deelnemers is standrechtelijk omgebracht. Vermoord dus. Zie je het verhaal al voor je?'

'En als de ware toedracht wordt gepubliceerd, is dat meteen het einde van de Berggesprekken en van het Ibrahim-Comité. En dat is wat jullie willen.' Harry blies de spanning weg. 'Mag ik je wat vragen, Dora? Hoe raakt een vrouw als jij betrokken in zo'n religieuze mikmak? Lig jij echt wakker van de oecumenische dialoog? Ik kan het niet geloven.'

'Ik geloof in mijn zaak. Ik geloof in Alessandro Bonfatto.'

Dora kroop tegen Harry aan, waardoor haar badjas openviel.

'Wanneer reis ik naar Siegburg?'

'Dinsdag.'

'Waarom pas overmorgen?' vroeg hij.

'Omdat ik eerst nog een paar leuke dagen in Antwerpen wil beleven.' Ze aaide hem over zijn kruin.

Streel me, Dora, mijn hoofd, mijn nek, mijn schouders. Haal me aan. Was jij dat aan de telefoon toen ik het nummer draaide dat ik in de flat van Isobel Griffith vond? Heb jij het hele complot verzonnen en alle figuranten van tekst voorzien? Ach wat, ik ben een hondje. Ik kan opzitten en pootjes geven. Op mijn rug liggen en het speeltje terugbrengen dat jij net hebt weggegooid. Dora, ben jij de kwade genius? Als je het vraagt, zal ik keffen. Dora kwam van de bank en ging onbeschaamd voor hem staan. Haar venusheuvel oogde zo nat en weelderig dat hij op de lijst van het Wereld Natuur Fonds hoorde.

24

Harry zat aan de Marktplatz van Siegburg op het terras van patissier Fassbender. Hij worstelde met een coupe Jamaica, een berg chocolade-ijs bestrooid met cocosvlokken en rumrozijnen. De zon scheen over het plein en alle tafeltjes van het terras waren bezet. Diensters in zwart T-shirt en lange gele schorten liepen af en aan. Patisserie Fassbender lag twee huizen voorbij hotel Zum Stern waar Harry een kamer had. Het driesterrenhotel telde 53 kamers en die waren op één na allemaal bezet. Harry had nog een bed kunnen krijgen onder het dak. Hij was in de voormiddag gearriveerd en had meteen de omgeving van de abdij verkend. Er was geen doorkomen aan. Aan het begin van de enige straat die naar de abdij leidde, stond een politieauto. Twee beleefde agenten hielden hem staande.

'Bent u geen bewoner? Dan mag u niet verder,' hadden ze gezegd. Harry zag dat tot aan de eerste bocht de linkerkant van de Bergstrasse was afgezoomd met een tiental huizen. In de bocht stonden een tweede en een derde politiewagen.

'Was ist los?' had Harry gevraagd en de agenten hadden wat gemompeld over een belangrijke conferentie. Later wilde Harry een wandeling maken in het stadspark langs de flanken van de abdijheuvel, maar daar patrouilleerden agenten van een bewakingsdienst. Zij waren minder welopgevoed dan de politie en reageerden even nijdig als hun honden. Als Harry de abdij wilde bereiken, moest het gebeuren via de straatkant.

Een dienster met gigantische oorbellen hield halt bij zijn tafel en overhandigde hem een bierviltje. 'Je moet ook eens de coupe Vesuvio proberen', stond op de achterkant geschreven. Harry keek haar verbaasd aan. 'Ik moest u dit geven van die mevrouw,' zei ze terwijl ze naar achteren wees.

Harry draaide zich om en zag Sandra opstaan van haar tafeltje. Hij keek weer voor zich uit. Wat deed die hier? Geen drie tellen later stond ze naast hem.

'Dag Harry. Vind je het erg dat ik erbij kom zitten?'

Zonder op een antwoord te wachten nam ze plaats. Ze was gekleed in een witte broek en een lichtblauwe cardigantrui met daaronder een rolkraagje. Wat zag ze er weer beeldig uit.

'Hoe gaat het met je?' vroeg Harry.

'Het is wennen aan een leven alleen. En met jou? Ik heb je artikels gelezen over Conerth. En van je verhaal over de Olympische vlam heb ik genoten. Dat was heel leuk.'

'Dank je. Woon je nog steeds in Canada?'

'Het huis in Naramata heb ik verkocht. De flat in Vancouver hou ik voorlopig aan. Ik woon nu in Brussel.'

'Ben je terug in de journalistiek?'

'Nee, ik werk als communicatieverantwoordelijke voor een kerkelijke organisatie.'

'En wat brengt je hier?'

'Net hetzelfde als jou,' zei Sandra. Het Ibrahim-Comité.'

'Wat voor comité?' vroeg Harry onnozel.

'Harry, schei uit. We weten allebei wat zich in de abdij afspeelt. Ik weet dat je wilt proberen om binnen te geraken. Je bent getipt en sindsdien ruik je niets anders meer dan een voorgebakken verhaal. Als ik nog journaliste was en ik wist wat jij weet, dan zou ik hier ook staan.'

'Je stáát hier ook.'

'Niet als journaliste. Laten we zeggen dat Mike en ik werken voor mensen die geloven in een nieuwe Wereldkerk. Het tegenovergestelde dus van wat de Calsons en monseigneur Bonfatto willen.'

'O, Mike is hier ook?'

'Hij is op zijn kamer. We logeren in hotel Zum Stern.'

'Dat treft. Ik ook. We zullen elkaar de komende dagen dus geregeld voor de voeten lopen.'

'Tot gauw Harry.'

Sandra stond op en liep in de richting van het hotel. Ze verdween om de hoek. De voorgevel van het hotel lag weliswaar op de Marktplatz, maar de ingang bevond zich aan de zijkant, in de Orestiadastrasse. Harry wachtte tien minuten, rekende af en ging dan ook naar het hotel.

Harry had in het restaurant van het hotel gegeten. Sandra en Mike waren niet opgedaagd. Voor hij ging slapen, maakte Harry een wandeling door het centrum van Siegburg. Hij was van plan de volgende ochtend een poging te wagen om binnen te dringen in de abdij. Daarom wilde hij nog even een blik werpen op de politiebarricade. Hij zag aan het begin van de Bergstrasse een agent in zijn auto zitten. De man had de binnenverlichting aan en zette zijn tanden in een broodje. Het was aardedonker en instinctief trok Harry in een boog om de wagen heen. Hij bereikte het stadspark zonder gezien te worden en liep langzaam voort tussen de bomen en de struiken, parallel met de weg. Een zwak briesje zette het gebladerte in beweging zodat het weinige geluid dat hij maakte niet te horen was. Hij werd talloze keren door insecten gebeten en gestoken en kreeg schrammen op zijn handen. Tot zijn eigen verbazing raakte hij onopgemerkt tot bij de voet van de abdij.

Harry sloop langs een terras tot aan de achterkant van een bijgebouw dat verdeeld was in twee panden: links het abdijcafé, rechts de abdijboekhandel. De eerste achterdeur was van massief hout. In de tweede zat een raampje. Harry hurkte en vond op de grond een grote kiezel. Met de scherpe punt tikte hij het ruitje in. Hij stak zijn arm naar binnen en draaide het slot open.

Harry zag geen steek. Met zijn handen tastte hij in het rond. Hij voelde een aanrecht met daarop een koffiezetapparaat dat nog wat warmte uitstraalde. Hij kwam bij een volgende deur, die toegang gaf tot de boekhandel. Een straatlantaarn vlak voor de poort van de abdij wierp een oranje licht in de winkel. Harry besliste om hier te wachten tot het dag werd.

In het halfdonker bewoog hij zich langs de rekken met boeken over gebed, meditatie, levenshulp, theologie en natuurlijk over Benedictus, de vorige paus die van Duitse komaf was. Harry pakte een boek. '*Die Kirche ist jung*,' las hij boven een foto van de tachtigjarige Ratzinger. Hij trok nog enkele boeken uit het rek, '*Imperialismus im Namen Allahs*', '*Woran Christen glauben*', '*Papsttum und Politik*' en '*Handbuch der Dogmatik*'. Hij legde ze achter de toonbank op de grond, drapeerde zijn jas erover en gebruikte het stapeltje om zijn hoofd op te leggen. Toen hij even later een stijve nek kreeg, legde hij er nog '*Fünfzig klassiker Heilige. Von Anna bis zum Valentin*' bovenop.

Harry werd wakker door een geluid van buitenaf. Hij wist niet hoe lang hij had geslapen. Het was nog donker. Hij hoorde de stemmen van twee mannen die voor de boekhandel stonden. Twee bewakers die een sigaret rookten. Tussen hen in zat een Duitse herder. Harry bleef roerloos liggen terwijl hij het bonzen van het bloed in zijn hoofd in bedwang probeerde te krijgen. Dan schoot er een licht over de boeken. Het kwam van een zaklantaarn en werd weerkaatst in een stand met paternosters, kruisjes en schapulieren. Vijf seconden gingen voorbij en het licht doofde. Harry hoorde hoe de mannen zich verwijderden. Pas dan durfde hij zijn hoofd op te heffen. Hun hond keek even achterom. Hij had niets in de gaten.

Bij het eerste daglicht schoof Harry de boeken die hij als hoofdsteun had gebruikt, terug op hun plaats. Vanuit het raam schouwde hij de toestand buiten. De poort van de abdij was gesloten en dat zou de rest van de dag wel zo blijven. In het keukentje achter de boekhandel vond hij een pak gevulde koeken. Hij at er twee van en spoelde ze door met een slok uit een aangebroken brik melk die hij in de koelkast vond.

Hij veegde de kruimels weg en sloop via de achterdeur weer naar buiten. Hij liep langs de kloostermuur die oninneembaar hoog leek. Om de hoek zag hij halverwege de noordkant een trapje van vier treden dat naar een deur leidde. Naast de deur was er een parlofoon met twee beltoetsen: *Rezeption* en *Küche*. Harry stelde zich verdekt op achter enkele vlierbesstruiken bij de ingang van de kloostertuin. Die deur moest ooit toch eens opengaan.

Zowat een uur later hoorde hij een alarm afgaan. Twee bewakers holden voorbij. 'De achterdeur van de boekhandel!' hoorde hij een van hen zeggen.

Op hetzelfde ogenblik kwam een bestelwagen aangereden. Een man stapte uit, opende de achterdeur van zijn wagen en belde aan. Hij bromde wat in de parlofoon. De deur sprong open met een metaalachtige klik. De man pakte een kartonnen doos met voedingswaren uit de laadruimte en liep naar binnen. De deur bleef op een kier staan. Harry aarzelde geen moment, pakte ook een doos uit de wagen en liep eveneens naar binnen. Hij kwam terecht in een kale, goed verlichte gang waar de geur van varkensgebraad hing. Op het eind van de gang bevond zich zo goed als zeker de keuken. Harry wist dat de leverancier elk moment kon terugkeren om de rest van zijn lading op te halen. De eerste deur op zijn weg deed hij open. Het was een buitenmaatse bezemkast. Snel gleed hij naar binnen.

De leverancier passeerde nog vier keer. Dan hoorde Harry hem met iemand in de keuken discussiëren over voedingswaren die wel op de bon stonden, maar niet waren geleverd. De man van de bestelwagen kon er niet aan uit dat een doos ontbrak en beloofde zo snel mogelijk terug te komen. Dat was nu ook weer niet nodig, zei iemand anders. 'Dat kunnen we morgen regelen.'

Harry wachtte vijf minuten en verliet dan de bezemkast, met achterlating van een doos met *Schwarzwälder Schinken*, *Leberkäse* en *Karotten in Dosen*. Hij zag dat er enkele meter verderop een draaitrap begon. Net toen hij zijn voet op de onderste trede had gezet, sprong de verlichting uit. Tastend klom hij de trap op. Boven liep hij tegen een blinde muur, die hij volgde tot hij bij een deur uitkwam. Hij opende ze, glipte erdoorheen en deed ze weer dicht. Hij stond nu in de centrale inkomhal van de abdij. De ramen gaven uitzicht op de binnentuin. Links hing een wel drie meter hoge Christus aan het kruis. Rechts zag hij een gang met een rij deuren. Naast elke deur hing een kaartje waarop stond dat het om de spreekkamers I tot IV ging. De laatste stond op een kier. Harry hoorde stemmen. Hij probeerde heimelijk zijn oor te luisteren te leggen. Maar daardoor stootte hij lichtjes tegen de deur, die tergend traag en onder zacht gepiep openzwaaide. Harry stond oog in oog met drie mannen. Hij herkende meteen monseigneur Martin Grünman. Naast hem zat een even magere man. Alleen was hij nog langer waardoor het leek alsof zijn hoofd zacht op en neer schommelde. Harry herinnerde hem van het nachtelijk ziekenhuisbezoek aan zijn vader. Grünman stelde hem voor als monseigneur Radoslaw Malkowski. De derde zat wat achteraan. Hij was kaal met een dik gezicht.

'Dit is monseigneur Alexis Brozek,' zei Grünman.

'Il Gruppo,' zei Harry om iets te zeggen. Toen zag hij de drie tv-monitoren tegen de muur. De eerste toonde de zijdeur waardoor hij was binnengekomen, de tweede de gang die naar de keuken leidde, en de derde de inkomhal van het klooster.

'U bent wel een volhoudertje,' zei Brozek. Hij duwde op een toets van een laptop en Harry zag zichzelf op scherm 1 met een doos levensmiddelen in de armen naar binnen stappen. Meteen daarna verscheen hij op scherm 2 en zag hij zichzelf de bezemkast in duiken.

Harry staarde naar de drie schermen.

'Mijnheer Witters, dacht u echt dat u zo gemakkelijk in de abdij kon inbreken? Wat brengt u trouwens hier?'

'Wel, euh... Ik hoorde van de geheime Berggesprekken en van het feit dat een van de deelnemers verraad pleegde en daarom is omgebracht.'

'Wat een onzin, mijnheer Witters! Van wie heeft u dat?'

'U ontkent dat?'

'Ten stelligste! Zeker als u spreekt van moord.'

'Zo is het mij verteld.'

'Door wie?'

'Dat kan ik u echt niet zeggen, misschien heb ik het verkeerd begrepen of was mijn bron slecht ingelicht.'

'Waarschijnlijk hebt u het van Bonfatto. We hebben het u eerder gezegd: hoed u voor die man. Wilt u nu vertrekken, alstublieft? U bent binnengedrongen in privédomein.'

Grünman haalde verontschuldigend zijn schouders op. 'Wij moeten wel alarm slaan,' zei hij.

Harry keerde zich ijlings om en wilde via de draaitrap opnieuw richting keuken en van daaruit naar de zijuitgang lopen. Er was niemand te zien, dacht hij. Hij lette niet op de gezette monnik die bij de hoofdingang in een glazen loket zat. De brave broeder schrok zich een hoedje toen hij Harry zag en drukte een alarmknop in. Het leek alsof het hele klooster wakker schoot, want aan alle kanten loeiden sirenes en klonk het kabaal van slaande deuren en opgewonden stemmen.

Harry stortte zich van de trap waarlangs hij was gekomen en liep door de gang naar buiten. Linksaf kon hij niet, want vandaar kwam een bewaker aangestormd. Dus rende hij in de richting van de Bergstrasse, maar van die kant hoorde hij de sirenes van minstens twee politieauto's. Hij kon nergens heen.

'Harry, hierlangs,' zei iemand kort. Harry draaide zich om en herkende Mike. Hij stond in een poort die uitgaf op een omsloten rozentuin. Een uitgestrekt perk van minstens tien meter breed was afgezet met buxus, daarachter twee rijen dwergroosjes en in het midden honderden opgeschoten struikrozen. Zonder nadenken wierpen Mike en Harry zich tussen de hoogste rozen. De doornen haalden Harry's handen open. Hij hoorde agenten en bewakers bevelen schreeuwen. Af en toe liep iemand een eindje de rozentuin in, maar het kwam bij geen van de mannen op om tussen de struiken te zoeken.

Pas na zo'n drie kwartier was de opschudding voorbij en klonken de bevelen van de bewakers van steeds verder weg. Harry las de labels aan de rozen: Buff Beauty en Gertrude Jekyll. Buff was abrikoosgeel, Gertrude dieproze.

Uiteindelijk stond Mike op. Harry volgde hem naar de achterkant van het klooster. Via een verwaarloosd veldje bereikten ze een borstwering, waarschijnlijk een overblijfsel van de oude abdij. Harry keek naar beneden. Zes meter lager liep een pad.

'We gaan toch niet springen?' hijgde hij.

'We zullen niet anders kunnen. De bewakers komen terug en zo te horen hebben ze hun honden bij zich. Zie je die lindeboom? Spring daar naartoe en laat je dan zakken.'

'Kunnen we ons niet gewoon overgeven?' vroeg Harry. 'Al bij al zijn we geen misdadigers. In het slechtste geval dragen ze ons over aan de politie.'

Maar het geblaf van de honden kwam akelig dichtbij en dus dacht Harry niet verder na. Hij stapte op de borstwering en sprong. Met een smak belandde hij tegen de boom. Ook Mike sprong. Ze haalden de vaste grond en zetten het op een lopen.

'*Halt! Stehen bleiben*,' schreeuwden de bewakers van boven. In zulke omstandigheden versta je natuurlijk geen Duits.

Mike en Harry bereikten ongezien de Marktplatz. Het was iets voorbij de middag en de terrasjes zaten weer vol. Met zo nonchalant mogelijke tred stapten ze hun hotel binnen.

Mike had zijn kamer op de tweede verdieping. Harry moest nog een etage hoger. Op de trap gaf hij Mike een hand.

'Bedankt voor je hulp. Hoe wist jij waar ik was?'

'Sandra en ik beseften dat je een poging zou ondernemen om in de abdij te geraken. Dus ben ik je gevolgd.'

'Gisterenavond al?'

'Ik zag hoe je de boekwinkel binnendrong en achter de toonbank in slaap viel. Ik heb de hele nacht de achterdeur in het oog gehouden. Eén keer ben ik zelfs naar binnen gegaan om te kijken of je er nog was. Je bent een vaste slaper. Ik ga me nu douchen en omkleden. Misschien zie ik je straks bij het avondeten.'

Mike stapte de gang in en hield halt voor kamer 204. Harry liep door naar de derde verdieping. Halverwege de trap kwam hij op zijn stappen terug en hij bleef de gang van de tweede etage in het oog houden. Na enkele minuten kwam Mike uit zijn kamer en klopte hij op de deur naast de zijne, nummer 206. Hij werd binnengelaten.

Harry sloop de gang in en bleef dicht bij de kamer luisteren. Sandra en Mike gingen heftig tekeer zonder dat hij verstond wat ze zegden. Toen werd het stil en bewogen de twee zich richting deur. Net op tijd kon hij zich verschuilen op de trap. Hij hoorde hoe de deur werd afgesloten en bereidde er zich op voor dat ze zijn kant zouden uitkomen. Maar Mike en Sandra kwamen niet, en dus keek Harry voorzichtig om de hoek. Hij zag hoe zij verdwenen in de laatste deur links van de gang. Drie kamers voor twee mensen? Hoe kon dat?

25

Harry liep naar beneden. Het was etenstijd in Zum Stern. Het restaurant zat afgeladen vol. Het duurde even voor hij Sandra en Mike zag. Ze zaten met hun neus in de menukaart en dus wist hij dat hij alle tijd had om te proberen in de laatste kamer binnen te geraken. Om helemaal zeker te zijn, ging hij nog even in een fauteuil in de lobby zitten en bestudeerde hij een toeristische brochure. Pas toen Sandra en Mike hun voorgerecht geserveerd kregen, trok hij naar boven.

Harry had helemaal geen ervaring met het stiekem openen van deuren. In films zie je hoe de detective een ijzerdraadje in het sleutelgat steekt of met zijn bankkaart het slot doet springen. Hij wist dat, als hij dat zou doen, zijn bankkaart klem zou komen te zitten zodat de politie achteraf simpelweg kon lezen wie de inbreker was. Dus legde hij gewoon zijn hand op de klink. Tot zijn verbazing ging de deur open. Hij stapte de kamer in en sloot meteen de deur. Dat had hij beter niet gedaan. Het was stikdonker. Achter de deur lag een halletje. Alle hotelkamers ter wereld hebben een halletje met een kast om je kleren in op te hangen, een deur naar de badkamer en een plooitafeltje om je koffer op te zetten. Harry schuifelde verder. Dan voelde hij een overgordijn, dat hij voorzichtig openschoof. Het eerste streepje licht van de straatlampen viel op het bed. Daar lag een bol mannetje met een plukje haar onder zijn kin. Hij moest dood zijn, want zijn ogen stonden roerloos en wijd open gesperd op het plafond gericht. Harry zag noch hoorde een ademhaling.

Hij deed een stap naar voren. Het parket kraakte en het hoofd van het mannetje rolde opzij. De dooie ogen keken Harry doordringend aan.

Enkele tellen lang bonsde Harry's hart afschuwelijk. Dan boog hij zich voorover naar het lijk. Toen Harry vlakbij was, gingen de lippen in het uitgedroogde gezicht uiteen. Een rij gele tandjes werd zichtbaar.

'Origenes!' kraakte het mannetje met hese stem. Eigenlijk riep hij, maar zijn longen slaagden er niet in zijn stembanden te laten resoneren. Wat bleef was een akelig geluid dat alsmaar harder klonk. 'Origenes! Origenes!' Harry stond aan de grond genageld. Het ventje riep steeds luider. 'Origenes! Origenes!' Het klonk als een angstschreeuw door het hotel, zo leek het. Harry greep het mannetje bij de schouders en probeerde hem te bedaren. Die poging had alleen een averechts effect. De man werd kortademig. Zijn longen piepten onregelmatig.

De deur vloog open en Sandra en Mike stormden naar binnen. Mike knipte het licht aan en Sandra ontfermde zich over de man. Ze greep zijn hand en probeerde hem te kalmeren. Uiteindelijk viel de oude man achterover en hield hij op met roepen.

'Mag ik je voorstellen: Youannes Tewfik, de man die zou zijn omgebracht in de abdij. *Brother Tewfik, this is Harry Witters. His name is Nobody,'* zei Sandra.

De oude man hoorde het niet en het sarcasme ontging Harry.

Enkele minuten later was Tewfik in een diepe slaap gedompeld. Sandra bleef bij hem. Zij gunde Harry geen blik. Mike nam Harry mee naar zijn kamer. Hij maakte Harry geen verwijten.

'Hoe hebben jullie hem kunnen redden?' vroeg Harry.

'De camera betrapte Tewfik toen hij zijn verslag van de besprekingen doorgaf aan een broeder die het op zijn beurt doorstuurde naar de Vaticaanse inlichtingendienst. Tewfik was eigenlijk te goeder trouw. Hij geloofde in de idealen van Alessandro Bonfatto. Onze man in het comité kon Tewfik overtuigen dat hij misleid werd. Maar het was te laat. Tewfik werd veroordeeld tot het drinken van de gifbeker, zoals de notulen van het Ibrahim-Comité voorschrijven. Il Gruppo had nooit verwacht dat het ooit zover zou komen en er op zekere dag écht een vonnis zou moeten worden uitgevoerd. Maar ze waren wel verplicht te handelen naar het door henzelf opgestelde reglement. Ze waren er het hart van in en hadden zo met Tewfik te doen, dat ze de dosis verlaagden tot minder dan de helft. Youannes raakte bewusteloos, zijn hartslag was niet te horen en hij ademde amper. Hij werd dood verklaard en zijn lichaam werd in de ziekenboeg van het klooster opgebaard. Toen hij weer bijkwam, waren er twee medestanders bij hem: een broeder benedictijn en een collega van ons. Omdat Tewfik geen benedictijn was en dus niet binnen de muren van de abdij kon worden begraven, werd zogezegd een plaatselijke begrafenisondernemer opgetrommeld. Dat was ook een mannetje van ons. Hij haalde "het lijk" op. Zodra Tewfik er min of meer bovenop was, hebben we hem naar het hotel overgebracht.'

'Is hij volledig hersteld?' vroeg Harry.

'Hij ademt wat moeilijk en is uitgeput door de gebeurtenissen. Verder stelt hij het goed, de omstandigheden in aanmerking genomen...'

'Je zei dat Il Gruppo hem niet dood wilde. Weten de andere leden van het Ibrahim-Comité dat Tewfik nog leeft?'

'Eerst geloofde iedereen dat de oude monnik was geëxecuteerd. De verslagenheid was zo groot dat veel deelnemers de gesprekken wilden afbreken en naar huis wilden vertrekken. Een uur later bekende monseigneur Brozek dat Tewfiks leven werd gespaard.'

'Heeft Tewfik verzorging nodig?'

'Ik ben verpleger en we kunnen een beroep doen op een arts die onze beweging genegen is.'

'Ik weet nog altijd niet waar Sandra en jij voor staan.'

Op dat moment werd er aangeklopt. Mike deed open en kreeg meteen de deur tegen zijn neus.

'*Polizei! Mitkommen!*' riepen drie mannen in uniform.

Mike en Harry werden met veel vertoon weggeleid. Het hele gebouw stond op stelten. Hotelgasten staarden hen meewarig of beschuldigend aan. Personeel kwam uit de keuken gelopen en vormde ongewild een erehaag in de lobby. De twee politieauto's voor de ingang wierpen blauwe lichtvlekken op de zijgevel van Zum Stern. Buiten stonden wel dertig mensen die niets wilden missen van de vertoning.

Net voor ze het hotel verlieten, zag Harry de gezichten van Dora en Nicolae Calson weerspiegeld in het glas van de buitendeur. Hij draaide zich met een ruk om maar kon hen nergens zien staan.

☆

Twee uur lang zat Harry op een bank in een gang van het politiebureau. Agenten liepen af en aan zonder hem een blik te gunnen. De opsporingsberichten aan de muur kende hij haast van buiten. De lelijkste gezochte was ene Carl Lichtfeld, 1,82 meter groot, 96 kilo zwaar, een kale man met hamsterwangen en een slaperige blik. Volgens de persoonsbeschrijving had hij een spraakgebrek. Aan zijn dikke lippen te zien zal hij wel een mompelaar zijn, dacht Harry. De man had zich jarenlang vergrepen aan zijn stiefdochterje. Twee maanden geleden had hij het kind gewurgd. Sindsdien was Lichtfeld op de vlucht. Waarnaartoe? Het kon Harry niet schelen. Hij was moe, had het koud, en zijn knieën en schouders deden pijn.

Een meisje in discobroek en rode glitterjas kwam naast hem zitten. Ze haalde haar schouders op.

'Ze hebben me opgepakt toen ik weed verkocht. Ik ben geen dealer, dat weten ze, ik verkoop een beetje aan het begin van de avond. Met de winst kan ik de hele nacht mijn eigen drankjes betalen en ben ik niet afhankelijk van wat de jongens trakteren. Waarvoor zit jij hier?

'Inbraak.'

'Jij ziet er niet uit als een inbreker. Waar heb je het gedaan? Inbreken, bedoel ik.'

'In de abdij op de berg.'

'Bij de paters? Wilde je de offerblokken kraken of gouden kelken pikken?'

Zonder op zijn antwoord te wachten plugde ze haar oorfoontjes in en begon ze te schokken op de muziek. Tien minuten later werd ze opgeroepen voor verhoor. Een kwartiertje daarna kwam ze naar buiten. Zij lachte even naar hem.

Na haar passeerden nog een weerspannige chauffeur, een nachtbraker en een bejaarde die tijdens zijn avondwandeling met zijn hond de sleutel van zijn huis kwijt was geraakt.

'Hebt u geen bankkaart? Daar kunt u zo de deur mee openmaken,' zei Harry tegen de oude man.

'Denkt u?'

'Of een ijzerdraadje. Daar lukt het ook vaak mee.'

'Bent u een inbreker?'

'Nee, een journalist.'

'Ach so.'

Een deur ging open en een agent kwam naar buiten. Achter hem stond Mike. Die mocht vertrekken. De politieman deed met zijn hoofd teken dat Harry hem moest volgen.

De verhoorkamer had geen ramen en baadde in een ongenadig wit licht dat zelfs van het vriendelijkste gezichtje een boeventronie maakte. Door de gecapitonneerde deur kwam geen geluid van buiten. Een kleine, donkere politieman wilde weten waarom Harry per se de abdij wilde binnendringen. Harry antwoordde naar waarheid dat hij journalist was en probeerde te achterhalen waarover de conferentie ging.

'En bent u erachter gekomen?'

'Ik ben jammer genoeg niet verder geraakt dan broeder portier.'

'Wat is uw relatie met Mike Wong?'

'Wong? Ik wist zelfs niet dat hij zo heette. Ik heb Mike toevallig ontmoet in Canada. Hij was verpleger in het ziekenhuis waar mijn vader lag.'

'En nu logeren jullie in hetzelfde hotel in Siegburg. Dat is toch geen toeval?'

'Ik weet het niet. Blijkbaar heeft die Mike vanuit zijn religieuze overtuiging interesse voor wat er zich afspeelt in de abdij. Toen hij zag dat ik in de problemen raakte, heeft hij mij geholpen.'

'Wat zijn jullie plannen?'

'Wat Mike van plan is, weet ik niet. Ik keer morgen terug naar Antwerpen.'

Het duurde nog een uur voordat het proces-verbaal was opgesteld en ondertekend. Toen Harry uit het politiebureau kwam, was het voorbij middernacht. Hij werd opgewacht door Sandra die tegen haar auto geleund stond.

'Ik wil met je praten,' zei ze. Ze opende het portier voor Harry, liep om de auto heen en stapte aan de andere kant in.

'Waarom hier?' vroeg Harry. 'We kunnen toch gewoon naar jouw hotelkamer gaan. Daar is het in ieder geval warmer.'

'Ik wil niet dat Dora en Nicolae Calson ons samen zien.'

Harry zuchtte. 'Al goed. Wat wil je weten?'

'Wie heeft ervoor gezorgd dat jij in Siegburg bent?'

'Dora Calson vertelde me dat een van de deelnemers aan de conferentie was omgebracht. Zij stuurde me hierheen om die terechtstelling aan het licht te brengen. Blijkt dat jullie mannetje nog leeft en dat jullie hem verborgen houden op een hotelkamer. Eerlijk gezegd, ik zie geen verhaal meer. Het wordt me ook allemaal te ingewikkeld. Van Bonfatto en de Calsons weet ik dat ze behoren tot de fundamentalistische strekking binnen de katholieke Kerk en dat zij willen dat ik het bestaan onthul van het Ibrahim-Comité, in de hoop dat het project wordt opgedoekt. Maar waar sta jij voor? Waarom zijn jullie hier?'

'Er is absoluut geen geheim mee gemoeid. Ik zal je...' Op dat ogenblik werd een achterportier van de auto opengegooid. Samen met een windvlaag dook Mike naar binnen.

'Tewfik is verdwenen,' stootte hij uit.

*

De hotelkamer vertoonde geen spoor van wanorde die zou kunnen wijzen op een gevecht. De nachtreceptionist was een dertiger die de verdwijning van dat kleine meneertje wel heel interessant vond. Hij wist te zeggen dat hij een oudere heer en een jongere dame naar buiten had zien lopen met hun dronken opa. Ze hadden een taxi besteld.

'Welke taximaatschappij?'

'Rosita. Wij werken al heel lang met hen samen.'

Harry legde een briefje van 20 euro op de balie. Twee minuten later wist hij dat de taxi naar het station van Siegburg was gereden. Hij liep achter Sandra en Mike naar de parkeerplaatsen die waren gereserveerd voor de hotelgasten. Bleek dat de auto van Sandra met een lekke band stond. Ook van Harry's Alfa Romeo stond een band plat.

'Het station is niet zo vreselijk ver,' zei Sandra. 'Lopen jullie er naartoe. Ik volg wel.'

Mike en Harry renden door het nachtelijke centrum van Siegburg. Vier straten verder kwamen ze uit bij de spoorlijn. Ze moesten nog driehonderd meter langs de sporen lopen tot aan de ingang van het station. Het Bahnhof Siegburg/Bonn was een modern gebouw met veel glas, dat ook diende als terminus van de tram. Mike en Harry zagen hoe tram 66 net zijn deuren sloot en vertrok. Mike, die sneller was dan Harry, raakte langszij de tram en kon naar binnen kijken. De tram was leeg. Aan het eind van het perron hing Mike voorover van de inspanning. Tijd om op adem te komen kreeg hij niet want een holle stem kondigde aan dat de trein naar Bonn zou vertrekken. Harry liep de trap op, maar kwam terecht op het verkeerde perron. Hij hoorde het fluitje van de conducteur en de deuren die met een klap sloten. Harry stormde opnieuw de trap af. Hij liep recht op Mike. Samen hoorden ze hoe de trein het station uitreed.

Voor het station zagen ze Sandra bij een taxi staan. Harry en Mike liepen naar haar toe. Zij wees naar een auto die de parkeerplaats verliet.

'Volgens de chauffeur zijn ze hier ingestapt. Ze hebben enkele minuten gewacht en zijn toen vertrokken. Daar rijden ze!'

'Ze zijn dus nooit het station binnen geweest,' hijgde Harry.

'Stom, stom, stom,' zei Mike. 'Wij gingen er gewoon van uit dat als ze zich naar het station lieten voeren, ze daar de tram of de trein zouden nemen. We dachten er niet aan dat ze hun auto op de *Parkplatz* hadden staan.'

'Ik heb zin in een borrel,' zei Sandra.

'Ik in een sigaret,' zei Harry.

'Jij rookt toch niet?' zei Sandra.

'Nee, maar ik verlang opeens naar een sigaret.'

'Ik ook,' zei Mike.

Ze kochten drie sigaretten van de taxichauffeur en gebruikten zijn aansteker. Tien seconden later hoestten ze hun longen uit.

26

Harry was een week weer thuis en sindsdien had hij van niemand wat gehoord. Niet van Sandra, niet van Bonfatto, Dora of de ouwe Calson. Niemand. Zelfs Van Horen was onbereikbaar, zei zijn secretaresse. Tot op donderdagmorgen Van Horen dan toch zelf belde met de nevelige mededeling dat Bonfatto hem dringend wilde spreken. De volgende avond. In zijn kantoor.

Gewoonlijk raakte Harry met een losse groet voorbij de twee Siamese wachters, maar deze keer lukte dat niet. Dat had zeker te maken met de sombere man in donker pak die achter de twee dames stond en deed alsof hij verdiept was in een dossier.

'Harry, heb jij een afspraak?' vroeg de oudste van de twee terwijl zij wat ongemakkelijk met haar papieren schoof. Die vraag had ze Harry nog nooit gesteld.

'Lou heeft me gisteren zelf gebeld,' zei hij.

De secretaresse greep naar haar telefoon. Harry zag op het eind van de gang Arlette staan. Zij was in gesprek met een fotograaf die Harry ook kende. Arlette hield een kartonnen koffiebeker voor zich en lachte uitbundig om iets wat haar collega vertelde. Harry stak zijn arm omhoog en zwaaide om haar aandacht te trekken. Arlette zag hem niet staan en verdween met de fotograaf via een draaitrap naar een hogere verdieping waar zich de fotolabs bevonden. Harry wilde haar achterna, maar de Siamees legde de hoorn in en deed teken met haar hoofd dat hij verder kon. Lou Van Horen wachtte hem op voor zijn kantoor.

'Bonfatto en Dora Calson zijn al binnen,' zei hij.

'Blijf jij er niet bij?' vroeg Harry.

'Dat is me niet gevraagd,' zei Van Horen terwijl hij Harry met zachte hand naar binnen duwde.

Bonfatto begroette hem hartelijk. Dora Calson behield enige afstand. Zij streek haar haar uit haar gezicht en keek Harry verleidelijk aan.

'Hoe maak je het, jongen?' bulderde de monseigneur.

Harry schraapte zijn keel. Hij had geen zin om het 'op zijn egeltjes' te doen.

'Ik wil graag weten of jullie Tewfik gevangen houden.'

'De vader van Dora is momenteel bij Youannes Tewfik,' zei Bonfatto. 'Hij verzorgt hem en houdt hem gezelschap. Ik ontken ten stelligste dat hij gevangen wordt gehouden. Tewfik en ik zijn al jaren vrienden. Mag ik je eraan herinneren dat hij bijna geëxecuteerd werd omdat hij zijn verslagen over het Ibrahim-Comité aan mij heeft doorgespeeld?'

'Waarom zijn jullie hier?'

'Ik wil onze vriendschap en samenwerking weer aantrekken,' zei Bonfatto. 'We waren zo goed begonnen. Waarom vertrouw je ons niet meer?'

'Omdat ik geen flauw besef heb van wat jullie missie is. Ik weet ondertussen wat jullie niet willen, maar wat is jullie doel?'

'Heb je tijd?' Bonfatto keek hem nadenkend aan.

'Natuurlijk, ik wil niets liever dan weten waar ik sta.'

'*Dear Harry*, je weet dat we er onder Johannes Paulus II met de Vaticaanse geheime dienst alles aan hebben gedaan om het communisme te verslaan. Dat is ons aardig gelukt, al zeg ik het zelf. Toen de Muur viel en enige tijd later ook de Sovjet-Unie in elkaar klapte, dachten wij allemaal dat dit de definitieve overwinning was van het Westen. Van de democratie. Dat bleek evenwel een misrekening. Het Westen had nog helemaal geen gewonnen spel. Integendeel, het werd opeens geconfronteerd met het islamitisch fundamentalisme. Het duurde even voor die dreiging werd erkend. Ondertussen zijn er overal in de wereld waar de islam sterk staat, problemen, oorlogen, aanslagen en rellen. Algerije, Bosnië, Kosovo, Palestina, Nigeria, Irak, Iran, Indonesië, Pakistan, India, de Filippijnen, Soedan. Langs de hele breuklijn met de islamwereld wordt strijd geleverd. Soms zijn het schermutselingen, soms is het een regelrechte oorlog. Dat is allemaal ver weg, hoor ik vaak zeggen. Ja, antwoord ik dan, en wat met het islamterrorisme in het Westen? New York, Londen, Madrid, Parijs. Het christelijke Westen moet dat beseffen en maatregelen treffen.'

'Het christelijke Westen? In Europa is amper 15 procent van de bevolking gelovig. Religie speelt geen rol meer.'

'De westerlingen leven zelf dan wel zonder Kerk, ze worden haast dagelijks geconfronteerd met religie. Sla de kranten open. Krijgen islamitische loketbedienden toch het recht een hoofddoek te dragen? Mag een moslimarbeider vijfmaal per dag zijn bidmatje spreiden? Mogen moslims hun schapen zelf slachten? Is er in de stad plaats voor een megamoskee? Mag Salman Rushdie de *Duivelsverzen* schrijven? Mogen Deense kranten spotprenten van Mohammed publiceren? Harry, religie is elke dag in het nieuws, dat wil zeggen: de religie die islam heet. Als het christendom in beeld komt, is dat vaak om ermee te lachen. Paters worden opgevoerd in reclame voor jonge kaas. Er worden posters gedrukt met een blote Maria op. Er verschijnen cartoons van Jezus aan het kruis zonder dat iemand zijn vinger durft op te steken.'

'Hoe komt het dan dat alle christelijke kerken, ook de katholieke, zitting hebben in dat Ibrahim-Comité, dat net de dialoog zoekt met de islam?' vroeg Harry.

'Omdat in het Westen, en dus ook binnen onze Kerk, progressieve krachten bezig zijn,' zei Bonfatto bitter. 'Ze herhalen altijd maar weer dezelfde versleten litanie van verdraagzaamheid en begrip, terwijl dit juist waarden zijn die islamitische landen gewoon negeren. Saudi-Arabië is het religieuze centrum voor meer dan één miljard moslims die zich vijf keer per dag naar Mekka wenden. Daar bestaat geen vrijheid van religie. Een moslim die zich bekeert, wordt er bestraft met onthoofding. De progressieve katholieken zoals Fabri, zijn uit angst voor het terrorisme zulke voorstanders van dialoog dat ze ieder conflict uit de weg gaan. Ze kruipen door het stof. Ze slaan voortdurend mea culpa en voelen zich schuldig over alles wat de Kerk en het christendom verkeerd hebben gedaan. Ze willen de moslims vergiffenis vragen voor de misdaden van de kruisvaarders. En, erger, ze spreken zich "uit respect" niet uit over ontvlambare materies als de positie van de vrouw, het gebrek aan democratie, het fundamentalistisch geweld enzovoort.'

'Moeten we ons wel zorgen maken? De westerse militaire kracht is toch vele malen groter dan wat de moslimlanden bijeen kunnen brengen?'

'Dat klopt, maar ken je die oude protestsong nog, *They have the guns, we have the number*? Wel, in dit geval hebben zij hun aantal. Als onze schatting klopt dat 10 tot 15 procent van de moslims fundamenteel islamist is, dan zijn ze met zo'n 125 tot 200 miljoen. Een belangrijk deel van hen woont in Europa.'

'En jullie vrezen dat bij een conflict de immigranten in Europa een vijfde colonne vormen?'

'Om het simpel te stellen: 4,5 procent van de Duitse bevolking bestaat uit mensen van Turkse afkomst. Geen kwaad woord over hen. Het zijn doorgaans oplettende burgers. Maar als de Duitse *Mannschaft* tegen Turkije voetbalt, supporteren die Turken wel voor de Turkse ploeg.'

'Dat is toch begrijpelijk?'

'Natuurlijk is dat begrijpelijk. Dat is juist het punt waarrond mijn stelling draait: in geval van oorlog zullen de allochtonen kiezen voor de andere kant.'

'Mijn indruk is dat de meeste mensen niets liever willen dan in vrede leven. De overgrote meerderheid van de moslims hier is gematigd.'

'Waar zijn ze dan, Harry?' Het waren de eerste woorden van Dora. 'Waar zijn hun anti-islamitische demonstraties tegen terreur? Waar in Europa hebben moslims geprotesteerd tegen 9/11? Nergens! Tegen de bomaanslagen in Madrid en Londen? Tegen de moord op Theo van Gogh in Nederland? Tegen de doodsbedreigingen aan Ayaan Hirsi Ali? Nergens was er een protestmars van moslims om de islam schoon te wassen en Allah voor te stellen als een vredelievende godheid. We hebben ze wel gehoord toen ze tekeergingen tegen de *Duivelsverzen* van Salman Rushdie, en tegen de publicatie van Mohammed-cartoons, tegen paus Benedictus toen die een opmerking van een Byzantijnse keizer citeerde.'

'Ze bleven misschien binnen uit angst voor de fundamentalisten?'

'Slap links blijft volhouden dat het fanatieke fundamentalisme het probleem is. Niet de islam op zich,' zei Bonfatto. 'En dat is niet zo. De islam is geen milde godsdienst, wel een boosaardige ideologie die oorlogszuchtig is van nature. De Koran is het letterlijke woord van Allah en gaat over onderwerping. Moslims leren dat je vroom en goed leeft als je leeft zoals Mohammed. Daarom is het verstandig je te verdiepen in wie Mohammed precies was. En dan achterhaal je algauw dat hij helemaal niet democratisch, vredelievend en tolerant was. Mohammed blijkt vooral een meedogenloze rover te zijn geweest. De gewapende strijd, de jihad, was volgens hem de religieuze plicht van elke moslim.'

'Dus u gelooft in een vijfde colonne van moslims die in Europa wonen?'

'Ik was enkele weken geleden in Londen, net toen er rassenrellen waren. Het frappeerde me dat de immigranten zichzelf *British muslims* noemen. British is het adjectief en een adjectief kun je weglaten. Ze zeggen niet: wij zijn islamitische Britten.'

'Geloven jullie echt in een slechte afloop voor Europa?'

'De islam is de hoofdleverancier van nieuwe Europeanen. Europa heeft de wijsheid en de welvaart. De islam heeft de jeugd en de wil. De islam europeaniseert niet, maar Europa islamiseert. Ja, ik denk dat onze cultuur van binnenuit zal islamiseren.'

'Daarom zijn jullie vierkant tegen het Ibrahim-Comité.'

'Il Gruppo bestaat uit best brave mensen. Alleen hebben ze geen greintje zelfbewustzijn en hanteren ze een soort van slap gelul.'

'Jullie weten dat natuurlijk van jullie mannetje in het comité. Youannes Tewfik, van wie jullie dachten dat hij was vermoord.'

'Het heeft echt niet veel gescheeld. Bepaalde mensen kregen gewetensproblemen.'

'Daarna hebben jullie Tewfik ontvoerd. Wat zijn jullie met hem van plan?'

'Nogmaals: wij hebben hem helemaal niet ontvoerd. Trouwens, dat is onze zorg. Jij moet interviewen. Schrijven hoe de katholieken op hun rug gaan liggen voor de protestanten. Hoe dit een voorproefje is van de latere gesprekken met de islam. Het aantal katholieken is misschien gedecimeerd, maar als de westerling hoort hoe zijn ziel wordt verkwanseld, zal zijn verontwaardiging groot zijn, of hij gelovig is of niet. En het blijft voor ons belangrijk dat de zoon van Frank Witters die onthullingen doet.'

'Ik weet het niet. Het gaat niet om een ontploffing of een scheve fakkel. Als ik dit publiceer, blaas ik een initiatief op dat de wereld kan veranderen.'

'De wereld zál veranderen, maar niet ten gunste van het Westen, vrees ik,' zei Bonfatto.

'Wanneer willen jullie mijn beslissing kennen?'

'Ten laatste eind deze week, want dan loopt deze vergadersessie van het Ibrahim-Comité af. Drie verslaggevers maken een tussentijds rapport. Een maand later zullen er beslissingen worden genomen in de verschillende kerken. Eind deze week en geen dag later.'

'Hoor ik een dreiging?' reageerde Harry.

Het gezicht van Bonfatto ontspande zich. Hij stond glimlachend op, liep rond het bureau en legde zijn arm met een kameraadschappelijk gebaar op Harry's schouder.

'Komaan, Harry, laten we dit gesprek niet bederven. Heb

je wel een keuze? Als je niet wil meewerken, kunnen we nog altijd bekendmaken hoe je vader zo'n beroemd journalist werd.'

'Misschien kunnen we het dan ook hebben over de moord op mijn vader?'

Bonfatto leunde naar voren. 'Wie beweert dat?'

'Il Gruppo. Vader zou zijn vergiftigd met coniine.'

'Dan moet je de dader niet bij ons zoeken. Ik weet nu toevallig wat over dat gif. Coniine is een alkaloïde afkomstig van een plant, de dollekervel. Het tast het centrale zenuwstelsel aan en werkt verlammend op de ademhalingsspieren.'

'Ik heb er nog nooit van gehoord.'

Bonfatto glimlachte. 'Dollekervel is van oudsher populair in kerkelijke kringen. Dat heeft te maken met de abdijen, waar monniken zich verdiepten in de kennis van planten en kruiden. Die oude paters verzonnen de gekste namen: dollekervel, pimpernel, blauwe knoop, alruin... De kans dat iemand sterft van één dosis coniine is onbestaande. Het gif moet dagelijks worden toegediend. De moordenaar van je vader komt dus uit zijn onmiddellijke omgeving. Zijn vrouw bijvoorbeeld. Iemand van de verpleegdienst, of iemand die zich uitgeeft voor verpleegster.'

Terwijl hij naar de deur stapte, moest Harry aan Mike denken en aan de verpleegster op hoge hakken.

Harry stapte met Bonfatto en Dora naar buiten. Op weg naar de uitgang sloot de bodyguard in donker pak mee aan. De liftdeur ging open. Arlette stond tegen de achterwand geleund. Harry aarzelde even, maar Bonfatto en Dora stapten naar binnen. Arlette keek naar het plafond. Dora deed alsof zij Arlette niet kende. Er viel een ongemakkelijke stilte tot Dora zei: 'Ik blijf nog twee dagen in België. Ik bel je wel om iets af te spreken. Ik heb vorige keer wel gemerkt dat het klikte tussen ons.'

Harry liep rood aan en lachte onnozel. In het buitengaan passeerde Dora langs Harry. Ze tikte hem ondeugend op zijn neus.

'Malle jongen,' zei ze.

27

Toen Bonfatto en Calson vertrokken waren, liep Harry achter Arlette aan. Net toen hij haar staande kon houden, ging zijn telefoon. Het was Sandra.

'Harry, ik zit achter Bonfatto en Calson aan. Ze rijden momenteel de stad uit. Kun je me achterna komen? Ik gids je wel via de telefoon.'

'Goed, Arlette en ik vertrekken meteen.'

Arlette draaide haar rug. 'Dat dacht je. *Malle jongen*,' zei ze snuivend. 'O, *wat klikte het tussen ons!*'

'Arlette, er is niets...'

'Sloof je niet uit, Harry. Weet je wat jij bent? Een sukkel zonder kop. Het enige wat jou bezighoudt, is roem en geld. En niet te vergeten: beter doen dan je vader.'

'Arlette, alsjeblieft.'

'Wat ben ik stom geweest. Ik dacht dat we samen wat hadden. Ik was verkeerd. Koppels bedriegen elkaar als ze dertig jaar getrouwd zijn, niet als ze drie maanden bijeen zijn. Hoe kan ik je ooit vertrouwen?'

'Kunnen we erover praten in de auto?'

'Rij achter je Dora aan zolang je wilt! Ik zal je eens wat zeggen, jongen. Ik heb zo het gevoel dat die Dora heel jouw leven aan het regisseren is. Als jij je daar goed bij voelt, mij best, maar ik wil dat ze van mijn leven afblijft.' En ze liep de gang uit en sloeg de deur achter zich dicht.

☆

Harry joeg de motor van zijn Alfa op stang. Telkens wanneer hij schakelde, brulden de pk's van onmacht. De toerenteller schoot in het rood. Alfa Godverdomme Romeo! De laatste woorden van Arlette sneden in zijn ziel. En waarom? Omdat Arlette verdomme gelijk had. Ik word geregisseerd, besefte hij. Daarom is Harry zo'n gemakkelijke jongen. Hij doet wat hem gevraagd wordt. Alles? Ja, alles! Je moet hem wel af en toe over zijn hoofdje strijken. Wat zou kleine Harry graag hebben? Hetzelfde als mijn papa. Ik zou graag beroemd zijn én rijk én geliefd. Alfa Godverdomme Romeo! Je overspeelt je hand, malle jongen. Moet het echte liefde zijn of mag het ook leuke nep wezen? Om zijn lippen tekende zich een wrang lachje af. Wie voert hier de regie? Mag ik nog zelf kiezen? Natuurlijk, malle jongen. We zetten je keuzes nog eens op een rij. Alfa Godverdomme Romeo!

☆

Na bijna een uur belde Sandra dat Bonfatto richting Venlo reed. Een kwartier later wist zij te melden dat het richting Duisburg ging.

Twintig minuten later biepte de telefoon opnieuw.

'Ze reden Düsseldorf voorbij en nemen nu de afrit Hilden. Heb je dat?'

'Hilden. Ik kom eraan.'

Geen tien minuten daarna belde Sandra weer.

'Ze zijn uitgestapt in de Gerresheimerstrasse voor een groot gebouw, een magazijn of een fabriek. Het ligt op een straathoek. Aan de overkant van het kruispunt zie ik een kerkje. Ik sta op vijftig meter van de ingang.'

Harry zag de BMW van Sandra meteen, ook al stond de auto geparkeerd in een donkere strook tussen twee verlichtingspalen. Hij zette zijn auto achter de hare. Sandra stapte uit en kwam naast hem zitten.

'Ze zijn daar binnengereden,' zei ze en ze wees naar een groene ijzeren poort. 'Bijna drie kwartier geleden. Sindsdien heb ik niets meer gehoord of gezien.'

Er liep geen mens op straat. In de enkele huizen flikkerden tv-toestellen.

'Wat stel jij voor dat we doen?' vroeg Harry.

'Ze houden Tewfik gevangen. We moeten hem eruit halen.'

'Volgens Bonfatto is Tewfik vrijwillig met hen meegegaan. Hij spioneerde in Siegburg voor Bonfatto.'

'Dat was eerst zo, maar we konden hem tot inzicht brengen. Tewfik is van kamp veranderd. Nu wordt de arme man weer onder druk gezet om het Ibrahim-Comité te verraden.'

'Dat kan kloppen. Bonfatto wil dat ik Tewfik interview en zo dat comité-gedoe aan de galg praat.'

'We móéten hem bevrijden,' zei Sandra en ze stapte uit de auto.

Bonfatto en Calson moesten er gerust in zijn, want het gebouw waar ze naar binnen waren gegaan, was zeker geen versterkte burcht. In de grote dubbele poort was een deurtje dat zomaar openging. Het gaf uit op een binnenplaats. In het midden van een grasveld lagen speelgoed, ballen, een trapfiets en een bolderkar. Twee van de vier blinde muren behoorden tot een bedrijf. De geur van gerookte ham verraadde dat het om een vleesfabriekje ging. Dan had je de straatmuur met de poort en aan de vierde kant stond een woning. Achter de ramen brandde licht. Ze zagen dat Bonfatto en Nicolae Calson aan een tafel zaten te eten. Dora schonk koffie in. Tewfik was niet in de kamer.

Sandra tikte op Harry's schouder en wenkte hem met haar hoofd. Aan het eind van de gevel was een deur. Ze gingen naar binnen en kwamen in een portaaltje met een stenen trap. Tot Harry's verbazing haalde Sandra een zaklamp van onder haar jas. Op de overloop van de eerste verdieping bevonden zich drie deuren. Twee stonden open. De kamers erachter waren leeg. Voorzichtig ging ze de derde kamer binnen. Sandra liet haar zaklantaarn over het interieur glijden. Er stonden een onopgemaakt bed, een houten tafel en een stoel. Naast het bed lag een stapel dekens. Nee, het léék een stapel, het was er maar één en er lag iemand onder. Harry haalde het deken weg. Toen zagen ze Tewfik. Het ventje beefde over zijn hele lijf. Sandra bescheen met de zaklamp haar eigen gelaat om hem gerust te stellen.

'Tewfik, *it's me*, Sandra.'

Zij aaide hem zachtjes over zijn hoofd. De kleine monnik bekeek haar als in trance.

Harry meende beneden een geluid te horen. Hij wachtte enkele tellen en toen hoorde hij het opnieuw. Heel langzaam kwam iemand naar boven. Hij tikte Sandra op de arm en wees naar de gang. Nu hoorde zij het ook. Ze doofde haar zaklamp. Dan flikkerde een licht onder de deur. Degene die buiten stond, had ook een zaklantaarn bij zich. Het licht ging uit en de deur werd geopend. Harry drukte zich tegen de muur. Zijn hart sprong op tot in zijn keel. Opeens flitste de lantaarn aan. Het licht zwaaide snel de kamer rond en bleef op Harry rusten.

Een stem zei: 'Harry?' Het was Nicolae Calson. Met zijn andere hand richtte hij een pistool op Harry.

'Wie heeft jou over dit huis verteld?' De toon van Calson was bits. Hij maakte een dreigende beweging met zijn pistool. Nog voor Harry iets kon zeggen, klonk een dof knalletje. Sandra hield een klein damespistool in de hand. De kogel versplinterde de linkerknie van Calson. Zijn ogen werden groot, maar hij liet geen kreet. Hij stuikte ineen als een marionet waarvan de touwtjes worden doorgeknipt. Harry keek Sandra verbaasd aan. Was dit de gedistingeerde vrouw van zijn vader?

Calson zette zijn mond open als wilde hij roepen, maar er kwam geen geluid uit.

'We moeten hier snel weg,' beval Sandra terwijl ze over de ontredderde Calson stapte.

Tewfik kon amper op zijn benen staan. De schrik zat er zodanig in dat hij geen stap kon verzetten. Harry tilde hem op en droeg hem de trap af, terwijl Sandra hem bijlichtte.

Ze haastten zich over de binnenplaats. Net toen ze de straat bereikten, ging de deur van de woning open en viel een fel licht over het grasveld.

'Nicolae?' riep Bonfatto.

Harry kwam als eerste aan in zijn loft. Bijna een halfuur later werd er gebeld. Harry keek uit het raam en zag Sandra die met moeite Tewfik overeind hield. Hij liet hen binnen. Met enige moeite raakten ze tot op de eerste verdieping. Tewfik was uitgeput en werd met zijn kleren aan in Harry's bed gestopt. Harry diepte lakens en dekens op. Voor zichzelf legde hij een kampeermatrasje in een hoek. Dan draaide hij de lichten op half en schonk zich een whisky in.

'Daar heb ik ook wel zin in,' zei Sandra en zij ging tegenover hem zitten.

'Ik denk dat ik je een uitleg verschuldigd ben.' Zij zag er moe uit.

'Als het even kan. In wat voor verhaal ben ik in 's hemelsnaam verzeild geraakt? Ik wist al dat Dora en Nicolae Calson lid zijn van de Vaticaanse inlichtingendienst. Jij hebt blijkbaar een bloedhekel aan hen, loopt met een pistool op zak en schiet probleemloos een oude man overhoop.'

'Een oude man die een pistool op jou richtte. En ik schoot hem niet overhoop, maar in de knie.'

'Mag ik aannemen dat jij ook een agente bent van een of andere dienst?'

'Ik ben geen agente. Ik werk voor Shimal Faez.'

'Wie is dat?'

'Shimal Faez is de patriarch van de Heilige Assyrische Kerk. Hij werpt zich op als een brug tussen christendom en islam, en predikt daarom een heel nieuwe theologie, de Leer van Gabriël. Het gaat om een buitengewoon hoogstaande filosofie, die de wereld moet behoeden voor een waanzinnig conflict. Ik geloof in Shimal en ik werk voor hem. Oorspronkelijk bleef het bij wat opzoekingswerk en public relations. Gaandeweg kwam daar meer bij kijken en werd ik zijn rechterhand.'

'Wat kan je nog meer vertellen over die Leer van Gabriël?'

'Mag het morgen? Mijn ogen vallen dicht van de slaap.'

Hij stond op van zijn stoel. 'Er ligt al iemand in mijn bed.'

'Ga jij op de bank slapen, dan neem ik het matrasje,' zei Sandra.

'Geen sprake van.' Harry draaide zich om en stond vlak voor haar. De gootjes van haar blauwe ogen waren nat. 'Laat me even mijn tanden poetsen, en dan is de badkamer...'

Ze legde hem het zwijgen op met haar vinger, boog zich voorover en kuste hem. Haar lippen smaakten naar zout.

'Sorry,' zei ze. 'Ik ben mezelf niet.'

'En toch neem ik het matrasje,' zei hij terwijl hij liefdevol haar wang aaide.

Toen Harry even later uit de badkamer kwam, was Sandra niet meer wakker. Van onder het dekentje stak een slank bloot been tot aan een wit slipje naar buiten. Wat was ze mooi, de vrouw van zijn vader. Hij liet één lampje branden en kroop onder zijn deken.

Halverwege de nacht werd Harry gewekt door het geruis van lakens. Hij trok één oog open en zag de kleine Tewfik uit bed stappen. Zijn habijt was opgetrokken en gaf uitzicht op de knokigste beentjes die Harry ooit had gezien. Hij dacht dat de oude monnik moest gaan plassen. Dat was niet zo. Tewfik liep naar Sandra en legde even zijn hand op haar voorhoofd terwijl hij iets mompelde. Toen kwam hij in Harry's richting. Die sloot snel zijn ene oog en deed alsof hij sliep. Er gebeurde niets. Harry wachtte twee minuten en opende dan zijn ogen. Hij schrok zich een beroerte, want Tewfik hield zijn oude kopje met de vlammende ogen op nog geen tien centimeter van Harry's gezicht.

'Ik wist dat je niet sliep, Harry Witters,' fluisterde het mannetje. Zijn adem rook naar warm asfalt. Harry durfde niet te bewegen. Tewfik legde zijn hand op Harry's voorhoofd en zei alleen: 'Hoort, hemelen, want ik ga spreken. Zoek God in uzelf, maar maak uzelf niet tot God.' Daarop viel Harry in een diepe slaap die gevuld was met de heerlijkste dromen.

28

Harry werd als eerste wakker. Met veel moeite strekte hij zijn armen en benen. Het matrasje was wel heel erg dun. Hij had het gevoel dat hij op de grond had geslapen. Met een vertrokken gezicht schouwde hij zijn loft. Op de bank lag Sandra. Haar been hing nog altijd buiten boord. Vanonder de dekens van Harry's bed hoorde hij Youannes Tewfik zijn ochtendgebed murmelen. Harry keek op zijn horloge. Het was iets over tienen. Buiten scheen de zon. Hij liep naar het raam en keek de straat in. Beneden aan de overkant stond Dora tegen een auto geleund. Ze stak haar hand op. Zo stil mogelijk hees Harry zich in zijn kleren en liep naar buiten.

'Wat doe je hier?' vroeg Harry.

'Ik kom Tewfik halen,' zei Dora.

'Hij slaapt.'

'Ik wacht wel.'

'Ik weet niet of hij met je mee wil.'

'Waarom niet? Hij is ontvoerd door Sandra. Zij heeft mijn vader kreupel geschoten.'

'Omdat hij mij bedreigde. Wat ga je nu doen? Blijven wachten?'

'Ik ga hier niet weg zonder Tewfik.'

'Weet je wat? Als hij wakker wordt, vraag ik hem wat hij zelf wil. Als hij liever bij jou is dan bij Sandra, laat ik hem gaan. Dan kun je hem zo meenemen.'

'Hoe weet ik dat ik je kan vertrouwen? Laat je me naar boven komen?'

'Nee, dat doe ik niet. Ik wil niet dat er nog meer ongelukken gebeuren. Geloof me op mijn woord. Als Tewfik voor jou kiest, mag hij zo vertrekken.'

Er schoten schaduwen van woede door Dora's ogen. Harry volgde haar blik en keek achterom naar boven. Achter het raam stond Sandra in haar onderjurk.

'Ik praat met Tewfik en bel je later wel,' zei Harry tegen Dora.

Sandra wachtte hem op toen hij weer boven kwam.

'Wat hadden jullie elkaar te vertellen?' vroeg zij.

'Ik heb Dora alleen beloofd dat ik de wens van Tewfik zal respecteren. Als hij terug naar haar wil, laat ik hem gaan.'

Harry maakte het ontbijt. Tewfik was verrukt over de cruesli met gepofte rijst, rozijnen en abrikoos. Over de halfblote vrouw die de graffitikunstenaar op de muur had geschilderd, was hij minder enthousiast.

'Ik vind het lelijk,' zei hij en hij ging er met zijn rug naartoe zitten.

Het was elf uur voorbij toen Harry de vaat had opgeruimd. Hij ging aan de tafel zitten. Sandra schoof mee aan tafel. Tewfik amuseerde zich met het bladeren in de stapel automagazines die naast de fauteuil lag.

'Laatst zat ik bijeen met Dora en haar vader. Zij stelden dat westerlingen niet mogen verslappen, want dat ze anders onder de voet worden gelopen. Vooral Europa dreigt volgens hen geïslamiseerd te geraken. Een vrij bizar verhaal, lijkt me.'

'Die theorie is niet zo bizar als jij denkt,' zei Sandra.

'Jullie geloven toch ook niet in die theorie van de botsende beschavingen?'

'Dat doen we wel. Wij zijn overtuigd dat als er niets gebeurt, we afstevenen op een wereldoorlog. Alleen is onze oplossing compleet tegengesteld aan die van hen.'

'Waarom hechten jullie geloof aan die clash?'

'Omdat die in de natuur van de mens is vervat. De mensheid probeert al van bij haar oorsprong de wereld te verenigen en hem vredig en comfortabel te maken. Een nobel ideaal dat diep in de mens zit geworteld. Merkwaardig daarbij is dat elke stap die hij in die richting zet, gepaard gaat met strijd en oorlog.' Sandra greep de ballpoint en het notitieboekje van Harry en illustreerde haar uiteenzetting met kleine schetsjes.

'De eerste mensen leefden in troepverband. Een dominante leider was omringd door wijfjes, jongen en enkele gehoorzame mannetjes. Hun leefgebied was niet erg uitgestrekt en zo kwamen ze aan de rand van hun territorium geregeld in conflict met een andere troep. Beide troepen voelden instinctmatig dat ze zich moesten verenigen, wilden ze overleven. De vraag was alleen: wie van de twee alfa-mannetjes wordt de nieuwe leider? En die strijd werd op leven en dood uitgevochten. Pas als er een overwinnaar was, werd de eenmaking een feit. Enkele troepen sloten zich aaneen tot een stam, enkele stammen werden een volk, enkele volkeren een rijk. En telkens gebeurde die uitbreiding niet zonder slag of stoot. Wij leven in een verenigd Europa. Hoe lang heeft het niet geduurd voor die eenheid er was? Hoeveel keer is het niet gebeurd dat één volk probeerde het continent te veroveren? Clovis en zijn Franken, Karel de Grote, de Fransen, de Oostenrijkers, de Spanjaarden, de Duitsers, de Russen... Miljoenen doden zijn er gevallen onder figuren als Filips II, Napoleon en Hitler. In 1951 werd het Verdrag van Parijs ondertekend. Dat was het begin van een verenigd Europa. Had men dat verdrag honderd jaar eerder gesloten, in 1851 zeg maar, dan zouden er geen honderd miljoen mensen zijn gesneuveld in twee wereldoorlogen. Honderd miljoen mensen die mooi oud had kunnen worden. En 1851 was nu niet bepaald de prehistorie. In 1851 hadden we meer dan twaalf eeuwen christelijke cultuur achter de rug en kende Europa het Humanisme en de Verlichting.'

'Wat is jullie strategie om zo'n oorlog te voorkomen?'

'Het is geen strategie,' zei Sandra nadrukkelijk. 'Het is een nieuwe wereldgodsdienst waar iets van de kern van alle religies in steekt.'

'En wie gaat die nieuwe religie oprichten?'

'Shimal Faez.'

'Bedoelt je dat hij de nieuwe Messias is?'

Sandra glimlachte flauwtjes. 'Helemaal niet. Hij beschouwt zich louter als de boodschapper.'

'Van God?'

'Nee, van de aartsengel Gabriël.'

'Hij gaat toch niet opnieuw de engelen van stal halen?'

'Lach niet. Gabriël is de enige engel die een rol speelt in de drie grote wereldgodsdiensten. Hij komt voor in het Oude Testament, het Evangelie én de Koran. Lang voordat er sprake was van christendom en islam, beloofde hij via de profeet Daniël aan de joden de vergeving van de zonden. Hij kondigde de komst aan van Johannes de Doper. En het was weer Gabriël die in Nazareth de Onbevlekte Ontvangenis van Jezus openbaarde. Hij ging Maria's huis binnen en zei: "Wees gegroet Maria, gij zijt begenadigd, de Heer is met u." Zeshonderd jaar later bezocht diezelfde aartsengel Gabriël de profeet Mohammed. Hij spoorde hem aan om de mensen te vertellen dat er slechts één ware god is, Allah. Mohammed kreeg in visioenen van de engel de opdracht om de woorden van Allah op te tekenen in de Koran en ze te verspreiden onder de mensen. Gabriël is het concrete bewijs voor de stelling dat de drie godsdiensten van één en dezelfde God afkomstig zijn. Gabriël verdient het vertrouwen van joden, christenen en moslims. Hij is ook de enige die de al eeuwenlang aanslepende strijd tussen de drie godsdiensten kan stoppen. Meer zelfs: Gabriël kan aan de grondslag liggen van een nieuwe wereldgodsdienst.'

'Frank geloofde ook in Shimal,' zei Sandra en ze wreef een traan weg.

'Ik wist niet dat mijn vader zo religieus was aangelegd.'

'Dat was hij ook niet. Maar toen hij inzag dat er in de islam weinig enthousiasme bestond voor een klassieke dialoog, raakte hij overtuigd van de troeven van een nieuwe, kosmische godsdienst. Frank was van plan om zijn pen in te zetten voor het Gabriëlisme.'

'Origines!' Sandra werd onderbroken door de rasperige stem van Tewfik, die zijn verwarde kopje uit een automagazine verhief.

'Tell him about Origenes,' hoestte hij. *'Tell him!'*

'Origenes, dat riep hij ook in de hotelkamer in Siegburg. Wat is Origenes?' vroeg Harry.

'Wíe is Origenes, moet je zeggen. Origenes was een van de eerste christelijke kerkvaders. Hij is de rechtstreekse inspiratie voor Shimal Faez. Ik laat hem dat liever zelf uiteggen. Ik regel een interview met hem.'

'Ik hoor het liever van jou.'

'Tweehonderd jaar na de dood van Jezus leefden er al lang geen rechtstreekse getuigen meer. De christenen deden minder en minder een beroep op de Heilige Schrift en meer en meer op het gezag van de Vaders. In die tijd waren dat Ireneus van Lyon en Origenes van Alexandrië. Ireneus wilde in de eerste plaats de christelijke opvattingen beschermen tegen de vele schimmige theorieën die in de eerste twee eeuwen van onze tijdrekening opdoken. Hij was strikt in de leer en beriep zich uitsluitend op het Evangelie. Net als Paulus geloofde Ireneus in een stevige organisatie. Origenes van Alexandrië was een heel andere figuur. Fantasierijker en meer bevlogen. Hij zag

God als de Barmhartige, niet als de Boosaardige. Volgens Origenes staat God je toe af te dwalen en opnieuw te beginnen. Daarom was Origenes een aanhanger van de reïncarnatieleer.'

'Hoe reageerde de Kerk van toen?' wilde Harry weten.

'De Kerk heeft deze milde opvatting niet willen volgen. Origenes werd in de ban gedaan. Er werden vijftien verdoemenissen uitgesproken tegen hem.'

'Als ik het goed begrijp pikken jullie die reïncarnatietheorie van Origenes weer op.'

'Niet alleen de reïncarnatieleer, vooral zijn beeld van God als de Barmhartige. Wij verwerpen de idee van God of Allah als de kwade autoriteit.'

'Als ik het zo hoor, is jouw nieuwe godsdienst evenwel niet voor volgende week...' zei Harry.

Sandra deed of zij de spot niet hoorde. 'En niet voor volgend jaar of over vijf jaar. Maar onder dreiging van catastrofes of oorlog kan de verheldering van de geesten snel gaan. Daarom vragen wij je ook met aandrang om niets te publiceren over het Ibrahim-Comité.'

'Waarom niet?'

'Omdat de eenmaking van de kerken een opstap kan zijn naar de Kerk van Gabriël. Als jij het bestaan onthult van het Ibrahim-Comité, zullen in iedere kerk afzonderlijk fundamentalisten woedend reageren op elke toegeving die werd gedaan.'

Sandra stond op en liep naar het keukenblok. Harry drukte op de stopknop van zijn recorder en volgde haar.

'Dora staat nog altijd buiten. Wat ben je van plan met Tewfik?' fluisterde hij.

Vóór Sandra wat kon zeggen, antwoordde Tewfik van de andere kant van de kamer. 'Ik ga mee met Sandra.'

Harry kon een glimlach niet onderdrukken. Tewfik was dan een oud en verward mannetje, zijn oren deden het nog prima.

29

De deelnemers aan de Berggesprekken stonden klaar om te vertrekken. Ze hadden hun koffers na het ontbijt in de inkomhal gezet en waren nu een laatste keer verzameld in de kloosterzaal. Voor de meesten was het genoeg geweest. Zeker na de voorvallen van de avond voordien. Iedereen was het erover eens dat die een schaduw wierpen op de oecumene.

De drie leden van Il Gruppo hadden gezorgd voor een formele afsluiting van de tweede sessie van de Berggesprekken. De monniken van het klooster hadden hun best gedaan door patersbier, abdijlikeur en eenvoudige, voedzame hapjes te serveren. Waarschijnlijk was de overdaad aan drank de aanleiding tot de incidenten geweest. Vooral de Amerikaanse protestanten hadden zich verkeken op het bier. De voorzitter hoorde een van de Amerikanen roepen: 'Jullie moesten beschaamd zijn om Israël zo in de kou te laten! *Christians and jews, that's a match made in heaven.*'

'Dat moet je ons eens uitleggen,' reageerde Droan Tosic van de Servisch-orthodoxe Kerk.

'Vergeet niet wat de joden hebben gegeven aan het christendom,' was het antwoord. 'De Heilige Schrift, de profeten, Maria, Jozef en de twaalf apostelen... En Jezus was een jood. Hij werd besneden, hij vierde zijn Bar Mitzvah op zijn dertiende, hij hield zich aan de wetten van Mozes. *It's not possible to say: I am a Christian, and not to love the jewish people.*'

'Het is met jullie altijd hetzelfde,' zei iemand uit de orthodoxe hoek. 'Als je bedenkingen hebt bij de politiek van Israël, ben je meteen een antisemiet. Heb je kritiek op het buitenlands beleid van de Verenigde Staten, dan ben je een anti-Amerikaanse communist.'

'Jullie Europeanen zijn allemaal socialisten!' riep de methodist. Of was het de baptist?

'Heren, heren, alstublieft! Dit is onze laatste avond in Siegburg,' kwam de voorzitter tussenbeide. Hij kreeg de gemoederen tot bedaren, hoewel ze in de hoek van de Amerikaanse protestanten bleven mokken.

Even later zat het er bovenarms op tussen Vakhtang Burduli van de Georgisch-orthodoxe Kerk en de Rus Georgi Kedrov.

'Weten jullie wel waarom Poetin en de orthodoxen bondgenoten zijn? Ik zal het u zeggen: wij werpen samen een dam op tegen de islam,' brieste Kedrov. 'Zonder ons stond de islam nu aan de poorten van Wenen.'

'En daarom schurken jullie tegen een figuur als Poetin aan! De man die de gaskraan dichtdraait om Oekraïne en Georgië in de pas te doen lopen! De man die verantwoordelijk is voor de staatscorruptie, voor de schending van de mensenrechten, voor moorden op de journaliste Anna Politkovskaya en voormalig geheim agent Alexander Litvinenko, de man die de oppositie monddood maakt en fraudeert bij verkiezingen.'

'Poetin heeft nooit beweerd dat hij meer democratie zou brengen. Hij heeft gezegd dat hij voor zekerheid en veiligheid zou zorgen en dat heeft hij gedaan. Of had hij een democratie moeten brengen zoals in Italië, waar elk halfjaar een nieuwe regering wordt gevormd?'

De voorzitter gooide zich weer tussen de strijdende partijen. Dat iedereen er narrig bij liep, had overigens niet alleen te maken met de drank. Allen snakten ze naar de wereld buiten. Voor de ene was dat zijn kerk of school, voor anderen, zoals de Amerikanen, was het een MacDonald's, de Supercup en natuurlijk vrouw en kinderen.

Nu was het ochtend en konden ze naar huis. Ze moesten alleen nog even het afscheidswoord van de voorzitter doorstaan.

'De weg naar het herstel van de geloofseenheid wordt bemoeilijkt door enkele diepgaande tegenstellingen,' las die van een papiertje dat hij voor zich had liggen. 'Bijvoorbeeld, tussen de katholieke Kerk en de reformatie, en tussen het Amerikaanse en het Europese protestantisme. Toch is er een fundament dat ons verenigt: de gemeenschappelijke verbondenheid met Christus. In Hem heeft God de mensen met zichzelf en ook met elkaar willen verzoenen.'

De kleine kale Alexis Brozek, die de avond voordien ook wel wat gepakt was door het patersbier, geloofde zijn eigen woorden al niet meer.

'Broeders, hier hou ik op, want verscheidenen onder u moeten een vliegtuig halen. Laat de boodschap bezinken. Laat de christelijke bacterie haar werk doen. Wij zien elkaar terug over acht maanden in Bahía Blanca in Argentinië. *Goodbye. Bon voyage. Hasta la vista*. De Heer zij met u.'

Nadat de autobus was vertrokken, zaten de drie leden van Il Gruppo bijeen in de refter. In de keuken ernaast rammelde een broeder met bestek. Het gebouw leek opeens zo vreselijk leeg. Niemand sprak een woord tot eindelijk Martin Grünman zuchtte: '*To die. To sleep. No more.*'

'Vanwaar komt dat nu weer?' vroeg Brozek.

'Hamlet van Shakespeare.'

'Ja natuurlijk. *To be, or not to be, that is the question.*'

'Ik heb mijn twijfels over met wat we hier bezig zijn,' zei Brozek.

'Ik ook,' zei Grünman.

'Het schiet niet op. Er zijn er maar weinig die de ernst van de situatie inzien,' zei Brozek.

'Ik mis Karol Woytila,' zei Malkowski.
'Ik ben moe en ik wil naar huis,' zei Brozek.
'We moeten eerst langs Brussel,' zei Grünman.
'Brussel?'
'Harry Witters heeft een onderhoud gevraagd.'
'Moeten we daar echt naartoe?'
'Ik vrees van wel. Harry Witters heeft overleg gepleegd met zowel Bonfatto als met het kamp van Shimal Faez. Of we dit nu leuk vinden of niet, maar hij is momenteel de man die de eindjes bij mekaar houdt.'

30

Alessandro Bonfatto was in de gang in gesprek met Giuseppe Valadier, redacteur economie bij *L'Osservatore Romano*, toen een scherpe beltoon aangaf dat er een bericht binnenliep op zijn mobiele telefoon. Hij verontschuldigde zich en las het bericht: '147/TP/PC.'

'Ze kunnen je niet missen, Alessandro!' riep Valadier terwijl hij verder liep.

Het getal 147 sloeg op de agent of medewerker die het bericht verstuurde. Zo was hijzelf 02 en Dora 09. Bonfatto kende aardig wat agenten met hun nummer, maar 147? Hij belde naar zijn secretaris Walter Beltrami. Die moest het opzoeken. Bonfatto hoorde aan de telefoon hoe Beltrami zijn stoel verschoof en naar de kluis liep. Het Ufficio was een efficiënt uitgewerkte dienst, en toch stamden sommige geplogenheden uit de tijd van de Borgia's, zo leek het.

De letters TP/PC vroegen om Top Priority en Personal Contact. Het was pas de tweede keer in zijn carrière bij de Vaticaanse inlichtingendienst dat Bonfatto een TP/PC-verzoek kreeg. De eerste keer gebeurde dat op 13 mei 1981, toen de jonge Turk Mehmet Ali Agca de paus neerschoot op het plein voor de Sint-Pietersbasiliek. Tenminste, op dat moment nam iedereen aan dat het zo was gebeurd. In werkelijkheid wist de Vaticaanse inlichtingendienst al weken dat er een aanslag in de maak was. Die informatie had het Ufficio van de Poolse collega's. Omdat het onmogelijk was de gepaste veiligheidsmaatregelen te nemen wanneer de paus werd omstuwd door tienduizenden gelovigen, had Bonfatto Salvatore Ranieri in de open wagen gezet. Ranieri, een 65-jarige Italiaan uit Bari, leek als twee druppels water op de paus. Hij was opgeleid om in omstandigheden waarbij er geen nauw contact was met de gelovigen, de paus te vervangen. Ranieri beheerste de houding, de mimiek en de gebaren van de paus in zo'n hoge mate, dat geen mens op het Sint-Pietersplein merkte dat het niet Johannes Paulus II was die voorbijreed.

Op die noodlottige dag werd Ranieri getroffen door drie kogels, de pausmobiel stoof meteen naar het ziekenhuis. Toen de chirurgen arriveerden, was Ranieri al bezweken. De verslagenheid was groot bij de artsen en de vijf zusters die als verpleegsters waren opgeroepen. Zij wisten niet beter dan dat de paus was overleden. Dat was het moment waarop Bonfatto voor het eerst een TP-oproep kreeg.

Hij haastte zich naar de pauselijke vertrekken. Hij vroeg Johannes Paulus om zijn habijt uit te doen en een broek en een trui aan te trekken, zette hem een bril op en plakte een snor onder zijn neus. Zo smokkelde hij de heilige vader uit zijn woonvertrekken en verstopte hij hem in de laadruimte van een bestelwagen van de Vaticaanse groendienst. Ten slotte gooide hij een deken over de paus, die de hele bedoening wel spannend vond. De bestelwagen reed ongehinderd voorbij de journalisten en fotografen die aan de hoofdingang van het ziekenhuis stonden opgesteld. Via een achterdeur konden Bonfatto en de vermomde paus, zonder dat iemand acht op hen sloeg, de bovenste verdieping bereiken. Daar kroop Johannes Paulus in het ziekbed. De rest is geschiedenis. Maandenlang moest de paus komedie spelen, voorovergebogen lopen, zichtbaar lijden en af en toe zogezegd worden opgenomen voor een darmoperatie. Ranieri werd in stilte begraven in het diepe zuiden van Italië.

De telefoon van Bonfatto rinkelde.

'147. Dat is de persoonlijke assistente van de paus,' zei Beltrami.

'Zuster Sabina?'

'Dat klopt.'

'Persoonlijke gegevens?'

'Zij is 61 jaar. Zuster van de Orde van de Arme Maagden van Christus en de Tempel van Salomon. Zij spreekt vier talen en heeft een meer dan gemiddelde kennis van het Arabisch. Zij heeft twee universitaire titels: politieke wetenschappen en thomistische wijsbegeerte.'

'Jaja, dat weet ik wel. Wat is haar FN-rating?'

'11.'

'ND-score?'

'9.6.'

Bonfatto wist genoeg, zuster Sabina was opgekweekt in een haast onbekende orde die verwant was met de tempeliers. De Orde van de Arme Maagden van Christus en de Tempel van Salomon bestond oorspronkelijk uit vrouwen die even goed waren in het gebed als in het lijf-aan-lijfgevecht, en was nog altijd een elitaire kweekschool voor strijdbare zusters. De scores duidden erop dat zuster Sabina een 'slapende agente' was die tot nu toe nauwelijks had meegewerkt met het Ufficio, maar dat zij desondanks een uitermate hoge betrouwbaarheidsfactor haalde.

Bonfatto stuurde haar een bericht terug: '02/EC/1905.' De EC verwees naar het Ethiopisch College. De afspraak was om 19.05 uur, dat was over zeven minuten.

*

Zuster Sabina stond Bonfatto op te wachten aan de voordeur van het Ethiopisch College. Ze was half zo groot als hij.

Zij bewoog zich al heel lang in het Vaticaan. In augustus 1978 was zij een nonnetje van amper 28 jaar toen ze werd ontboden door haar abdis en te horen kreeg dat zij werd aangesteld als persoonlijke assistente van paus Johannes Paulus I. Ze was verrukt door het aanbod. Amper 33 dagen later, op 28 september 1978, trof zij de paus dood aan in zijn bad. Daarna werd zij de persoonlijke assistente van Johannus Paulus II, van Benedictus XVI, en nu van Romanus II. En zij was ze allemaal de baas. Drie machtige pausen die de wereld overdonderden met hun encyclieken, maar die ontstemd raakten als 's ochtends hun witte sokken niet klaarlagen of als er 's avonds niets te knabbelen viel bij de televisie. Sinds 1998 werkte zuster Sabina ook voor Bonfatto.

'Monsignore, bedankt dat u zo snel bent gekomen. Kunnen we hier vrijuit praten?'

'Beter buiten dan binnen, zuster. Laten we een wandeling maken in de tuin. Wat is er zo dringend?'

'Monsignore, we hadden afgesproken dat ik u alleen zou contacteren als er mij echt iets opviel of dwarszat. U hebt me in de afgelopen tien jaar niet gehoord, en ik heb ook nu lang geaarzeld om u te bellen. Toch heb ik het gedaan.'

'Een mens kan niet argwanend genoeg zijn,' zei Bonfatto. 'Wat is er aan de hand, zuster?'

'De paus heeft al het personeel vrijaf gegeven voor vanavond en zelfs mij gevraagd om de residentie te verlaten.'

'Is het de eerste keer dat hij zoiets vraagt?'

'Het is nog nooit eerder gebeurd. Ik was benieuwd naar de reden waarom hij ons buiten wilde en ik heb stiekem in zijn agenda's gekeken. Eerst in de officiële agenda, die op het bureau van de secretaris ligt. Daar stond na 19 uur niets meer ingeschreven. Ik moest dus in zijn persoonlijke agenda kijken, wat niet zo eenvoudig is. Als die niet op zijn bureau ligt, heeft de paus hem bij zich in zijn aktetas. Toch ben ik erin geslaagd die agenda in te kijken. Op vanavond 20 uur stond ingeschreven: La Lumaca. Ik kende die naam, want Frank Witters had me lang geleden gevraagd om uit te kijken naar La Lumaca, De Slak. Hij zou het me later allemaal wel uitleggen. Het is er niet van gekomen want twee weken later was hij dood. Frank maakte zich erg ongerust over het feit dat er contacten waren tussen de paus en La Lumaca. Mag ik weten wie dat is?'

'De Slak is de bijnaam van Al Wasfi, de belangrijkste ideoloog van de islamwereld,' zei Bonfatto ietwat ongeduldig. 'Hoe laat is het nu?'

'Twintig over zeven, Monsignore.'

'Weet u in welke kamer de paus en Al Wasfi elkaar ontmoeten?'

'De gele Laurenziokamer.'

De Laurenziokamer! Dat kon niet beter. Deze kamer, genoemd naar de heilige Laurentius van Brindisi, was volledig afluistervrij. Er waren absoluut geen microfoons of andere apparatuur aanwezig. Het feit dat de paus dáár afsprak, was veelbetekenend, vond Bonfatto. In de kamer was er tussen de twee bibliotheekkasten wel een holle nis. Die dateerde nog van de jaren zestienhonderd, toen Clemens VI paus was. Slechts enkelen waren op de hoogte van het bestaan van die geheime ruimte.

Bonfatto trok het nonnetje bij de arm.

'Zuster, we hebben geen tijd te verliezen.'

Sabina en Bonfatto liepen via een onooglijke zijingang het Paleis van Sixtus v binnen, de residentie van de paus. Ze kwamen ongezien in een salonnetje en slopen van daaruit een trap op. Naast de gele Laurenziokamer gingen ze een deur binnen die toegang gaf tot een met smaak ingericht klein vertrek. Bonfatto liep naar een paneel waarop een pastoraal tafereel was geschilderd. Hij drukte op de hoed van een schaapherder. Het paneel schoof opzij en gaf toegang tot een nis van één bij anderhalve meter. De houten vloer in die kleine ruimte lag bijna een meter hoger dan de vloer van de Laurenziokamer. Boven in de wand waren enkele gaatjes geboord, zodat je kon zien en horen wat zich in de Laurenziokamer afspeelde.

'Draagt u iets onder uw habijt, zuster?' vroeg Bonfatto opeens.

'Een onderkleed,' antwoordde zuster Sabina verrast.

'Goed, trek dan uw habijt uit, want het gaat hierbinnen warm worden. En doe ook uw schoenen uit want ze kraken verschrikkelijk.'

Zuster Sabina protesteerde niet.

Om acht uur precies stapte de paus de Laurenziokamer binnen, gevolgd door Al Wasfi. De Slak stak in een tweedelig pak. Tot Bonfatto's verbazing ging de deur niet dicht. Er volgde nog een vijftal mannen. Bonfatto herkende kardinaal De Carlise en de bisschoppen Tradato en Magli. En verder: Ali Gomaa, de Egyptische grootmoefti en Shimal Faez, de enige die een witte pij droeg.

De mannen namen plaats in de gele fauteuils. De voertaal

in het gezelschap was Engels, en de gesprekken gingen over triviale onderwerpen. De toon van de conversatie was zo ongedwongen dat het niet anders kon of deze mannen hadden elkaar eerder ontmoet.

Bonfatto stelde verwonderd vast dat paus Romanus af en toe Arabisch sprak. Hij tikte op de schouder van zuster Sabina, trok aan zijn oor en wees naar de andere kamer om te vragen: volg wat ze zeggen. Sabina knikte. Het was moeilijk om te begrijpen wat er verteld werd, omdat er drie conversaties tegelijk bezig waren. Bonfatto merkte dat telkens wanneer de Inca zijn stem ietwat verhief, enkele mannen hun gesprek staakten om aan te sluiten bij de grote groep. Uiteindelijk had de paus de aandacht van iedereen.

'Monseigneur Tradato zegt het hier net: de kwestie van de Turkse toetreding tot de Europese Unie staat weer eens op scherp. Hij vraagt zich met recht af hoe we moeten reageren op de nieuwste ontwikkelingen. Als het Vaticaan zich keert tegen zo'n toetreding, jagen we de Turken tegen ons in het harnas. Als we een christelijk pleidooi houden vóór de Turkse toetreding, zullen veel Europeanen woedend reageren.'

'Het dilemma lost zich waarschijnlijk vanzelf op,' zei Al Wasfi. 'Wij horen dat in Turkije een groeiende wil aanwezig is om zich méér te identificeren met de islam. Twee jaar geleden was nog ruim 73 procent van de Turken voorstander van toetreding tot de EU. Dat aantal is ondertussen gedaald tot onder de vijftig procent. Steeds meer Turken vinden dat ze moeten kiezen tussen de islam en het Westen. De balans begint daarbij naar de islam over te hellen.'

'Dan zijn uiteindelijk alleen de Amerikanen nog voorstander van een toetreding,' zei monseigneur Magli.

'Ook vele Europese politici willen Turkije losweken uit het Midden-Oosten,' zei kardinaal De Carlise.

'Ze vergeten dat Turkije gewoon geen Europees land is. Net zoals Israël geen Europees land is,' zei Ali Gooma, een kleine donkere man met ongeschoren bakkebaarden.

'Toch zal een Europese weigering worden ervaren als een affront,' zei Al Wasfi. 'Met alle gevolgen van dien.'

'*Mumkin nashrab qahwa hunaa?*' vroeg een van de Arabieren. 'Kunnen we hier een koffie drinken?'

De paus beantwoordde de vraag om koffie in perfect Arabisch. Bonfatto keek naar zuster Sabina. Zij knikte dat ze het doorhad. De paus zelf schonk de mokkakopjes in.

'Hoe staat het met het Ibrahim-Comité?' vroeg Al Wasfi nadat hij van koffie had genipt.

Het verbaasde Bonfatto dat Al Wasfi überhaupt wist van het bestaan van het comité. En het verbaasde hem nog meer dat de paus helemaal niet uit zijn lood was geslagen en rustig antwoordde.

'De tweede sessie vergaderingen in het Duitse Siegburg is net afgelopen. Ze zijn een stuk dichter bij elkaar gekomen. Er wordt nu uitgekeken naar een derde en laatste onderhandelingsronde.'

'En als de christelijke kerken zijn eengemaakt, zal men aan een toenadering richting islam beginnen,' zei Al Wasfi. 'De schrik voor de islam zit er diep in omdat ons aantal spectaculair groeit.'

'Hoe doen jullie dat?' lachte Magli.

'Mohammed is zeshonderd jaar na Christus gekomen,' zei Al Wasfi. 'En al wat nieuw is, is beter. Denk aan de tv-spots voor nieuwe tandpasta's of waspoeders: nieuw is altijd beter. *Islam is the new thing*. Het christendom in een oude godsdienst. Jullie kerken zijn musea geworden.'

Shimal Faez nam voor het eerst het woord. 'Beste vrienden, de vraag is niet: wie is ware, Jahweh of Allah? De vraag is: zal er in de toekomst nog een God zijn? De grootste belemmering voor een toenadering tussen islam en christendom is dat de christenen Jezus beschouwen als de Zoon van God, terwijl de moslims Mohammed zien als een profeet. Een heilige, dat wel, maar geen God. Daarom pleit ik er al langer voor om een religieuze filosofie te ontwikkelen rond de figuur van aartsengel Gabriël en daarbij christelijke en islamitische beginselen te mengen.'

'Hoe dan ook: in uw gedachtegang moeten de christenen de goddelijke natuur van Jezus laten vallen voor een echte toenadering,' stelde monseigneur Magli.

'Dat is niet zo uitzonderlijk,' zei Shimal Faez. 'In de eerste eeuwen van het christendom waren er veel christenen die niet geloofden in de goddelijke natuur van Jezus. Ze zagen hem louter als een rabbi, een leermeester, hoogstens een profeet.'

Een ongeduldige Al Wasfi nam het woord over.

'Jorge, als ze echt met ons willen spreken, zullen de christenen inderdaad moeten verzaken aan de goddelijke natuur van Jezus en hem als een profeet moeten beschouwen, net zoals wij met Mohammed doen.'

'De figuur van Jezus Christus moet daarom geleidelijk verzwakt worden,' zei Shimal Faez.

'Daar werk ik aan,' zei de paus doodernstig.

Geen van de aanwezige kardinalen en bisschoppen sprak hem tegen. Bonfatto tuimelde bijna van zijn trapje toen hij het hoorde.

Pas een vol uur nadat het gezelschap de Laurenziokamer had verlaten, durfden zuster Sabina en monsignore Bonfatto uit hun afluisterhok te komen. Zuster Sabina rilde in haar onderkleed en dat was niet van de kou. Bonfatto wreef zijn handen. Was het waar wat hij had gehoord? Dat de paus aan enkele islamtheologen beloofde dat hij de goddelijkheid van Jezus, de basis van alle christelijke religies, zou willen herzien?

'Denkt u wat ik denk?' fluisterde Bonfatto.

'Ik kan het niet geloven,' zei Sabina terwijl ze haar habijt aantrok. 'Ik was trouwens ook verbaasd over zijn kennis van het Arabisch.'

'Wat zei hij tussendoor?' wilde Bonfatto weten.

'Het waren meestal denigrerende opmerkingen over de bisschoppen die in de kamer aanwezig waren. Toen monseigneur Lampronti tussenbeide wilde komen, zei de paus tot zijn moslimvrienden dat ze geen aandacht hoefden te schenken aan die ouwe zwetser. Op een ander ogenblik maakt hij een grapje over Jezus die van zijn kruis zou vallen als hij het zou weten.'

'Wat zou weten?'

'Dat heeft hij niet gezegd. Gewoon: als hij het zou weten.'

'En dan te bedenken dat ik volledig achter de verkiezing van de Inca tot paus stond.'

'Zijn z'n antecedenten dan niet nagetrokken voor het conclaaf begon?' vroeg Sabina.

'Natuurlijk wel,' zei Bonfatto. 'De Vaticaanse inlichtingendienst heeft van elke kardinaal een nauwkeurig dossier opgesteld. Zelfs van de tachtigplussers, die normaal geen kans maken.'

Met hun tweetjes zakten ze in stilte af tot in de kelderkeuken. Ze bleven zitten aan een hoek van een grote houten werktafel.

'Jorge. Zo noemde Al Wasfi de paus. Jorge. Alsof ze oude kameraden waren.'

Zuster Sabina stond op en trok de deur van de koelkast

open. 'Wilt u iets drinken? Limonade? Witte wijn? Een glas melk?'

Voor Bonfatto kon antwoorden, zwaaide de keukendeur open en kwam de Inca binnen.

'Voor mij graag een groot glas chocolademelk!' zei hij met luide stem.

31

Harry liep door de straat waar hij als kind had gewoond. Zijn ouderlijk huis was nu een Turks restaurant. Waar vroeger de schoenmaker was gevestigd, was een Turks koffiehuis en het café van de Rus op de hoek was een Turkse groente- en fruitzaak. De Sint-Amanduskerk torende boven de wijk uit. De weinige gelovigen die 's zondags naar de mis gingen waren Turkse christenen. Via de Dambruggestraat kwam hij op het Koningin Astridplein. Hij liep door het Centraal Station de Pelikaanstraat en de diamantwijk van Antwerpen in. Hij had telefoon gekregen van Pierre Doeselaar van de RBC United Bank met de mededeling dat zijn kluis zou worden gerepareerd en of hij daarom de kluis kon komen leegmaken of minstens de inhoud overbrengen naar een andere safe. Harry had hem geantwoord dat hij een nieuwe kluis wilde.

Doeselaar wachtte hem op. Hij zette een deurtje open, opende een nieuwe kluis en trok zich dan discreet terug. 'Belt u als u klaar bent,' zei hij.

In de zaal klonk een zacht muziekje, iets van Albinoni of Vivaldi, dat past altijd bij luxe en geld. Harry opende kluis 8071 met code VKS022. Tot zijn verbazing lagen de honderddollarbiljetten er niet meer in. Wel zag hij drie grote bruine enveloppen, bijeengehouden door een elastiek. Bovenop lag een witte enveloppe met zijn naam op. Hij viste het briefje eruit. Het was het briefje van zijn vader, alleen had iemand er in potlood iets bijgeschreven: *Ne vous plaignez pas de l'argent manquant* – klaag niet over het geld dat ontbreekt. En verder: *Attention aux caméras. Ne faites pas confiance á la banque.*

In de kluizenzaal hingen twee camera's. Waarschijnlijk zat Doeselaar zelf achter de monitor. Harry duwde op de bel. Hij rekende erop dat assistant-manager Doeselaar zijn monitor in de steek liet en naar beneden kwam. In die halve minuut stopte hij de grote bruine enveloppen in zijn aktetas. Toen Doeselaar binnenkwam, deed Harry ostentatief het deurtje van zijn nieuwe kluis dicht zodat het leek alsof hij de inhoud van de oude kluis had verhuisd naar de nieuwe.

'Ik hoop dat alles naar wens is verlopen,' slijmde Doeselaar. Harry voelde hoe de man toch nog loenste naar zijn aktetas.

Nadat hij de nodige papieren had getekend, verliet Harry de bank.

Wat later belde Harry het nummer van Arlette. Hij kreeg geen antwoord. Hij probeerde 's avonds nog twee keer. Ze nam niet op. Ze is nog altijd kwaad op me, dacht Harry.

De drie monseigneurs van Il Gruppo zaten aan de ene kant van een eiken kloostertafel. Harry viel met de deur in huis. 'Weten jullie nu al wie mijn vader heeft vermoord?'

'We volgen diverse sporen,' zei Brozek. 'Voorlopig ondernemen we niets, omdat we eerst het motief willen achterhalen. Waarom moest Frank het zwijgen worden opgelegd? Wat wist Frank? En van wie? We weten dat het voor u heel moeilijk ligt, maar toch willen we u met aandrang vragen om zelf niets te doen. U moet ons vertrouwen.'

'Dat zei mijn vader ook. Dat ik u moest vertrouwen. Maar, eerlijk gezegd, het duurt wel lang voor jullie er werk van maken.'

'Neem het ons niet kwalijk, tot eergisteren leidden we in Siegburg een sessie gesprekken onder vertegenwoordigers van meer dan veertig religies.'

'Heeft het wat opgeleverd?' vroeg Harry.

'Zoals altijd: minder dan gehoopt en meer dan gevreesd.'

'Weten jullie trouwens dat mijn vader de religie genegen was? Hij zou zich aangetrokken hebben gevoeld tot het Gabriëlisme.'

'Die theorie der engelen van Shimal Faez? Wie vertelde u dat?' vroeg Malkowski.

'Ik heb het van Sandra, zijn vrouw.'

'Het tegendeel is waar. Frank zag met lede ogen hoe zijn vrouw in de ban geraakte van Faez. Aanvankelijk stond ook hij open voor die nieuwe wereldreligie rond de engel Gabriël. Tot hij zich verdiepte in de figuur van Faez en zijn Assyrische Kerk.'

'Wat heeft die Assyrische Kerk met Syrië te maken?'

'Niets. Het hoofdkwartier is gevestigd in Chicago,' zei Brozek.

'Hoe kan dat?'

'Tijdens de Eerste Wereldoorlog collaboreerden de Assyrische christenen met de Engelsen, in de hoop nadien een onafhankelijk Assyrisch thuisland te krijgen. Toen de Britten zich in 1935 terugtrokken uit het Midden-Oosten, slepen de moslimburen de messen om de rekening te vereffenen met de Assyrische collaborateurs. Die vonden het wijzer om te verkassen naar de Verenigde Staten. Daar leven nu zo'n driehonderdduizend gelovigen. In Bagdad wonen er nog vijftigduizend. Ook in Canada wonen er enkele tienduizenden, en daar heeft Sandra Faez leren kennen. Zij was onder de indruk van zijn boodschap en probeerde op haar beurt Frank te overtuigen. Frank reageerde als een journalist en achterhaalde dat Faez helemaal geen Merlijn de Tovenaar is, maar een bizarre sekteleider.'

'Hoe nam Sandra dat op?'

'Zij was helemaal in de ban van Faez en kon niet begrijpen dat haar man zo'n negatieve, zelfs cynische houding aannam. De relatie tussen Frank en Sandra verkilde want zij bleef vierkant achter Faez staan. Zij kreeg in de gabriëlistische beweging ook meer verantwoordelijkheid.'

'Sandra zei me dat vader van plan was om zijn talent in te zetten voor de filosofie van Faez.'

'Dat lijkt me sterk,' zei Brozek. 'Het klopt wel dat Frank die ruzies vermeed. Het kwam steeds vaker voor dat Sandra in Vancouver verbleef en Frank in hun huis in Naramata.'

Harry voelde zich overrompeld door de nieuwe informatie. Even keken de vier mannen elkaar aan zonder dat er een woord werd gezegd. Toen nam Harry zijn aktetas.

Harry vertelde hoe verdacht de bankmanager zich had gedragen toen hij de kluis leegmaakte.

'Pierre Doeselaar handelde in opdracht van zijn directeur André Leroy. Die is lid van Flectamus Genua. Voor zover wij weten gaat het om een geheime katholieke strijdorganisatie die vierkant achter Bonfatto en zijn Christus Koningfilosofie staat. Ze wil zeker niet dat Bonfatto's reputatie beschadigd wordt.'

'Moeten we ons zorgen maken nu Flectamus Genua zich ermee bemoeit?'

'Absoluut niet,' zei Brozek. 'Flectamus Genua stelt volgens onze schatting nog minder voor dan Opus Dei, en dat telt in België amper tweehonderd leden.'

Harry Witters had in de voorbije dagen de inhoud van de kluis bestudeerd en nu spreidde hij alle papieren, agenda's en videobanden uit op de tafel.

Brozek bukte zich onder tafel en kwam weer boven met een doos met daarin bundels honderddollarbiljetten. 'Ik denk dat dit van u is, mijnheer Witters.'

'Het geld van mijn vader. Hoe komt u daaraan?' vroeg Harry.

'We moesten het wel uit uw kluis halen, anders was er geen plaats meer voor die documenten.'

'Waarom hebben jullie dat gedaan?'

'We wilden dat deze bewijzen in uw handen kwamen,' zei Brozek. 'Onze bedoeling was dat u zou denken dat die bewijsstukken een soort erfenis van uw vader zijn. Onze eerste poging om uw kluis te kraken mislukte. We hadden een meesterinbreker ingehuurd. In plaats van meteen uw kluis te openen, begon hij met de kluizen waarin diamanten werden bewaard. Toen zijn hebzucht was voldaan, wilde hij uw kluis aanpakken maar toen ging het alarm af. Pas bij de tweede poging, vorige week, slaagde onze man erin het bewijsmateriaal in uw kluis te stoppen. Het was zo omvangrijk dat we het geld tijdelijk moesten verwijderen.'

'Wat een knoeiboel.'

"Wij zijn theologen, geen geheimagenten. We wisten toen nog niet dat u een onderhoud met ons zou vragen. Enfin, belangrijker is wat hier op tafel ligt. Zoals u ongetwijfeld al weet, gaat dit allemaal over Alessandro Bonfatto.'

Malkowski nam over. 'Bonfatto is officieel tweede in rang van de Vaticaanse inlichtingendienst. Hij moet verantwoording afleggen tegenover monseigneur M. In werkelijkheid speelt Bonfatto cavalier seul en legt niemand in het Vaticaan hem iets in de weg. Zijn budget is haast onbeperkt. Hij staat op de loonlijst van de Prefectuur voor Economische Aangelegenheden en van de Heilige Stoel en hij int werkingskosten van de Pontificia Accademia Ecclesiastica, de pauselijke diplomatenschool.'

Brozek schoof een stapeltje papieren van links naar rechts. Harry vermoedde dat dit de bewijzen waren van de ondoorzichtige financiering van de Vaticaanse geheime dienst.

'Bonfatto komt vaak naar Brussel. Waarom doet hij dat?'

Brozek zocht een enveloppe en een videoband en legde die op tafel.

'Bonfatto controleert twee bordelen: *L'Entresol* in Brussel en *Il Pilastro* in Rome. In Brussel mikt hij op een clientèle van europolitici, journalisten en lobbyisten. Zijn enige drijfveer is chantage. In Rome probeert hij af en toe een hogere geestelijke in zijn web te vangen. Niet de oude kardinalen natuurlijk, maar wel hun attachés, adviseurs, kanunniken en heel af en toe een vicaris-generaal. Weet jij dat hij tijdens de conclaven kardinalen chanteert zodat ze hun stem uitbrengen op zijn pauskandidaat? Nog vóór de paus oud of ziek is, begint Bonfatto aan de voorbereiding van het volgende conclaaf. Op subtiele wijze legt hij contacten. De verkiezing van de huidige paus, Romanus II, was bijna geheel het werk van Bonfatto. De man is zo bezeten door zijn missie dat hij niet de minste scrupules heeft. Voor zijn hogere doel moet alles wijken.'

'En nu zitten jullie met het geval-Bonfatto?'

'Bonfatto wil ons kwijt, dat is duidelijk.'

'Waarom? Neemt u mij niet kwalijk, ik zie voor mij drie heren op leeftijd. Hoe kunnen die in 's hemelsnaam Bonfatto nog dwarsbomen?'

'Oud maar niet versleten,' lachte Grünman. 'Bonfatto is tegen het Ibrahim-Comité omdat hij blijft geloven in de triomf van de enige ware Kerk. Als het van hem afhing, was dit project al lang opgedoekt.'

'En daarvoor heeft hij u ingehuurd,' zei Radoslaw Malkowski.

'De zoon van Frank Witters zet het werk van zijn vader voort en onthult hoe de katholieke Kerk alle principes overboord gooit om vooral de protestanten ter wille te zijn.'

'Wat verwacht u nu van mij?'

'Wij verwachten niets,' zei Alexis Brozek. 'Wij vragen u alleen om met ons samen te werken. Tenminste, als u gelooft in de heiligheid van ons doel.'

'Ik moet u eerlijk bekennen dat ik niet wakker lig van zo'n Grote Verzoening. Al zie ik wel het nobele van jullie streven.'

'Helaas is er weinig nobels aan het eerste project dat we samen met u willen opzetten.'

'Wat bedoelt u?'

Brozek wees naar de drie stapeltjes documenten op de tafel. 'Bonfatto kraken,' zei hij.

32

Harry had de documenten van Il Gruppo bestudeerd en er een vlammende reportage uit gepuurd. Hierin legde hij de werking van de Vaticaanse inlichtingendienst bloot en had hij het over de twee bordelen die Bonfatto beheerde, champagnerekeningen, de jachten die je kon huren met of zonder matroosjes, de steekpenningen... Kortom, Harry nagelde monseigneur Bonfatto en zijn dienst aan de kerkmuur zoals Luther dat in 1563 deed met de aflaten. Hij was met de reeks artikelen naar Van Horen getrokken. Tijdens het lezen stak die de ene sigaar met de andere aan. Toen hij de prints op zijn bureau legde, was de kamer in nevelen gehuld.

'Straf spul,' zei hij. 'Echt waar: dit is sterke kost.'

Harry hoorde de aarzeling. 'Maar wat, Lou?'

'Ik wil je een voorstel doen.'

'Waarschijnlijk het voorstel om deze reportage niet te publiceren?'

'Harry, laat me uitspreken. Ik weet dat je het er moeilijk mee hebt.'

'Nee, luister jij, Lou. Als je problemen hebt met de publicatie, ga ik toch gewoon naar een ander persbureau! Ik had niet naar hier moeten komen. Ik was vergeten dat jij en Bonfatto voor hetzelfde Ufficio Vaticano werken.'

Van Horen zuchtte diep. Hij masseerde met de toppen van zijn linkerhand zijn voorhoofd als wilde hij eigenhandig zijn hersenen in gang zetten om op de juiste woorden te komen.

'Harry, dit is een sterk verhaal en ik weet dat je journalistenhart bloedt. Toch wil ik je met aandrang vragen om het nog niet te publiceren.'

'Noem één goeie reden, Lou.'

'Er komt een verhaal aan dat vele keren groter en sterker is dan dit. Een onthulling die de wereld op zijn kop zet. Bonfatto wil jouw hulp om dat verhaal naar buiten te brengen.'

'Zodat hij intussen ongehinderd wegkomt met zijn handeltje?'

'O Harry, Harry, de onthulling is zo verpletterend dat in vergelijking daarmee het verhaal van de bordelen en de escortemeisjes niets, helemaal niéts betekent. Ik doe je een voorstel. Bonfatto vraagt om jou zo spoedig mogelijk te spreken. In Rome. Ik regel je tickets en zorg dat je morgen kunt vertrekken. Luister wat Alessandro te zeggen heeft. Als het je niet bevalt, heb je dit verhaal nog altijd achter de hand.'

✯

Harry liep de doodlopende Via della Dea Opi in. Hij keek op zijn papiertje, ging een deur binnen en nam de trap naar de tweede verdieping. Het stonk er naar zieke katten. Bij appartement 203 hielt hij halt. Hij klopte op de deur en wachtte.

Eindelijk ging de deur van appartement 203 open. Harry schrok. Van de zelfverzekerde monseigneur schoot niets over. Bonfatto was vermagerd. Zijn huid had de kleur van varkensreuzel en zijn ogen stonden koortsig. Hij trok Harry naar binnen.

De flat was al even groezelig als Bonfatto zelf. Harry ging zitten op een van de twee stoelen. Hij wilde wat zeggen om het gesprek op gang te brengen, maar Bonfatto sneed hem met een handgebaar het woord af. Een verschrikkelijke hoest welde op uit de ruïnes van zijn longen. Met moeite sleurde Bonfatto de slijmen omhoog om ze daarna in de wasbak te spuwen. Hij zette even de kraan open om het kwakje door te spoelen.

'Wat mankeert u? Bent u ziek? Gewond?'

'Ze hebben me te pakken, Harry.'

'Wie heeft u te pakken?'

Harry wachtte tot Bonfatto was uitgehoest.

'Ik dicteer. Jij schrijft op. Akkoord?'

'Heb ik een keuze?'

Bonfatto begon te vertellen over de avond toen hij en zuster Sabina de paus afluisterden.

'Twee dingen vielen mij op. Ten eerste sprak de paus vloeiend Arabisch, wat in geen enkel dossier over hem vermeld stond. En ik wil je verzekeren dat de dossiers die wij aanleggen, heel accuraat zijn. Zelfs het label in je pyjamabroek wordt erin genoteerd.'

'Bij wijze van spreken, bedoelt u.'

'Nee, ik bedoel dat letterlijk. Het tweede wat me opviel, was het gemak waarmee de Inca de ayatollahs beloofde om wat te doen aan de goddelijke status van Jezus Christus. 's Anderendaags ben ik in het personenarchief van het Ufficio gedoken om het dossier van de paus op te halen. Buiten mezelf zijn er slechts drie collega's die het zonder autorisatie kunnen inkijken. Er stond niets verontrustends in, en dat was juist... verontrustend. Bij de vorige pausen vond je altijd wel een pittig detail of een vervelend geheimpje. Van Johannes Paulus bijvoorbeeld wisten we dat hij in Polen een vriendinnetje had voor hij tot priester werd gewijd, dat hij later zijn twijfels had over zijn roeping en dat hij een netwerk van agenten beheerde. Het dossier van de Inca daarentegen was clean. Zo clean dat het verdacht werd. Met mijn ervaring voelde ik dat veel van de informatie over zijn afkomst, zijn jeugdjaren, zijn onderwijs en opleiding gefabriceerd was. Diep onder mijn schedelpan rinkelde een alarmbelletje. Waarom in godsnaam hadden we dat niet vroeger gezien? Ik zocht de namen van de samenstellers van het dossier. Die waren niet te vinden. Ik keek naar handtekeningen van de drie critici, de afdelingschefs die het rapport moeten beoordelen. Twee van hen waren overleden, de derde handtekening was onleesbaar. Ik nam contact op met monseigneur Juan Luis Capriani, de kardinaal van Lima, met andere bisschoppen in Peru, met de aartsbisschop van Buenos Aires en met de Colombiaanse kardinaal Dario Castrillon Hoyos. Ze wisten niet meer te vertellen dan wat er in het dossier stond. Clean. Schoon. Opgepoetst. Ik besliste zelf naar Peru te reizen, incognito, onder een andere naam en met een vals paspoort. Zowel de paus als mijn collega's dachten dat ik twee weken vakantie opnam. Slechts één persoon wist van mijn plannen: Gaston Solorzano, onze agent in Lima. Ik wist niet in hoeverre ik staat op hem kon maken. Was hij vooral het Ufficio genegen, of veeleer zijn paus én landgenoot? Ik besliste het risico te lopen en hem in vertrouwen te nemen.'

☆

De dag na zijn aankomst vroeg Bonfatto Gaston om de stad uit te rijden. Op een afgelegen plek stapten ze uit. Bonfatto speelde open kaart en zei dat hij zijn twijfels had over het dossier van de Inca. Hij dacht dat Gaston woedend zou worden. Tot zijn verbazing pakte hij Bonfatto's hand vast, de tranen stonden hem in de ogen. 'Alessandro, ik sleep die twijfels al jaren mee. Ik ben trots dat iemand van mijn land paus is geworden. Maar toen hij nog kardinaal was en daarvoor al, toen hij bisschop was, knaagde bij mij die onzekerheid. Hij was vlot, beminnelijk, charmant, intelligent, wat je maar wilt, en toch had ik bij hem altijd het gevoel dat er iets niet klopte. Ik heb zijn dossier wel tien keer grondig gelezen, ieder detail discreet nagetrokken, talloze mensen ondervraagd. Net als jij, heb ik nooit een fout ontdekt. Niet één. En wat ik ook altijd zo verdacht heb gevonden, is dat haast geen van de getuigen uit zijn jonge jaren nog in leven is. Zijn moeder en vader, zijn zus en zijn jongere broer, de buren, zijn trouwste vrienden, de leraars die hem het best hebben gekend: allemaal dood.'

'Waarom heb je daar nooit een rapport over gemaakt voor het Ufficio?' vroeg Bonfatto.

'Rome is hier ver vandaan. Toen de Inca bisschop was, vond ik het niet zo nodig. Ook niet toen hij kardinaal werd. Temeer omdat hij erg populair was, een man die vurig tegendraadse meningen verkondigde. Ik betrapte hem ook nooit op een leugen. Integendeel, juist het feit dat alles zo correct toeging, zette me aan het piekeren.'

'Wat doen we nu?'

'Ik ken iemand die heeft gestudeerd aan dezelfde middelbare school in Lima als de Inca. Hij zat wel twee klassen hoger, maar hij kende de familie Cuzquén goed want zijn moeder deed de was voor hen.'

Victor Hawie was belastingconsulent en verzekeringsmakelaar in Lima. Hij had zijn kantoor op de zesde verdieping van een gebouw op de Avenida Abancay. Hawie ontving Bonfatto en Solorzana hartelijk, ook al hadden ze geen afspraak gemaakt. Zijn handen waren nat van het zweet. Bonfatto dacht eerst dat het angstzweet was. De man bleek evenwel bijzonder spraakzaam.

'Vriend is een groot woord,' zei Hawie. 'Ik kende de familie Cuzquén vooral omdat ik als jongeman stapelverliefd was op Clara, de dochter. Een goddelijk mooi meisje. Misschien daarom dat Onze-Lieve-Heer haar zo snel terugriep. Zij stierf enkele dagen voor haar zesentwintigste verjaardag.

'Haar jongere broer is ook overleden,' zei Gaston.

'Twee jaar na de dood van Clara heeft Francisco zich opgehangen. Na het overlijden van zijn zus was hij in een diepe depressie verzeild. Korte tijd na zijn zelfmoord stierf hun moeder aan een gebroken hart.'

'En hun vader?' vroeg Gaston.

'Die was zogezegd een jaar na de dood van Clara omgekomen in een vliegtuigongeluk.'

'Zogezegd?'

'Volgens de dorpsroddel had hij zijn gezin in de steek gelaten en woonde hij ergens in Venezuela. Het moet gezegd dat daar nooit enig bewijs van is geleverd.'

'Waren de Cuzquéns echt zo rijk als wordt beweerd?' vroeg Bonfatto.

'Steenrijk. Vader Cuzquén had een florerende import- en exportzaak. Ze woonden in een villa met twee verdiepingen en zeven slaapkamers, en ze hadden een tuinman, een privéleraar en minstens twee inwonende meiden. Eén van die meiden is trouwens de enige van het personeel die nog in leven is. Marie-Celeste heet ze, en ze woont in Trujillo. Ik heb horen zeggen dat ze er een kamer heeft in de parador Santa Clara en dat ze er mag blijven wonen tot haar overlijden. Op kosten van de familie Cuzquén.'

De volgende dag reisden Bonfatto en Solorzano met de trein naar Trujillo in het noorden van Peru. Een taxi bracht hen van het station naar de parador Santa Clara in de Calle de la Huerta de la Blanca. De parador is ondergebracht in twee voormalige kloosters waarvan een in renaissancestijl met veel bogen en pilaren. Ze namen ieder een kamer. Bonfatto had amper oog voor het fraaie interieur. Liefst van al had hij die oude meid meteen ondervraagd. Maar Gaston bleef nuchter en stelde voor even de kat uit de boom te kijken.

De dag daarop hielden ze zich gedeisd. Ze gedroegen zich als toeristen en probeerden wat inlichtingen in te winnen zonder argwaan te wekken. Het enige wat ze vernamen, was dat de doña haar kamer op de tweede verdieping nooit verliet. Het balkon was de verste plaats was ze nog kwam. Van een kamermeid met een aandoenlijk boerinnensnoetje hoorden ze dat

Marie-Celeste een autoritaire dame was die de mensen schrik aanjoeg. 'Het enige wat zij kan is kijven,' zei het meisje. 'Wat we doen is nooit goed. Ofwel zijn we te vroeg, ofwel te laat. De lakens zijn niet gevouwen naar haar wens, of zij heeft nog een pluisje gevonden. Af en toe mept ze naar ons met haar wandelstok. Dat doet pijn, want dat ouwe scharminkel is nog heel sterk. Gelukkig voor ons doen haar benen het niet meer. Anders zat ze nog achter ons aan ook! Ze houdt meer van haar kat dan van mensen. Haar lievelingetje krijgt tweemaal per dag een schoteltje met verse brokjes. De ene dag is dat witvis, de andere dag lam. Zo'n lekker eten voor zo'n rotbeest!'

Solorzano en Bonfatto beslisten hun tijd niet te verdoen met nog meer omtrekkende bewegingen. Dezelfde avond stapten ze gewoon bij Marie-Celeste naar binnen. De oude tante reikte zo snel ze kon naar de alarmknop, maar Gaston greep haar bij de arm. De kat sprong verschrikt van het bed. Bonfatto pakte het beest bij zijn nekvel, trok zijn gezicht in een ijzige plooi die hij voor afpersing en dreiging reserveerde en keek op zijn horloge.

'Het is kwart over acht, Marie-Celeste. Om halfnegen gaan we naar buiten. Ofwel ligt poessie-poessie dan gezond en wel op je bed, wat betekent dat je ons hebt geholpen. Ofwel ligt hij beneden op de stoep omdat je ons níét hebt geholpen.'

Marie-Celeste kreunde.

'Hoe heet deze rosse tijger trouwens?' vroeg Bonfatto terwijl hij het beest tegen het licht hield.

'Ludo,' piepte de oude vrouw.

'Ludo. Een mooie naam voor op zijn grafje, hier rust Ludo in de zon, na een spijtige val van het balkon.'

'Zo'n kat komt toch op zijn poten terecht,' zei Gaston.

'Willen we het eens proberen?' vroeg Bonfatto.

'Alsjeblieft, niet doen,' zei de vrouw met trillende lip. 'In de kast ligt mijn geld. Neem wat je wilt, maar laat Ludo lopen.'

'Marie-Celeste, wij zijn niet op je geld uit,' zei Gaston. 'Wij zijn alleen geïnteresseerd in de jaren dat je voor de familie Cuzquén hebt gewerkt. Waarom bijvoorbeeld, mag je tot het eind van je dagen in dit prachtige hotel verblijven?'

'Uit erkentelijkheid. Ik heb destijds hard gewerkt voor de familie. Zeg gerust: dag en nacht.'

'Ik hou niet van smoesjes. Een laatste keer, Marie-Celeste: waarom werd jij zo rijkelijk beloond?'

De vrouw zag hoe Bonfatto zich langzaam met Ludo in de richting van het balkon begaf. Ze zweeg. Bonfatto stapte het balkon op. Marie-Celestes ogen vernauwden zich. Bonfatto hield de kater voorbij de balustrade.

'Ik... ik wist wie de vader van de Inca was.'

'Dat weten wij ook,' zei Bonfatto. 'Volgens de burgerlijke stand is dat Manuel Cuzquén, zakenman uit Lima.'

'Zo heette hij niet echt. Zijn ware naam is Yassir Saldah. En zakenman? Ja, maar niet uit Lima, wel uit Beiroet.'

'Libanon?', vroeg Gaston.

'Waar anders? Beiroet ligt toch in Libanon?'

'Het ene gerucht zegt dat hij is omgekomen in een vliegtuigongeluk, het andere zegt dat hij renteniert in Venezuela.'

'Onzin. Mijnheer Cuzquén, of Saldah als u wilt, woont weer in Libanon. Meer weet ik echt niet, geloof me.'

'Alle andere personeelsleden zijn niet meer in leven. Hoe komt het dat ze u niet hebben vermoord?'

'Ik ben dan misschien maar een meid, ik ben niet dom. Ik heb de familie duidelijk laten verstaan dat ik een testament bij enkele notarissen heb neergelegd.'

'Een laatste vraag: ken jij nog mensen die in de villa van de familie Cuzquén verbleven?' vroeg Bonfatto.

'Alleen de twee Saracenen moeten nog leven. Zo noemden we hen achter hun rug omdat ze er zo Arabisch uitzagen. De ene is Tony Marini. Hij woonde twaalf jaar in de villa als een soort van lijfknecht. Hij reed Jorge naar school, naar de schermclub en de muziekacademie, ruimde zijn kamer op, zorgde voor zijn kleren en gaf hem onderricht in Frans en Italiaans. Tony stond 24 uur per dag klaar voor zijn pupil. We noemden hem ook wel eens het Slaafje. Ik geloof dat hij in Lima woont. De tweede was een leraar die Jorge Arabisch en Perzisch leerde. Waarom dat moest, heb ik nooit begrepen. Tot ik erachter kwam dat mijnheer Cuzquén een Libanees was.'

'Weet je waar die leraar Arabisch nu woont?'

'Nee. Het is ook al zo lang geleden. Toen Jorge priester werd gewijd en een aanstelling kreeg in Lima, heeft de leraar de villa verlaten.'

'Ken je zijn naam?'

'In de villa werd hij mijnheer Fazzo genoemd. Maar hij heette Faez. Shimal Faez. Krijg ik nu mijn kat terug?'

Zodra ze weer in Lima waren, stuurde Gaston zijn mannetjes op pad om zo snel mogelijk Tony Marini te vinden. Er werd afgesproken dat ze in de eerste plaats bij de Italiaanse inwijkelingen en in de kleine Libanese kolonie zouden zoeken. Bonfatto gaf de actie weinig kans op slagen, maar een dag later belde Gaston dat ze Marini hadden gevonden. Het ging doodgemakkelijk omdat Marini zich helemaal niet verborg: zijn naam stond gewoon in het telefoonboek.

'Hij werkt als tutor aan de universiteit van Lima. Hij helpt luie, domme, rijke studenten met hun Frans en Italiaans. Hij woont in een flat in Lima. Achter het Colegio Santa Ursula. Wat stel je voor dat we doen?'

Bonfatto's geduld was ten einde. 'We vallen met vier man binnen en ondervragen hem tot hij *bolito* is. Er is geen tijd om beleefd te zijn.'

☆

Twee uur later vloog met een zachte knal die zelfs de onderburen niet hoorden, de deur van het appartement van Tony Marini uit haar hengsels. De man zat in zijn ondergoed naar een tv-quiz te kijken. Een gebronzeerd oud mannetje met een permanent in zijn haar en een vileine snor. Hij had een driehoekje grijs dons op zijn borst wat er op wees dat hij zijn haar verfde. Marini hoorde de doffe knal en dacht even dat er buiten op straat een ongeval was gebeurd. Toen stond hij oog in oog met vier gemaskerde mannen. Van schrik plaste hij in zijn broek.

Terwijl één man Marini in zijn fauteuil drukte, doorzochten de drie anderen het appartement met een verbazingwekkende grondigheid. Er werd getast en gevoeld tot in de kleinste spleten. Alles wat interessant leek werd op tafel gelegd. En dat was nogal wat: een 9mm-Beretta, vier paspoorten, bijna 12.000 dollar in kleine coupures, een agenda en vier bundels met bankafschriften. Eén van de gemaskerde mannen haalde een schone onderbroek uit een lade en wierp die naar Marini.

'Trek aan,' zei hij.

Marini wees het aanbod af.

'Aantrekken!' herhaalde de ander. 'Ik kan het niet aanzien, een volwassen man met een doorweekte onderbroek.'

Marini boog zich zo onhandig naar voren bij het uittrekken van zijn natte slip dat hij zijn evenwicht verloor. De gemaskerde agent pakte hem bij de schouders.

'Alessandro, kom eens kijken.'

Bonfatto kwam de kamer binnen en zag de schriele Marini hevig rillend voor zich staan.

'Wat is er?'

'Bekijk zijn penis. Hij is besneden!'

De vier Vaticaan-agenten gingen heel methodisch en professioneel te werk. Twee van hen onderzochten de wapens en de documenten. De twee anderen ondervroegen Tony Marini volgens een niet-katholieke methode. Hij was geen partij voor hen. Binnen het uur kwam het team achter de waarheid die Bonfatto en Solorzano tevergeefs in het dossier van de Inca hadden gezocht. Toen alles klaar en duidelijk was, knikte Bonfatto naar een van de agenten, een donkere gedrongen man met borstelige wenkbrauwen. Die haalde een breinaald uit de voering van zijn jasje en dreef die zacht maar vastberaden door het hart van Marini. Het ging zo snel dat de man niets voelde. Pas een week later werd zijn lichaam gevonden.

'En wat was de waarheid die jullie achterhaalden?' vroeg Harry die ademloos had geluisterd.

'Dat het huidige hoofd van de katholieke Kerk, paus Romanus II, de zoon van een moslim is,' zei Bonfatto terwijl hij iedere lettergreep beklemtoonde.

'Dat is niet te geloven!'

'En ik zeg nog meer: de Inca zelf is een half-moslim. Hij kreeg van zijn moeder een katholieke opvoeding en van zijn vader in het geheim een islamitische vorming. Hij spreekt Arabisch en zijn geloofsovertuiging ligt dichter bij Allah dan bij Jahweh. Hij is in feite een volgeling van Shimal Faez en zijn Gabriëlfilosofie. Die dus niet zo kosmisch is als Faez doet uitschijnen, maar heel dicht bij de islam aanleunt.'

'Wie is hiervan op de hoogte?'

'Jij en ik, Dora, Lou Van Horen én je vader.'

'Mijn vader?'

'Frank wist het zelfs als eerste.'

'Dan zou hij dat verhaal toch gepubliceerd hebben?'

Bonfatto liet weer een hoestbui passeren voor hij doorging. 'Frank heeft me in de steek gelaten. Hij heeft Jezus verraden en net zoals Judas deed hij het voor de zilverlingen. Hij rook geld en is begonnen aan een gevaarlijk spel.'

'Chantage?'

'Frank speelde de laatste jaren van zijn leven geen rol van betekenis meer, en hij kreeg moeite om zijn levensstijl in stand te houden. Hij moet een laatste grote slag hebben overwogen en waarschijnlijk heeft hij zijn hand overspeeld.'

'U hebt het nu over de moord op mijn vader, neem ik aan.'

'Frank had zeker nog enkele maanden kunnen leven en dat was voor sommigen een te groot risico.'

'Voor wie?'

'In ieder geval mensen uit de onmiddellijke omgeving van de paus.'

'Il Gruppo houdt er rekening mee dat uw dienst erachter zit. Tenslotte had mijn vader ook een dossier over u in de maak.'

Bonfatto wreef in zijn handen. Deze keer was het niet de tic: hij had het koud door de koorts.

'Ik zweer op het Heilig Hart van Jezus dat wij het niet hebben gedaan.'

'Ik wil u wel geloven, maar dan heb ik getuigen nodig die uw verhaal kunnen bevestigen.'

'Daar is geen tijd voor,' antwoordde Bonfatto. 'Agenten van de paus zitten achter me aan. Moslims. Marie-Celeste is twee dagen na ons bezoek samen met haar kat van het balkon gevallen. In Lima zijn drie notarissen gestikt. Gaston Solorzano is omgekomen toen zijn auto ontplofte. Nu zitten ze achter mij aan. Ze weten niet dat ik jou zou ontmoeten. Maar dat kan snel veranderen. Van Horen zorgt ervoor dat je verhaal in vijftig landen tegelijk wordt gepubliceerd.'

Bonfatto haalde een kleine rugzak uit de enige kast in de flat.

'Hierin vind je documenten, uittreksels, paspoorten, inschrijvingen en vergunningen, ruim voldoende om Romanus aan te pakken.'

'Het Vaticaan zal het hele verhaal weglachen.'

'Dat zal het zeker doen en dan vraag jij via de media dat de paus zich laat onderzoeken door enkele onafhankelijke artsen. Dat zal de Inca nooit toelaten, want hij is besneden.'

Bonfatto was opgestaan en naar het raam gelopen. Hij trok het gordijn twee centimeter opzij. Het straatje was verlaten. Maar achter een vuilniscontainer zag Bonfatto het puntje van een zwarte commandomuts. Hij hield zijn oog gefixeerd op het kleine driehoekje. Dertig seconden lang gebeurde er niets. Toen bewoog de muts even naar rechts en terug, de beweging van iemand die overleg pleegt met een persoon naast hem. Bonfatto wist dat achter die container een getrainde elitesoldaat zat die net een bevel had gekregen. Dat werd bevestigd toen hij op een dak aan de overkant een schaduw voorbij zag snellen.

'Harry, het is zover. Maak dat je wegkomt. Keer zo snel mogelijk terug naar België, maar neem geen vliegtuig of trein. Mijn auto staat op parking P2 van het Vaticaan. Hier zijn de sleutels. De cijfers op de sleutelhanger zijn die van mijn nummerplaat. Het is een Fiat. Agenten van de Vaticaanse geheime dienst zullen je beschermen. Maak je dus niet meteen zorgen als je merkt dat een auto je volgt.'

Bonfatto duwde Harry naar de keuken.

'Klim over de balustrade naar het balkon hiernaast. Er ligt een touwladder die tot op de binnenplaats reikt. Ontrol hem, maar gebruik hem niet. Ga nog twee appartementen verder. Op het balkon van die derde flat staat een vaas bloemen op een groen tafeltje. De deur is open. Ga naar binnen en wacht daar tot alles voorbij is. Blijf vooral plat op de grond liggen en kijk nooit door het raam.'

'Wat gaat u doen?'

Bonfatto hoestte. 'Ik sta in brand vanbinnen. De pijn is ondraaglijk. Hun kogels zullen een eind maken aan mijn lijden. Ga nu!'

Harry had medelijden met de kolossale man. De Jan Soldaat van de Kerk die er in feite niet meer was. De twee grepen elkaar vast.

'Vaarwel. En vergeef me dat ik je heb meegesleurd in dit verhaal,' fluisterde Bonfatto in Harry's oor.

Harry klom wat onhandig naar het andere balkon. Net toen hij de touwladder naar beneden gooide, hoorde hij hoe de deur van Bonfatto's appartement werd ingebeukt. Terwijl hij snel naar het balkon met het groene tafeltje bewoog, klonken er twee schoten. En dan nog één.

Harry stapte de flat binnen en drukte zich tegen de grond. Het bloed klopte in zijn hoofd alsof hij heel hard had gelopen. Hij hoorde buiten voetstappen en gefluister. Iemand liet zich van de touwladder zakken. Toen werd het stil.

Pas na twee uren durfde Harry zijn schuilplaats te verlaten. Hij liep de trap af naar buiten. Een keer of twee keek hij achter zich om te zien of hij gevolgd werd, maar hij zag niemand. De laatste list van Alessandro Bonfatto was geslaagd.

33

Harry liep zo rustig mogelijk naar het metrostation. Af en toe wierp hij een steelse blik op zijn omgeving. Zo zag hij aan de ingang van de metro twee mannen staan, en hoewel nergens uit bleek dat zij Arabieren waren, kreeg Harry de knik in de knieën. Hij kon onmogelijk terug zonder de aandacht te trekken. Er gebeurde niets. Noch in het station, noch op de metro. Harry bereikte probleemloos de parking P2 in Vaticaanstad die Bonfatto had aangeduid. Halverwege rij drie stond zijn grijze Fiat. Het was de enige auto met een SCV-kenteken. Het kenteken van de Sacra Città del Vaticano. Harry wilde zo snel mogelijk Rome uit. Hij hoopte dat in de auto een wegenkaart lag.

Net toen hij het portier wilde openen, scheurde een witte bestelwagen de parkeerplaats op. Hij stopte met rokende remmen achter de Fiat. De zijdeur vloog open. Twee mannen sprongen naar buiten, klemden Harry onder zijn oksels en duwden hem in de bestelwagen. Ze doken mee naar binnen en schoven de deur dicht. De chauffeur trapte het gas in.

'Wie zijn jullie?' hijgde Harry.

'Wij zijn van het Ufficio.'

'Bonfatto's mannetjes?'

'We moeten je heelhuids naar België brengen.'

'Bonfatto had me anders zijn auto gewezen.'

'Een collega ontdekte dat er onder de motorkap een bom stak.'

Het duurde verschrikkelijk lang voor de bestelwagen Rome achter zich liet. De agenten legden Harry uit dat ze de autostrada wilden vermijden en via secundaire wegen naar Siena en daarna naar Firenze zouden rijden.

'Je kunt een paar uur slapen,' zei een van de mannen, die André werd genoemd. Hij wierp Harry een kampeermatras toe.

Harry wees het aanbod af. Nog geen kwartier later viel hij in een vaste slaap. Hij werd pas wakker toen de bestelwagen via een open hek het tarmac van de Amerigo Vespucciluchthaven in Firenze opreed. De wagen stopte vlak bij een Cessna-privéjet die met draaiende motor klaarstond in een uithoek van de luchthaven. Binnen was er plaats voor zes passagiers. Alleen de twee Ufficio-agenten en Harry gingen aan boord. Op de achterste bank zat een schriel vrouwtje, aan haar kap te zien een non. Toen hij op een stoel in de rij voor haar ging zitten, knikte ze hem vriendelijk toe. Vanwaar kende hij haar?

De bestelwagen reed weg. Zijn banden trokken strepen op het natte asfalt. De Cessna kreeg prioriteit om op te stijgen.

Toen het toestel in de lucht was, kwam het nonnetje naast Harry zitten. Ze gaf hem een hand. 'Ik ben zuster Sabina,' zei ze. 'We hebben elkaar al eens ontmoet, op de begrafenis van uw vader.'

Hij kon haar niet thuisbrengen. 'Kende u mijn vader goed?'

'O ja, en ook al heel lang. Ik was een van zijn tipgevers.'

'Waarom kon u hem tips leveren? Wat deed u?'

'Ik ben de persoonlijke assistente van paus Romanus. En daarvoor van Benedictus, en daarvoor van Johannes Paulus.'

'Hoe komt u op dit vliegtuig?'

'Monsignore Bonfatto heeft me gisteren gebeld. Hij zei dat ik moest vluchten. Dat mijn leven in gevaar was omdat islamitische commando's op zoek waren naar zijn naaste medewerkers.'

'Wanneer hebt u mijn vader voor het laatst gesproken?'

'Dat moet zo'n acht weken voor zijn dood zijn geweest. Een maand eerder had hij me opgebeld, en dat was een verrassing want ik had hem niet meer gehoord sinds 2005, toen

Johannes Paulus II overleed. U herinnert zich vast nog dat er toen beroering was ontstaan over de laatste woorden van de paus: “Laat me naar het huis van de Heer gaan.” Sommigen stelden dat dit een verzoek was geweest om de machinale beademing stop te zetten. Er rees discussie over de vraag of de paus al dan niet geëuthanaseerd was. Jouw vader was de enige die naar mij belde. Hij was ook de enige die dat mocht van mij. Mijn getuigenis heeft een eind gemaakt aan de polemiek. Ik kon met de hand op het hart zeggen dat de paus vele keren, ook toen hij al zwaar ziek was, te kennen had gegeven dat hij zijn lijdensbeker tot de laatste druppel zou leegdrinken.'

'U zei dat u mijn vader sinds 2005 niet meer had gehoord. Hoe kwam dat?'

'Hij was minder actief in de journalistiek en zo zijn we elkaar wat uit het oog verloren. Nu ja, hij woonde in Canada en ik in Rome. Dat is toch ook een hele afstand, niet?'

'Wat voor een man was mijn vader?'

'Toen ik Frank leerde kennen was hij een journalist met een missie. Hij was een opgeruimde man. En hij had stijl. Telkens als ik hem iets te melden had, reserveerde hij een tafeltje in *Alla Rampa*, een restaurant vlak bij de Spaanse Trappen in Rome. Hij was altijd bijzonder galant. Dat waren bijzondere ontmoetingen. Ik genoot ervan.'

'Uit uw toon maak ik op dat hij in de loop der jaren is veranderd.'

Zuster Sabina zweeg.

'Ik wil een zo accuraat mogelijk beeld van mijn vader, zuster.'

'Soms is het beter om niet alles te weten.'

'Ik ben geen kind. Ik was tien jaar toen hij ons verliet. Vijfentwintig jaar lang heb ik hem niet gezien of gehoord.'

'Ik heb jouw vader inderdaad zien veranderen. Hij werd

harder, op het cynische af. Hij begon op het laatst te hengelen naar een ander soort nieuws. Wat is het lievelingsgerecht van de paus? Wat doet hij in zijn vrije tijd? Van die triviale dingen. Natuurlijk voelde ik me geaffronteerd. Zo dreven we uit elkaar.'

'Maar zo'n drie maanden voor zijn dood belde hij u dus op.'

'Ja, en hij was hoorbaar over zijn toeren. Hij vroeg me om een oogje te houden op de agenda van de paus. Ik zei hem dat ik wel de officiële agenda van de paus kon inkijken, maar niet zijn persoonlijke agenda. Hij smeekte mij om mee te werken, bekende dat hij de voorbije jaren stommiteiten had begaan en vroeg nog eens om zijn verzoek niet te verwerpen. Je vader bleef zo vaag in zijn antwoord dat ik er geen touw aan kon vastknopen. Let op La Lumaca, zei hij ten slotte. De Slak. Weet u wie wordt bedoeld met de Slak? Nee? Bonfatto heeft het me niet zo lang geleden uitgelegd. La Lumaca is de codenaam van Al Wasfi, een van de hoogste moslimleiders. Enfin, je vader en ik spraken af dat we elkaar de maand daarop in Rome zouden treffen. Toen we elkaar zagen, had ik nieuws voor hem. Ik was in de agenda van de paus wel degelijk de naam La Lumaca tegengekomen.'

'Hoe reageerde hij?'

'Hij schrok er niet echt van. Mijn ontdekking bevestigde wat hij vermoedde, zei hij.'

Harry vertelde zuster Sabina over Bonfatto's Zuid-Amerikaanse ontdekking en over zijn dood. Zij leek zeer aangeslagen. Haar lippen beefden en tranen stonden in haar ogen.

'Volgens Bonfatto is mijn vader vermoord omdat hij als eerste de waarheid over paus Romanus had ontdekt. Hoe is hij dat volgens u te weten gekomen?'

'Waarschijnlijk via zijn onderzoek naar de handel en wandel van Shimal Faez.'

'Hoe weet u van dat onderzoek? Van Bonfatto?'

'Helemaal niet. Monseigneur Bonfatto en ik hadden tot voor kort geen contact met elkaar. Frank heeft het me zelf verteld. Hij maakte zich ongerust over Sandra, omdat die in de ban was van Faez.'

'Volgens Il Gruppo had mijn vader ontdekt dat Faez een ordinaire sekteleider met grootheidswaan is.'

'Faez is géén ordinaire sekteleider,' zei zuster Sabina. 'Hij is een gevaarlijk man. Met zijn Gabriël-filosofie heeft hij een maatschappij voor ogen die wordt georganiseerd door religieuze wetten. Een nieuwe *sharia* waarin hij enkele christelijke met vooral islamitische elementen vermengt. Hij heeft een kastenmaatschappij voor ogen zoals in zijn thuisland de Verenigde Arabische Emiraten waar een grote rechteloze onderlaag het zware werk doet. Faez is een gevaar voor de wereld, zei Frank. Temeer omdat verscheidene wereldleiders achter hem staan. Zo is Nicolas Sarkozy een fan van hem. Uitgerekend de president van Frankrijk waar de scheiding tussen Kerk en staat een van de pijlers van de republiek is. Tijdens zijn jongste bezoek aan Saudi-Arabië loofde de Franse president de rol van Faez. Hij verklaarde daar voor honderdvijftig leden van de Consultatieve Raad van koning Abdoellah dat het Gabriëlisme de mens bevrijdt. Ook Vladimir Poetin staat open voor het Gabriëlisme, omdat een gematigde religie volgens hem een dam kan opwerpen tegen de fundamentalistische islam. Faez draait hun een rad voor ogen, want in werkelijkheid is hij een moslim.'

'Wist mijn vader dat paus Romanus de zoon van een moslim was?'

'Met wat ik nu weet, vermóéd ik dat hij het wist. Toen heeft hij me daar niets van gezegd.'

'Volgens Bonfatto wilde vader met die informatie chantage plegen en zo groot geld verdienen.'

'Daar weet ik niets van.'
'Zou het u verbazen?'
'Vijf jaar geleden wel. Nu niet.'
'Was hij zo veranderd?'
Zuster Sabine hapte naar adem.
'Ja.'

☆

Twee uur later arriveerde de Cessna in Brussel. Net voor de landing kregen André en zijn maat Marcello telefoontjes die hen zichtbaar nerveus maakten.

'Wat is er aan de hand?' vroeg Harry.

'We moeten onmiddellijk terug naar Rome. De politie heeft het lijk van Bonfatto gevonden en ook kardinaal M. is vermoord. Vanaf nu staat u er alleen voor. *Arrivederci*! En wees voorzichtig!'

Harry en zuster Sabina bleven bij elkaar tot in de aankomsthal.

'Wat gaat u nu doen, zuster?' vroeg Harry aan het nonnetje.

'Maak je geen zorgen om mij. Ik word afgehaald door een medezuster en dan rijden we naar ons klooster in Rouen, in Frankrijk.'

'Dus nemen we hier afscheid, zuster.'

Ze glimlachte flauwtjes. 'Het ga je goed, jongen,' zei ze en ze ging op haar tenen staan om hem een kruisje op zijn voorhoofd te geven. Daarna verdween zij in de menigte.

34

Harry durfde niet naar huis uit vrees dat hij er zou worden opgewacht door agenten van de paus. Arlette wilde hij niet in gevaar brengen. Van Dora had hij geen telefoonnummer en Sandra vertrouwde hij niet meer. Dus bleef alleen Lou Van Horen over. Toen hij hem op de luchthaven belde met zijn gsm en zich bekend wilde maken, werd de verbinding verbroken. Hij probeerde nog eens en kreeg de bezettoon. Tien minuten later belde Lou hem.

'Sorry dat ik je liet wachten. De lijn was niet beveiligd. Nu kunnen we vrijuit praten. Allereerst: ben je onderweg naar je loft? Nee? Goed zo, want er zitten twee mannen in je flat.'

'Sinds wanneer?'

'Gisterenavond. Het zijn Irakezen of Egyptenaren, denk ik. Ze slapen in je bed en eten je koelkast leeg. Behalve de gekookte ham natuurlijk.'

Lou lachte kort om zijn eigen grapje. Dan ging hij voort.

'Kom naar de Belgiëlei in Antwerpen. Vanaf de Charlottalei loop je langs de onpare kant in de richting van het Harmoniepark tot iemand je aanspreekt en een huisnummer zegt. Die woning stap je binnen. De deur zal op een kier staan. Je neemt de trap naar de eerste verdieping.'

Harry was in de war. Onpare kant, huisnummer, eerste verdieping... Het duurde even voor hij opnieuw helder kon denken. Vanochtend was hij in Rome nog betrokken bij een raid, nu kon hij zijn eigen woning niet binnen omdat twee moslims zijn koelkast leegvraten.

☆

De Belgiëlei is een brede straat waar belle-époquewoningen verdrongen worden door banale appartementsgebouwen. Harry bevond zich net ter hoogte van een banketbakkerij toen hij werd ingehaald door een man in een gedemodeerde regenjas. De man siste: 'One-two-three.' Was dit een spelletje? Harry vond het hele gedoe wat belachelijk. De man in de regenjas draaide zich om. 'Honderd drieëntwintig,' zei hij nu in het Nederlands en stapte gehaast voort. Harry keek naar de huisnummers. Honderd drieëntwintig moest die glazen deur met zwart metaalwerk zijn. De deur stond in ieder geval op een kier. Op dat ogenblik werd hij opgevangen door twee mannen, die hem snel in een klaarstaande auto duwden. Een van de twee nam plaats achter het stuur. Heel beheerst voegde hij zich in de verkeersstroom. Niemand sprak een woord. Geen tien minuten later stopte de auto in de Elisabethlaan in Berchem voor een villa in cottagestijl.

Harry werd snel en nog altijd zonder woorden naar binnen geleid. In de woonkamer stond Lou Van Horen.

'Dag, Lou.'

'Dag, Harry.'

'Ik snap er niets meer van, Lou.'

'Dat begrijp ik, jongen. We kwamen erachter dat ons telefoongesprek mogelijk toch werd afgeluisterd. Daarom hebben we snel nog wat veranderingen in het scenario aangebracht.'

Harry keek rond. Achter de sombere gevel school een moderne woning. Via de achterzijde, die bijna helemaal uit glas bestond, stroomde veel zonlicht binnen. De houten trap en het parket kraakten zachtjes onder de warme lucht.

'Je weet dat Bonfatto is omgekomen?' vroeg Lou Van Horen.

'Ik heb zelf de schoten gehoord,' zei Harry die het hele verhaal van de voorbije dag vertelde.

Van Horen stond op. 'Ik toon je kamers.'

'Kamers?'

'De hele eerste verdieping staat tot je beschikking. Beschouw het als je werkflat. Je hoeft niets anders te doen dan je artikels schrijven. Je kunt hier slapen, wij zorgen voor eten en drinken.'

'En schone kleren, én zeep én scheergerief,' voegde Harry er haastig aan toe.

'Ik moet je wel vragen om je telefoon niet te gebruiken en de gordijnen aan de straatkant gesloten te houden,' zei Lou Van Horen. 'In deze troebele dagen zou ik het begrijpen dat je een luisterend oor zoekt om je verhaal aan kwijt te kunnen. Iemand als Arlette, bijvoorbeeld. En haar telefoon wordt zo goed als zeker afgetapt.'

Harry verbleef twaalf uur per dag in zijn werkkamer. Het raam gaf uitzicht op de tuin die niet meer was dan een recht grasveld met één treurige wilg. Het kostte hem vier dagen om alle documenten te sorteren, ze te vertalen en er de relevante informatie uit te halen. Om zijn artikels te schrijven verkaste hij naar de verduisterde voorkamer waar zijn laptop stond. De zware overgordijnen hielden zowel licht als geluid tegen.

Op het eind van de tweede week was Harry ermee klaar. Voor hem lag de blauwdruk van een complot dat achtenveertig jaar geleden werd opgezet.

Alles begon met Yassir Saldah, zaakvoerder van de beheersmaatschappij Saldah General Trading Ltd in Beiroet, Libanon. In 1948 vluchtte hij naar Zuid-Amerika, want een sjiitische bendeleider had een prijs op zijn hoofd gezet omdat hij zakendeed met Israël. Saldah kwam terecht in Peru waar hij zijn naam veranderde in José Cuzquén en zich vol overgave opnieuw in de internationale handel stortte. Op een feestje van de Kamer van Koophandel leerde hij de steenrijke notaris Ferrer kennen. De oude Ferrer wantrouwde Saldah. Hij kon evenwel niet verhinderen dat zijn dochter Mariadelcarmen trouwde met de gladde zakenman. Het paar kreeg drie kinderen: Clara, Jorge en Francisco. Het gezin leidde een comfortabel bestaan. Voor Yassir werd Libanon een bladzijde die voorgoed was omgeslagen.

Aan dat onbezorgde leven kwam een eind op 14 april 1962 toen drie mannen zich meldden op het hoofdkantoor van Cuzquén International Import and Export aan de Avenida Panamericana in Lima. De drie waren vooraanstaande leden van de taqfirimoskee in Riyad, de hoofdstad van Saudi-Arabië.

'De taqfirisekte is nooit groot geweest in aantal leden, maar zijn dreigementen en aanslagen halen wel veelvuldig het wereldnieuws,' schreef Harry. 'De bekendste volgelingen van de taqfiri zijn Osama bin Laden en Abu Musab al-Zarqawi.'

Wat er op die veertiende april in Lima werd gezegd, moest Harry met zijn verteltalent reconstrueren. In ieder geval werd toen de kiem gelegd van een samenzwering die pas bijna vijftig jaar later zou openbarsten. Onder bedreiging van algehele uitroeiing van het gezin moest José Cuzquén alias Yassir Saldah zweren dat hij zijn zoon Jorge in het geheim een islamitische opvoeding zou geven.

Al enkele weken later stond een jongeman voor de deur. Hij was gekleed in een linnen pak en droeg een lederen koffertje in zijn linkerhand. Met zijn rechter lichtte hij zijn panama op. Hij maakte zich bekend als doctor Fazzo, de nieuwe leraar. Shimal Faez maakte meteen een sympathieke indruk. Hij zou meer dan dertien jaar in de villa blijven wonen.

☆

Faez kneedde Jorge volledig naar zijn hand. De jongen was bijzonder intelligent maar werd vanaf de eerste dag onder subtiele psychische druk gezet. Daarbij stookte Faez zijn pupil nooit op tegen het katholicisme. Integendeel, hij stimuleerde Jorge in zijn geloof in Jezus Christus. Daarnaast hielp hij de jongen in het ontdekken van de Koran. Hij overtuigde hem ervan dat dit dubbele geloof zou leiden tot een rol op wereldvlak. Nadat Jorge op zijn twaalfde tijdens een vakantiekamp in het geheim was besneden (zelfs zijn moeder wist van niets), begon Faez ook uit te weiden over de engel Gabriël. De jongen werd dermate overvoed met religie dat hij voor priester ging studeren. Zo hadden Shimal Faez en zijn medestanders in Riyad het ook gepland.

Toen Jorge Cuzquén eenmaal was gewijd, wendde Shimal Faez al zijn autoriteit aan om zijn geestelijke zoon tot bisschop te promoveren. Uit de documenten van Bonfatto bleek hoe Faez, die officieel tot de Assyrische Kerk behoorde, merkwaardig veel invloed had bij de Congregatie voor de Bisschoppen van de Romeinse Curie.

Bonfatto noemde namen, plaatsen en data. Soms gestaafd met foto's.

In 1988 werd Jorge Cuzquén tot bisschop gewijd en elf jaar later tot kardinaal. Hij was toen amper tweeënvijftig. Nog eens tien jaar later werd er achter de schermen zo gekonkeld dat Jorge tot paus werd verkozen. Op die dag liep de opdracht van Shimal Faez ten einde. Hij was zesentwintig toen hij in Lima voor de deur stond bij de familie Cuzquén, nu was hij vierenzeventig. Zijn rol werd overgenomen door islamtheoloog Al Wasfi, bijgenaamd La Lumaca. Al Wasfi zelf was een leerling van de grote filosoof Sayyed Qutb, die stelde dat de islam zich van het algehele leiderschap van de mensheid moest verzekeren.

De onthulling dat de paus een halve moslim was, vormde het sluitstuk van Harry's artikelenreeks. Tien keer hadden Lou en hij alles hardop aan elkaar voorgelezen om alle betwistbare passages, onzorgvuldige formuleringen en moeilijke constructies op te sporen en bij te schaven. Bij elke lezing groeide het enthousiasme van Lou en vergrootte bij Harry de twijfel.

☆

Zijn telefoon ging.

'Harry?'

Hij herkende meteen de stem van Sandra.

'Harry, waar ben je?'

'Dat doet er even niet toe.'

'Dat doet het wel, Harry. 'Ik heb slecht nieuws. Arlette heeft een ongeval gehad. Zij ligt in het ziekenhuis.'

35

Arlette was onherkenbaar. Haar linkerarm was in een verband gewikkeld, haar rechter oogkas zag donkerblauw, haar gezwollen lippen vertoonden kloven en barsten. Naast het bed zaten haar ouders. Haar vader was een magere uitgeleefde man. Haar moeder leek in alles op haar dochter. Ze hadden beiden dezelfde blanke en haast rimpelloze huid.

Harry stelde zich voor. 'Ik ben een collega van Arlette,' voegde hij eraan toe. Geen van beiden leek zijn naam te herkennen, wat erop wees dat Arlette niets van hun relatie had gezegd.

'Mam en paps, jullie hoeven niet de hele middag te blijven. Jullie komen vanavond toch nog eens, niet? Harry houdt me wel gezelschap,' zei Arlette wat moeizaam. Vader en moeder begrepen de hint en vertrokken. Toen ze weg waren, gaf Harry Arlette een zachte kus op de wang.

'Wat is er gebeurd?'

'Ik moet het bewustzijn verloren hebben en van de weg zijn geraakt.'

'Was je dan in slaap gevallen?'

'Ik ben bijna zeker dat hij iets in mijn koffie heeft gestrooid.'

'Wie?'

'Willy Troch. Ik moest vandaag foto's nemen op het gerechtshof in Antwerpen. Het was de eerste dag van het proces tegen een jonge kok die zijn buurmeisje heeft vermoord. Na de fotosessie liep ik Willy Troch van *Het Laatste Nieuws* tegen het lijf. Hij inviteerde me voor een koffie. Ik mag de man niet en ik had eigenlijk geen zin, maar hij drong zo aan. En dat was vreemd, want toen we eenmaal binnen waren, had hij me niet veel te zeggen. Gelukkig kon ik niet lang blijven wegens een volgende opdracht. Foto's voor bij een interview. Ik ging nog even naar het toilet en toen ik terug in het café kwam, dronk ik mijn koffie leeg. Hij rekende af en we vertrokken. Ik moest om 11 uur in het centrum van Brussel zijn. In de auto voelde ik me plotseling moe. Ik kon mijn ogen niet openhouden. Uiteindelijk moeten ze effectief zijn dichtgevallen en ben ik van de berm naar beneden getold. Getuigen hebben verklaard dat ik tweemaal over de kop ben gegaan. De artsen dachten eerst dat ik dronken was of onder de drugs zat, ze hebben me getest op alle mogelijke verdovende middelen. Ten slotte kwamen ze erop uit dat ik een aanzienlijke hoeveelheid van een of ander slaapmiddel binnen had. De politie wilde weten of ik plannen had om zelfmoord te plegen. Of ik persoonlijke problemen had en misschien een afspraak wenste met de maatschappelijk werkster. Ik heb ze ervan moeten overtuigen dat het echt om een ongeval ging.'

Arlette lachte, waardoor de korsten op haar lippen barstten. Plots zwaaide de deur van de ziekenhuiskamer open en stormde Dora naar binnen.

'Je moet hier weg!' hijgde ze.

Dora zag er niet uit. Haar ogen stonden dik, haar haar was vettig en ongekamd, en zo te ruiken was ze al dagen niet uit haar kleren geweest.

'Hoe weet je dat?' vroeg Harry.

'Jij bent de laatste die Alessandro levend heeft gezien en hij heeft je documenten meegegeven. Ik weet wat daarin staat en ik weet dat islamitische commando's op zoek zijn naar jou. Ze hebben al lelijk huisgehouden in het bestand van het Ufficio. Onze agenten worden ontvoerd en gefolterd, alleen om erachter te komen waar jij zit. Ik ben zelf al vier dagen op de loop.'

'Arlette raakt hier nooit buiten,' zei Harry.

'Arlette hoeft niet naar buiten,' zei Dora. 'Ze zitten niet achter haar aan, maar achter jou. Jij moet onderduiken.'

Harry bekeek de twee vrouwen in de ziekenhuiskamer. De zinnelijke Dora. En zijn gebroken maatje Arlette. Dapper ding. Hij streelde haar witte hand. Hij wilde haar niet achterlaten als een zoenoffer. Dan wende hij zich tot Dora.

'Hoe wist jij dat Arlette in het ziekenhuis lag?' vroeg Harry aan Dora. Terwijl hij de vraag stelde, kwam hij zelf op het antwoord. 'Natuurlijk, jij hebt het ongeval zien gebeuren. Willie Troch is je handlanger. Hij deed op jouw bevel een slaapmiddel in Arlettes koffie en jij bent haar gevolgd...'

'Doe jij je zo dom voor of bén je echt zo dom?' reageerde

Dora en ze gaf een ruk aan het touwtje boven het bed. Een rood alarmlampje floepte aan. 'Iedereen met twee gram hersens zou beseffen dat ik jouw vijand niet ben. Lou Van Horen belde mij een halfuur geleden op. Hij vroeg mijn hulp omdat hij vreesde dat dit ongeval gewoon geënsceneerd is om je uit je hol te lokken.'

Arlette onderbrak haar.

'Luister niet naar haar, Harry. Zij werkt voor die islamisten.'

Dora lachte. 'Je mag me uitmaken voor het vuil van de straat, kleintje. Voor rotte vis of voor stomme geit, maar je mag niet beweren dat ik voor de islam werk. Ik heb niet voor niets een wijding als karmelietes achter de rug!'

'Ben jij een non?' vroeg Harry vol ongeloof.

'Als ik binnen de muren van het klooster verblijf, noemen ze me zuster Bénédicte. Als ik aan de slag ben voor het Ufficio, heb ik mijn werkkleren aan.'

Harry wilde vragen hoe het dan kon dat zij seks met hem wilde, maar hij zag Arlette liggen en deed het niet.

Op dat moment kwam een verpleegster binnen. Op haar indrukwekkende boezempartij was een badge gespeld met haar naam: Yvonne De Bleser.

'Hebt u gebeld?' vroeg ze aan Arlette.

'Het was een vergissing,' zei Arlette.

'Dat was het niet,' zei Dora. 'Wij wilden alleen even weten hoe lang onze vriendin in het ziekenhuis moet blijven.'

'U bent een grapjas! Uw vriendin kan gewoon lopen. Haar benen zijn alleen wat geschramd. Ik heb geen idee wie haar arm en been zo heeft ingewonden. Ze heeft alleen een gekloven lip en een blauw oog. We hebben dat verzorgd en voor alle zekerheid röntgenfoto's van haar hoofd gemaakt. Het resultaat is negatief.'

'Bedoelt u dat zij niets mankeert?' vroeg Dora.

'Zij mag zo naar huis.'

Harry staarde wezenloos naar Arlette, die zich ongemakkelijk voelde onder zijn blik. Zij trok haar ene been op en keek als een bang vogeltje. 'Wat is er?' piepte ze.

'Je mankeert niets. Je bent zo gezond als een vis. Dat verhaal over Willy Troch met zijn slaappoeder en over dat ongeval waarbij je tweemaal over de kop bent gegaan, is gewoon verzonnen om mij naar hier te lokken.'

Arlette begon te wenen.

'Hou op met grienen!' zei Dora. 'Net nu het interessant wordt.'

Arlette wierp Harry een zijdelingse schuwe blik toe. Dora ging gewoon verder.

'Wij hadden met Frank een infiltrant in de organisatie van Faez. Maar Faez had een spinnetje in onze gelederen, meer bepaald in het persbureau van Lou Van Horen. Haar rol stelde niet zoveel voor, tot de zoon van Frank Witters voor Van Horen ging werken en op de koop toe verliefd werd op de mooie fotografe.'

'Is dat waar?' vroeg Harry. 'Is dat verdomme waar of is dat verdomme niet waar?' riep hij met overslaande stem. Het snikken van Arlette ging over in een hartverscheurend huilen.

'Harry, het spijt me,' zei Arlette terwijl ze met een zakdoek het snot uit haar neus depte.

'Mij ook,' zei hij verslagen.

'Ik hou echt van je.'

'We hadden maatjes kunnen zijn.'

'Ik heb je er niet in willen luizen. Ik ben oprecht beginnen twijfelen. Ik wilde alleen weten wie je tipgevers waren. Jij deed zo geheimzinnig en hield me af. Diezelfde avond heb ik naar Sandra gebeld. Harry, vergeef me.'

'We hadden samen naar Noorwegen kunnen gaan,' zei hij en hij verliet de kamer.

☆

Harry stond in een onverlichte hoek van de ziekenhuisparking. Het was bezoekuur en dus druk. Mensen met wankele bloemstukjes in de armen spoedden zich naar de lift. Enkele chauffeurs maakten toertjes in de hoop dat iemand in zijn auto zou stappen en wegrijden. Harry's blik viel op een Mercedes die dicht bij zijn Alfa stond. Voor zover hij kon zien zaten er twee mannen in de auto. Het was te donker om hun gezicht te zien. Harry draaide zich om en wilde zich uit de voeten maken, maar hij botste op iemand die pal achter hem stond. Het was Sandra.

'Jouw mannetjes?' vroeg Harry.

'Veiligheidsagenten van de Gabriëlistische kerk.'

'En ze zijn hier voor mijn veiligheid?'

'Het is niet het ogenblik om grappen te maken.'

'Ik ben niet in de stemming. Ik hoorde zonet dat Arlette een agente van jou en Shimal Faez is.'

'Agente is een groot woord. Zij heeft me af en toe wat geholpen.'

'Door bijvoorbeeld mij te bespioneren.'

'Heeft ze dat gezegd?'

'Nee, Dora.'

'Was zij ook boven?'

'Wist je dat niet? Dat pleit niet voor je veiligheidsagenten. Maar ze staan niet op wacht om Dora te pakken. Het is om mij te doen, is het niet?'

'Waarom zeg je dat?'

'Omdat ik over informatie beschik die jouw clubje voorgoed naar de het Rijk der Verzinsels kan jagen. Jij en je Faez en de paus.'

'Je weet niet wat je ontketent als je dat schrijft.'

'Ik ontketen gewoon het begin van het einde van je vrolijke cherubijnenbende.'

'Niet alleen het einde van de kerk van Gabriël. Je zwengelt een wereldomvattend conflict aan. Ik vraag met aandrang om je terug te trekken uit dit verhaal of...'

'... of je vergiftigt me zoals je met mijn vader hebt gedaan?'

'Je vader was een hartlijder.'

'O ja? Frank had een zwak hart en toch had hij daar nog zeker een jaar mee kunnen leven. Alle tijd van de wereld om Shimal Faez en zijn Kerk van Gabriël te ontmaskeren.'

'Leugens.'

'Ik zal je vertellen hoe het is gegaan. Frank ontdekte dat de paus een Gabriëlist was. Hij dreigde ermee de waarheid te onthullen in de media. Faez en jij smeekten hem om niets te publiceren, want dat zou voor het Gabriëlisme de doodsteek betekenen. Zowel christenen als moslims waren er nog niet klaar voor. Voor Frank was die publicatie de ultieme scoop. Faez wilde die tot elke prijs voorkomen en dus stelde hij voor om Frank coniine toe te dienen. Jij moest dat doen omdat je alle dagen bij hem was.'

'Harry, dat is niet waar. Ik zweer het.'

'En nu sta ik op het punt waar mijn vader twee weken voor zijn dood stond: publiceren of niet?'

'Harry, doe het niet.'

'De paus is geen katholiek maar een halve moslim. Bestaat er groter bedrog op de wereld? Bonfatto hoopte met mijn hulp Romanus te ontmaskeren.'

'Bonfatto is dood.'

'Ik was vlakbij toe hij werd vermoord. Ik laat die grote monseigneur niet in de steek.'

'Harry, doe het niet,' smeekte Sandra. 'De gevolgen zullen rampzalig zijn.'

'Ik ben het aan mezelf verplicht.'

'Ook al betekent dat het einde van de wereld?'

Harry duwde Sandra opzij, deed snel enkele stappen in het donker en stootte tegen een ijzeren liftdeur die niet open wilde. Twee veiligheidagenten stapten uit de auto en kwamen op hem af. Harry kon geen kant uit.

'Shimal Faez wil je spreken,' zei Sandra. 'In de auto.'

Een agent opende het achterste portier. De tweede duwde Harry met zachte dwang op de achterbank. Een schriel mannetje in een wit kleed wachtte op hem. De twee agenten namen plaats op de zetels vooraan in de auto. Pas als alle portieren waren dichtgeklapt, begon Faez te spreken.

'Ik ben Shimal Faez.'

'De zogeheten Boodschapper van Gabriël,' zei Harry smalend. 'Naar ik heb vernomen, probeert u de wereld te redden.'

'Niet de wereld. De mensheid.'

'Als wij ons niet onderwerpen aan uw aartsengel Gabriël betekent dit dus het einde van de mensheid.'

'Ja, en wel definitief. De geschiedenis van de mens gaat dan over in de eeuwigheid. Nadat het Laatste Oordeel is geveld, natuurlijk. Het moment waarop God de rechtschapen mensen scheidt van de zondaars.'

'Hoe ligt de verhouding tussen de mensen die de hemel zullen aanschouwen, en zij die naar de hel worden verbannen?'

Faez moest lachen. 'Exact 0,13 procent zal God aanschouwen. De rest zal eeuwig lijden.'

'Dat vind ik eerlijk gezegd nogal grof. Enerzijds is God de Schepper, anderzijds is Hij de Rechter die zijn eigen schepsels beoordeelt. Hij gaat altijd maar door met het scheppen van misbaksels, die Hij vervolgens straft.'

'De mens heeft zijn verantwoordelijkheid en zal daarop worden afgerekend.'

'Dat vind ik wel heel goedkoop.'

‘U zegt het maar.’

‘Het is toch onlogisch om iets mismaakts te scheppen, de verantwoordelijkheid voor die mismaaktheid bij de schepsels zelf te leggen en ze vervolgens te straffen. Bovendien, waartoe dienen die eindeloze straffen? Wat voor plezier heeft God in dat eeuwige kwellen?’

‘Hij is de Kracht.’

‘Een boosaardige en wrede Kracht, als u het mij vraagt. Volgens Sandra bent u geïnspireerd door Origenes die God als oneindig barmhartig beschouwde. Ik merk daar weinig van.’

‘0,13 procent getuigt van een groot mededogen, me dunkt.’

‘Hebben die laatste dagen van de wereld te maken met de terugkeer van Christus?’

‘Absoluut niet. Hoe komt u daarbij?’

‘Dat staat toch zo in de Heilige Schrift?’

‘De Heilige Schrift!’ Het ventje maakte een wegwerpgebaar. ‘Een hersenspinsel, zeg ik je.’

‘Was Jezus Gods zoon?’

‘Waar haalt u dat toch allemaal? Jehoesjoea, die op aarde Jezus Christus werd genoemd, was een engel van het koor der Machten, de laagste orde van de tweede triade.’

‘Jezus was dus ook geen mens?’

‘Ik zeg u: hij was een engel die tijdelijk de illusie van een menselijk lichaam heeft aangenomen.’

‘Was Mohammed ook een engel?’

‘Ja. Van dezelfde orde als Jezus. Beiden hebben hun taak naar behoren volbracht en zijn gepromoveerd tot het koor der Krachten.’

‘Dertien eeuwen lang hebben islam en christendom elkaar belaagd en dan geeft God die twee nog promotie!’

‘Wat zijn dertien eeuwen? Deze aarde bestaat al 4,57 miljard jaar. In de allerlaatste fase van een wereld stuurt God altijd hemelse boodschappers.’

‘Er zijn dus al andere werelden geweest?’

‘Natuurlijk. U weet toch dat de Kracht en dus het Universum oneindig zijn in tijd en ruimte?’

‘Als ik het goed begrijp, is het ontstaan van religies het signaal dat het einde van een wereld in zicht is.’

‘Het is de taak van engelen als Jehoesjoea en Mohammed om de Eindtijd aan te kondigen en voor te bereiden. Eigenlijk had deze wereld allang voorbij moeten zijn, maar onder de aartsengelen was er één vorst die nog iets wilde proberen.’

‘Was dat Gabriël?’

‘Gabriël stuurde mij met een plan. Als men niet naar mij luistert, dan loopt deze wereld onherroepelijk op zijn eind.’

‘En die miljarden mensen die God hebben aanbeden, die Hem geprezen hebben, om erbarmen gesmeekt, die voor Hem gezongen hebben, kerken, moskeeën, synagogen en tempels hebben gebouwd? Doet Hem dat dan niets?’

‘Denkt u dat de Kracht daar ook maar één ogenblik mee bezig is geweest? Al wat u opsomt is puur mensenwerk. Een povere poging om de Eindtijd af te wenden. Alle godsdiensten zijn ontroerend in hun simpelheid. Denkt u echt dat de Kracht eist dat mannen hun geslacht laten besnijden, dat vrouwen gesluierd zijn, dat er één keer per week voor Hem wordt gebeden en gezongen, dat priesters niet mogen huwen, dat er gevast wordt?’

‘Waarop beoordeelt Hij ons, mensen, dan?’

‘Voornamelijk op de hoeveelheid *arromog* en *modos*.’

‘Wat bedoelt u daarmee?’

‘O, om dat uit te leggen rest mij geen tijd meer.’

‘Eigenlijk is deze wereld voor God een spelletje. En nu is Hij het spel beu en moet het verdwijnen. Kan niets of niemand Hem van gedachte doen veranderen?’

‘U hoeft niet te treuren, want dit is de ultieme Verlossing.

God zal zich openbaren aan alle levenden en doden. Miljarden wereldburgers zullen in een op de nanoseconde tegelijk beleefd moment van harmonie en gezamenlijke ontroering een flits van het eeuwigdurend geluk zien.'

'En wat is dan die hemelse beloning?'

'Voor die 0,12 procent hemelingen zal het eeuwigdurend geluk niet tot die flits beperkt blijven.'

'Daarnet zei u: 0,13 procent.'

'Ach, 12 of 13!'

'Op zoveel miljard mensen scheelt dat toch een paar miljoen.'

'We gaan nu niet discussiëren over twee cijfers na de komma. In ieder geval zal die 0,13 procent de Kracht zien van aanschijn tot aanschijn, doordat de Kracht zichzelf onmiddellijk aan het bewustzijn meedeelt, zonder tussenkomst van een geschapen object. De hemeling zal de Kracht dan ook niet met zijn ogen zien.'

'Kom ik ook in de hemel?' vroeg Harry.

'Ik wist dat u die vraag zou stellen. Het antwoord is: ja. U wordt zelfs verheven tot de laagste orde der engelen, in de derde triade.'

Sandra tikte op de ruit. Zij gaf aan dat dit het einde was van het onderhoud.

'Ik dank u voor het gesprek,' zei Harry en hij stak zijn hand uit.

Shimal Faez keek strak voor zich uit en zweeg. Harry trok zijn hand terug en stapte uit.

'Knettergek,' zei Harry tegen Sandra.

'Het spijt me dat je het zo opneemt,' zei ze en gaf Harry een zoen op de wang. 'Het ga je goed,' fluisterde zij hem in het oor. Daarna knikte ze even naar één van haar veiligheidsagenten als teken dat Harry vrij mocht vertrekken.

'Laat je me gaan?'
'Ik heb alle vertrouwen in je.'
'Dat is een akelig groot risico dat je neemt.'
'Dat geldt voor jou ook.'

36

Harry sloeg met een klap een dossier dicht. Aan de andere kant van het bureau zat Lou Van Horen weggedoken in een rapport. Hij sabbelde op een koude sigaar.
'Lou?'
'Mmmm.'
'Luister je?'
'Ja.'
'Als dit bekend raakt, staat de wereld in brand.'
'Niet overdrijven, wil je? De katholieke Kerk is de wéreld niet.' Lou Van Horen keek zelfs niet op.
'Alle christenen zullen het als smaad ervaren als blijkt dat de paus in Rome een zetbaas van de islam is. Uiteindelijk zal het hele Westen, gelovigen én ongelovigen, dit als een kaakslag beschouwen. De westerse wereld zal voor schut staan.'
'Waar wil je naartoe, Harry?'
De avond was de werkkamer binnengedrongen. Harry knipte de bureaulamp aan en wreef zich in de ogen. Lou stond op en liep naar het keukentje, vulde de waterketel en zette die op het fornuis.
'Ik vraag me af of we dit wel louter journalistiek mogen benaderen,' zei Harry.
'Hoe zou jij het dan aanpakken?'
'Moeten we niet via de Belgische inlichtingendienst de CIA, MI6 en de Franse veiligheidsdienst op de hoogte brengen?'

‘Dan ben je je verhaal kwijt,’ zei Van Horen. ‘Als wij het uitbrengen in honderdveertig kranten tegelijk, over de hele wereld verspreid, zullen ze het ook wel weten.’

‘Lou, het zit me echt dwars.’

‘Je bedoelt dat je geweten knaagt.’

‘Zo zou je het kunnen noemen.’

‘Wat jij geweten noemt, is alleen maar angst voor de gevolgen. En dan is het niet langer een besef van goed en kwaad, maar wel een rem op de vrijheid.’

Lou haalde de ketel van het vuur. ‘Groene thee of Earl Grey?’

‘Het is mij om het even. Doe maar groene. Vrijheid kun je misbruiken.’

‘Een journalist is verplicht om de waarheid te schrijven.’

‘Ook als hij daarmee grote schade toebrengt aan individuen, groepen, volkeren, landen...?’

Van Horen spreidde beide armen. ‘De wereld?’ zei hij theatraal.

‘Ja, Lou, de wereld.’

‘De wereld ligt aan je voeten, jongen.’

‘Ik wil niet wereld-beroemd zijn terwijl er buiten een wereld-conflict dreigt.’

‘Waar jij aan lijdt, is koudwatervrees. Heb ik alles voldoende gecheckt? Heb ik nergens een fout gemaakt? Beschuldig ik niet de verkeerde mensen?’

Lou schonk de thee uit.

‘Ik maak me echt zorgen om de gevolgen,’ zei Harry.

‘Nu moet je eens goed luisteren, jongeman. Ik heb ooit een journalist geïnterviewd die tien jaar in een Sovjetgevangenis opgesloten zat. Weet je wat die zei toen hij vrijkwam? “Het is beter om te sterven met de waarheid op je lippen dan te leven met de leugen in je hart.” Elke journalist zou die uitspraak boven zijn bureau moeten hangen. Je vader...’

'Zeg nu niet dat mijn vader die spreuk in zijn werkkamer had hangen. Naar wat ik hoorde probeerde hij zijn informatie te verzilveren. Eerst door Il Gruppo te ruilen voor Bonfatto en later door chantage te plegen.'

Lou lachte hardop. 'Chantage? Je vader? Daar had hij het lef niet voor. Je vader was een even grote twijfelaar als jij bent. Hij liet me verstaan dat hij beschikte over dezelfde informatie over de paus die jij nu hebt. Alleen was hij zo geslepen om zijn informatie voor mij achter te houden.'

'Hij vertrouwde je dus niet meer.'

'Na alles wat ik voor hem had gedaan.'

'Wat had jij voor hem gedaan?'

'Toen ik je vader leerde kennen, werkte hij voor Il Gruppo. Wij hebben hem toen overtuigd om in te gaan op het voorstel van Bonfatto.'

'Die zwaaide met meer geld, zo heb ik vernomen.'

'Dat klopt, maar dat speelde voor je vader hoegenaamd geen rol. Hij heeft de overstap gemaakt omdat wij hem dat vroegen.'

'Over wie heb je het?'

'Flectamus Genua.'

'Daar heb ik van gehoord. Volgens de monseigneurs van Il Gruppo een katholieke strijdgroep die minder voorstelt dan Opus Dei.'

Lou Van Horen snoof hardop. 'Opus Dei is kinderspel.'

'Is dat zo? Ik dacht altijd dat die organisatie geheim en machtig is.'

'Iedereen denkt dat en dat vinden ze bij Opus Dei schitterend. Herinner je nog hoe verontwaardigd ze waren bij het verschijnen van *De Da Vinci Code*? Hoe gretig ze toen voor de camera's stonden? Opus Dei doet niets liever dan het mysterieuze aura dat rond hun clubje hangt, in stand te houden.

Feitelijk is het een stel zielenpoten die hun benen afspannen met prikkelband tot eer en glorie van God.'

'Wat betekent Flectamus Genua? Ik heb nooit Latijn gestudeerd.'

'Letterlijk vertaald wil dat zeggen: laat ons de knieën buigen. Ga jij naar de kerk?'

'Af en toe voor een huwelijk of een begrafenis.'

'Dan weet je dat de gelovigen op banken zitten en af en toe tijdens de hoogtepunten van de mis even rechtstaan. Dat typeert de houding van de moderne katholieken. Die is verslapt en verwijfd.'

'Verwijfd?'

'Ik bedoel vervrouwelijkt. De Bijbel is in oorsprong een mannenboek. God telde de mannen. De onderdanige mannen. De islam is nog altijd een religie van mannen en onderwerping. Moslims onderwerpen zich aan God. Ze buigen diep en bidden ten hemel. Christenen hebben allang geen vrees meer voor God.'

'En Flectamus wil de gelovigen opnieuw doen buigen?'

'Niet alleen de gelovigen.'

'Met hoevelen zijn jullie? Duizend, tienduizend, honderdduizend?'

'Twaalf,' zei Van Horen droogweg.

'Twaalf?'

'Net zoveel als Jezus apostelen had.'

'En met zijn twaalven willen jullie de wereld veroveren?'

'Wij willen de wereld doen keren.'

'En hoe en wanneer willen jullie de wereld op zijn kop zetten?'

'De eerste keer dat we het hebben geprobeerd, waren we heel dicht bij ons doel. Het scheelde echt niet veel. Ik heb het over de financiële wereldcrisis die we achter de rug hebben.'

'Je gaat me niet vertellen dat die jullie werk was?'

'Wij hebben die wel op gang gebracht. Ons offensief werd in 2004 gelanceerd door onze Amerikaanse apostel. Scheepsbrander werkte als manager bij Fannie Mae, de grootste hypotheekfinancier van de Verenigde Staten. Hij overtuigde zijn directie om het publiek te bestoken met mails en telefoons met de boodschap dat ze konden lenen tegen twee procent. De verkopers kregen een bonus voor elke lening die ze konden afsluiten en dus gingen die agressief aan de slag. Vele tienduizenden Amerikanen hadden wel oren naar zo'n voorstel en sloten een lening af. Het was een gigantisch succes. Freddie Mac en andere concurrerende banken volgden. De crisis brak in de zomer van 2007 uit omdat bleek dat de banken in Amerika massaal kredieten hadden verstrekt aan mensen zonder inkomen, werk of bezittingen.'

'Normaal gezien onderzoekt een bank toch de financiële mogelijkheden van de lener,' zei Harry.

'In de Verenigde Staten werd dat onderzoek niet gevoerd. Men ontwikkelde een ander systeem: een paar maanden na het afsluiten werd de lening samen met andere leningen in een ander financieel product verpakt en verkocht aan een andere financiële instelling. Zo kwamen die slechte leningen bij andere financiële instellingen terecht, verspreid over de hele wereld.'

'Waarom is jullie plan uiteindelijk mislukt?'

'Omdat we niet hadden verwacht dat de Amerikaanse regering de noodlijdende banken met miljarden dollars zou bijspringen.'

'Jullie hadden niet voorzien dat Barack Obama de verkiezingen zou winnen?'

'Neen. Dat was enerzijds een teleurstelling. Aan de andere kant was het mooie vingeroefening. Het was leerrijk om vast te stellen hoe je met één eenvoudige hefboom de wereld uit evenwicht kan brengen. En niet onbelangrijk: wij hadden nog een schokkend verhaal over de paus achter de hand. Het verhaal van jouw vader.'

'Dat hij weigerde om te publiceren.'

'Uitgerekend mister Frank Witters, internationaal journalist en publicist, durfde de waarheid niet te schrijven.'

'Zijn geweten kwam in opstand.'

'Hij was een platbroek.'

'Ik dacht dat hij een fijne en trouwe vriend was?'

'Ik zal je wat vertellen jongen. Jouw vader had geen besef van een oud christelijk begrip: de plichten van staat.'

'Nooit van gehoord.' Harry's hoofd bonsde.

'Natuurlijk heb je daar nooit van gehoord. Daarom zei ik ook dat het een oud christelijk begrip is. Ieder mens heeft vanuit zijn staat een goddelijke opdracht. De heilige plicht van een journalist is om de waarheid te zeggen. De waarheid stop je niet onder. Ze verdient waardigheid.'

Die laatste woorden sprak Lou Van Horen met gejaagde stem.

'Heb jij mijn vader vermoord, Lou?'

'Het initiatief kwam van Flectamus Genua.'

'Ben jij lid van die club?'

'Ik ben Stempelmaker, een van de twaalf kruisheren.'

'Waarom moest vader dood? Zijn dagen waren toch geteld.'

'Het was niet de bedoeling om hem om het leven te brengen. Hij kreeg coniine toegediend in de hoop dat hij in zijn koortsaanvallen zou verklappen waar hij zijn geheime documentatie bewaarde. We wisten niet dat zijn hart zo zwak was. En dan kwamen die sukkels van Il Gruppo nog bloed prikken om bewijs te verzamelen.'

'Heeft Flectamus dan geen schrik voor de gevolgen als dit verhaal openbaar wordt?'

'De gevolgen zullen verschrikkelijk zijn, maar wij geloven in het glorieuze koningschap van Christus die de islam zal vergruizen tot korrels woestijnzand.'

Lou Van Horen hees zich in zijn jas.

'Waar ga je naartoe?' vroeg Harry die probeerde recht te staan, maar zijn benen wilden niet mee.

'Ik heb nog een afspraak. We praten morgenvroeg verder.'

'Laat me maar alleen,' zei Harry terwijl hij nog eens probeerde om uit de fauteuil te geraken. Hij viel krachteloos naar achteren. In zijn val stootte hij zijn kopje thee om. Het viel in scherven op de vloer. De thee! Lou had iets in zijn thee gedaan. Harry's hart ging als een razende tekeer.

'Na een nachtje slapen, denk je helemaal anders over de dingen,' zei Lou Van Horen.

'Ik trek mijn artikelen in, Lou.'

'We bekijken het morgenvroeg wel. Goedenacht.'

'Moet ik dan helemaal alleen het gewicht van de wereld dragen? Lou?'

Lou Van Horen antwoordde niet meer. Hij draaide het licht uit en verliet het huis. Alleen de bureaulamp bleef branden. Ze scheen op de stapel dossiers en liet de hoeken van het vertrek in het duister. Harry reikte naar het bureau. Hij zakte door zijn knieën en viel op het parket. Hij probeerde op handen en voeten tot aan de deur te geraken, maar zijn armen en benen weigerden. Toen hoorde hij het geluid: tik-tak, tik-tak, tik-tak. Het geluid van een verpleegster op hoge hakken.

37

Lou Van Horen begreep dat hij snel moest zijn. Hij opende zijn laptop. Vier uur lang mailde en telefoneerde hij naar alle hoeken van de wereld.

Het was al na middernacht toen hij belde met André Leroy.

'Met Stempelmaker. De hel is losgebroken,' zei hij.

'Uiteindelijk heb je toch de grove middelen moeten gebruiken,' zei Leroy.

'Ik kon niet anders. Harry begon zo te twijfelen dat alles dreigde te mislukken.'

'En nu voel je je rot?'

'Ach, ik mocht die jongen wel, maar ik moest de knoop doorhakken.'

'Daar is een hoofdredacteur voor.'

'Het was niet gemakkelijk.'

'Maar noodzakelijk. Het was een zaak tussen Allah en God. De Heer geeft die Harry van jou wel de eeuwige rust.'

'Dát heeft het nemen van mijn beslissing vergemakkelijkt.'

'Flectamus Genua.'

'Flectamus Genua.'

Zesennegentig kranten waren bereid de beschuldigingen van Harry Witters aan het adres van de paus te publiceren. Sommige hoofdredacteurs wilden er eerst niet van weten. Zulke nonsens hadden ze nog nooit gelezen. Dan was het de taak van Lou Van Horen om de telefoon te pakken en zijn kritische collega's te overtuigen. Uren was hij ermee bezig. Telkens opnieuw legde hij zijn volle gewicht in de schaal. 'Heb ik jou in het verleden ooit één keer een snertverhaal verkocht? Nee toch?' Uiteindelijk kon hij het merendeel overhalen. Alleen in Duitsland waren er enkele *Prinzipienreiters* die weigerden het artikel op te nemen.

Radio- en televisiestations haakten snel in. CNN, BBC, Sky News, Euro News en alle mogelijke openbare en commerciële omroepen sprongen op het nieuws. Journalisten die niet beter wisten, probeerden Harry Witters te bereiken. Toen dat niet lukte, sleepten ze in hun ijver de meest uiteenlopende getuigen voor microfoon en camera, van de brave dorpspastoor die 'het niet kon geloven' tot de theoloog die altijd al zijn bedenkingen had gehad bij deze paus.

De eerste uren na het uitbrengen van het nieuws bleef de toon van de reacties tamelijk lichtvoetig. 'Is het allemaal wel waar? Dat lijkt zó onwaarschijnlijk,' redeneerde het grote publiek. Merkwaardig was wel dat er vanuit het Vaticaan géén reactie kwam. Radio Vaticano speelde Bach en Beethoven alsof er niets aan de hand was. Toen sommigen al dachten dat het wel zou overwaaien, toonde de BBC amateurbeelden van de Inca in gezelschap van enkele moefti's. De beelden werden gesitueerd in tijd noch plaats, maar deden de smeulende twijfel oplaaien. De Duitse televisie bracht dan weer een interview met bisschop Muskau, die zei dat het verhaal hem op het eerste gezicht volkomen onwaar leek, maar dat de paus snel en duidelijk van zich moest laten horen om te voorkomen dat de twijfel toenam.

Het nieuws over de paus verpletterde alle andere actualiteit. Een staatsgreep in Birma kreeg geen tien regels op pagina twaalf. Heel de wereld had nog maar één gespreksonderwerp. Honderden journalisten stroomden richting Vaticaan om het antwoord van de paus te horen.

De opschudding was dan ook groot toen zich in de namiddag het gerucht verspreidde dat het hoofd van de rooms-katholieke Kerk de avond tevoren was vertrokken naar een onbekende bestemming.

Om 14.36 uur werd het bericht dat de paus 'weg' was, bevestigd. 'De Heilige Vader is niet op de vlucht. Hij beraadt zich in alle rust over de stappen die hij zal zetten tegen de lage beschuldigingen die over hem worden geuit,' zo luidde de mededeling die een communicatieambtenaar inderhaast had verzonnen. De Italiaanse omroep RAI meende te weten dat paus Romanus onderweg was naar een bestemming in het Midden-Oosten. De Israëlische omroep meldde om 15.15 uur dat de paus in het sultanaat Oman was geland. In hun nieuws van 19 uur berichtten CNN en BBC dat Romanus vanuit Oman in de Iraanse hoofdstad Teheran was aangekomen.

De verontwaardiging in Amerika en Europa was onbeschrijfelijk. In minder dan twee dagen werd het hele Westen weer christelijk. Zelfs mensen die al jaren geen voet in een kerk hadden gezet, voelden zich aangetast in hun eer. De protestanten waren solidair en reageerden eveneens woedend: dit was een aanslag op de figuur van Jezus Christus.

Het duurde niet lang of uit deze lava van razernij schoten ongecontroleerde steekvlammen omhoog. Zeker toen bleek dat in verschillende moslimlanden het leedvermaak erg groot was. Zowel in Bagdad als in Islamabad maakten moslims zich vrolijk over de affaire. 'Opvolger van Petrus kiest voor islam', 'Mohammed-Jezus 3-0' en 'Jezus is groot, Mohammed is groter' waren enkele van de Arabische krantentitels. Frustratie sloeg om in haat. In Nederland, Frankrijk, België en Duitsland werden moskeeën aangevallen. In het Duitse Freiburg stak een onbekende een pension in brand: zeventien Turken kwamen om, onder wie zes vrouwen en vier kinderen.

Op de BBC was te zien hoe baardmannen in Londense moskeeën opriepen tot de jihad. In de Franse banlieues gingen allochtone jongeren in de tegenaanval. Ze staken auto's en bussen in brand. Het leger kon de toestand niet de baas en hier en daar werden privémilities opgericht. De minister van Binnenlandse Zaken bezwoer niet te beginnen met zulke burgerwachten omdat ze de spanning nog meer zou opdrijven. Zijn oproep was vergeefs. De volgende dag al werden twee Algerijnse jongens opgeknoopt aan een verlichtingspaal.

In Oostenrijk en Duitsland richtte de woede zich tegen de Turken. Jonge Turkse mannen werden opgepakt en opgesloten in interneringskampen of meteen gedeporteerd naar hun thuisland. Talloze Turkse families sloegen op de vlucht. Turkije waarschuwde Duitsland voor de gevolgen.

Honderdduizenden betogers kwamen in Ankara en Istanboel op straat, riepen op tot een heilige oorlog tegen Duitsland en plunderden westerse handelszaken. In Istanboel werden de Duitse consul en zijn secretaresse van het balkon van hun kantoor gegooid. Ze overleefden het niet.

Katholieke jongeren bestormden het Vaticaan en stelden kardinaal Ravelli, bisschop van Venetië, aan als tijdelijke bestuurder van de Romeins-katholieke Kerk. Het woord 'paus' namen de jongeren niet in de mond.

In Straatsburg eindigde een betoging van allochtonen op ongeregeldheden. De Franse politie pakte vierhonderd relschoppers op. Diezelfde nacht werden ze samen met hun familie – ouders, broers, zussen, ooms, tantes en neven – op vliegtuigen naar Marokko, Tunesië en Algerije gezet. In totaal werden op één etmaal bijna vijfduizend mensen gerepatrieerd. Hun huizen en handelseigendommen werden geconfisqueerd.

De UNO belegde de ene spoedvergadering na de andere, maar de lont raakte niet uit het kruitvat.

Integendeel. Het vuur sloeg over naar de Verenigde Staten. Daar ontstonden nooit geziene rassenrellen, eerst met immigranten van Arabisch bloed, later ook met de zwarte bevolking, waarvan een aanzienlijk deel moslim was.

De zogenaamde profetieën van de middeleeuwse monnik Malachias doken weer op. Ze bevatten 111 korte verzen die telkens betrekking hebben op een pontificaat, beginnend bij paus Celestinus II. De 111de en laatste profetie betrof Benedictus XVI. Op hem sloeg de voorspelling *De Gloria Olivae* (Over de glorie van de olijf). Na Benedictus zou er volgens Malachias geen paus meer komen. De profetie besluit met een beschrijving van het einde der tijden: 'Tijdens de laatste vervolging van de heilige Kerk zal Petrus Romanus zetelen. Hij zal de schapen hoeden tijdens de vele rampspoeden en als die voorbij zijn, zal de stad op de zeven heuvels worden verwoest en zal de gevreesde rechter het volk oordelen.'

38

'Zie je nog niets?' vroeg de man aan de chauffeur.

'Nee, mijnheer. Nog niets.'

De man op de achterbank was gespannen. Hij keek van zijn trillende handen naar buiten en terug naar zijn handen.

De chauffeur tuurde naar een raam op de tweede verdieping van een hoekhuis vijftig meter verderop. De bomen wierpen zo'n donkere schaduw in Hedayat Street dat hij zijn zonnebril moest afzetten.

In Hedayat Street zijn veel kantoren en enkele ambassades gevestigd, dus lette niemand op de zwarte Mercedes met donkere ramen die met stationair draaiende motor tegen het trottoir stond geparkeerd.

Darrous is een chique buurt in het district Shemiran in het noorden van Teheran. Het grondgebied waarop de wijk zich ontwikkelde, was tot in de jaren vijftig eigendom van de aristocraat Saltane Hedayat, die onder Reza Saha Pahlavi verscheidene keren premier van Perzië was. Hij bezat er uitgestrekte tuinen en boerderijen. Daarom is er nog zoveel groen, een onmiskenbaar comfort in het stofnest Teheran. In Darrous resideren zowel religieuze traditionalisten van de hogere klasse, als moderne, modieuze zakenfamilies. De straten worden er alle dagen geveegd.

Iets over drie uur zwaaide iemand op de eerste verdieping van het hoekhuis met een witte zakdoek.

'Het is zover, mijnheer,' zei de chauffeur en de auto gleed geluidloos weg van het trottoir. Ter hoogte van het hoekhuis sloeg hij rechtsaf, op het volgende kruispunt linksaf, en dan weer rechts. Als een voorgeprogrammeerde piloot stuurde hij de Mercedes door de buurt. In het traject dat hij volgde, zat niet de minste logica. Na meer dan twintig minuten rijden kwam de auto aan bij een straat met de ene meubelzaak na de andere. De straat was aan beide uiteinden afgezet met legertrucks. Sergeant Pender en zes van zijn mannen stonden op de uitkijk. De sergeant had het bevel gekregen alleen een zwarte Mercedes met nummerplaat FTP001 door te laten. Zonder controle, was erbij gezegd. Pender, die er een militaire carrière van ruim twintig jaar op had zitten, hield zijn mond. Voorbijgangers bleven bij de wegversperring staan in de hoop dat zij getuige zouden zijn van een incident. Dan hadden ze straks thuis wat te vertellen. Iemand zei dat de straat was ontruimd omdat in een van de huizen een bom was ontdekt. Een ander beweerde dat de serieverkrachter was gevonden naar wie al maanden werd gezocht.

'Ach wat, als die hier echt zat, zouden ze wel met méér

manschappen de buurt afzetten.' Een vrouw rilde en trok haar hoofddoek voor haar ogen.

Geen twee minuten later slalomde de Mercedes voorbij de wegversperring. Met hoge snelheid reed de wagen tot halverwege de verlaten straat, waar hij stopte voor een huis zonder huisnummer. Beneden was ooit de schrijnwerkerij van Khosmein Yoessef gevestigd. Hij was gespecialiseerd in romantische bedden van kersenhout. Toen Yoessef in 1997 op amper 57-jarige leeftijd overleed, verkocht zijn weduwe het pand. Er zou een bakkerij komen, werd gezegd. Maar dat was meer om Kerov Straton, die aan het begin van de straat een bakkerij had, de duvel aan te doen. Het huis bleef leeg, nu al meer dan tien jaar. Af en toe liepen er 's avonds mannen binnen en buiten. Dan ging het licht op de eerste verdieping pas aan als de rolluiken naar beneden waren. Meer leven was er niet.

De mensen uit de buurt wisten niet dat de nieuwe eigenaar het Islamic Republic's Intelligence Ministry was, en dat het pand dienstdeed als doorgangshuis voor infiltranten, verklikkers en verraders. Mensen die terecht vreesden dat als ze op straat herkend zouden worden, hun geen lang leven beschoren was. Zo geraakten de moordenaars van het schrijversechtpaar Dariush en Parvaneh Forouhar in 1998 gemakkelijk weg dankzij dit vluchthuis.

De passagier op de achterbank van de Mercedes stapte uit. Hij was zo ongeduldig dat hij moeite had om zijn twee koffers uit de auto te halen. Het portier was niet eens helemaal dicht toen de chauffeur plankgas gaf en de straat uit stoof.

De man met de koffers viste een sleutel uit zijn jaszak en opende de deur. Binnen rook het nog altijd naar houtzaagsel en lijm. Vlak achter de deur begon een steile trap. De man liet zijn koffers staan en liep naar boven. Daar kwam hij in een grote donkere kamer. Hij stapte naar het raam, trok de rolluiken omhoog, keek even naar buiten en draaide zich om. Aan de andere kant van de kamer zaten twee mannen, elk gekleed in een afschuwelijk gifgroen trainingspak.

'Goedemiddag, Heilige Vader,' zei de oudste.

Paus Romanus II werd zo bleek als het kleed op de tafel.

'Wie zijn jullie?' vroeg hij. 'Wie heeft jullie gestuurd?'

'Ik ben Zegelaar. Mijn compagnon is Schudhaak. Wij zijn gezanten van Flectamus Genua.'

'Hoe hebben jullie dit huis gevonden?' vroeg de paus.

'Wij hebben het niet gevonden. Ze hebben het ons gewezen.'

'Wie dan?'

'Bij mijn weten waren het mensen van het Iraanse ministerie van Buitenlandse Zaken. Volgens geruchten zou de president van Iran zelf daarom hebben verzocht.'

'Ik begrijp het niet.'

'Dan zullen we het u uitleggen. De Iraanse regering heeft oorspronkelijk deze hele maskerade mee opgezet. Maar in korte tijd is er veel veranderd. De olie-infrastructuur in Iran is compleet verouderd en dus wordt er onvoldoende olie bovengehaald. Iran moet zelfs olie importeren om aan de binnenlandse vraag te voldoen. Met andere woorden: Iran valt op termijn zonder geld. De enige oplossing is: meer investeren in de infrastructuur. Maar daar heb je vooral buitenlandse bedrijven voor nodig en die staan wegens de internationale toestand niet te trappelen om naar Iran te komen. Dus is de president ook helemaal niet opgezet met uw komst. U moet weten, Heilige Vader, dat uw broeders de Iraniërs in de eerste plaats politieke stabiliteit verlangen. En die verwerven ze nooit als de hele westerse wereld hen belaagt omdat de antichrist hier asiel heeft gekregen.'

'Kunnen we er niet over praten?' vroeg Romanus. 'Wellicht

is dit het moment voor een toenadering tussen het Westen en de moslimwereld en kan ik een bemiddelende rol spelen. Is zo'n gesprek niet wenselijk?'

'Wenselijk misschien wel, ja. Maar jammer genoeg niet mogelijk,' zei Zegelaar terwijl hij opstond en een halogeenlamp aanstak die de kamer fel verlichtte. Nu pas viel het de Inca op dat heel de houten vloer bedekt was met een plastic zeil. Naast de lamp stond een videocamera op een statief. Schudhaak liep naar het raam en liet de luiken weer naar beneden.

'Wat gaan jullie doen?' vroeg de Inca.

'Wij gaan helemaal niets doen. De Iraanse geheime dienst doet het voor ons.'

'Wat?'

'Dat kunt u beter niet weten. Maar alla, als u erom vraagt: zij gaan uw hoofd van de romp scheiden en die gebeurtenis opnemen op video. Als bewijs.'

'Noemt u dat christelijk?'

'U beseft niet hoezeer deze affaire de hele wereld in rep en roer zet. In het Westen reageren de mensen uitzinnig van woede. Zonder bewijs gaat die storm van verontwaardiging nooit liggen.'

'Dat menen jullie niet.'

'Toch wel,' zei Schudhaak. Hij strekte zijn benen en opende de deur. Twee mannen in uniform kwamen binnen. Eén van hen droeg een juten omslag die hij op een tafeltje uitrolde tot er een klein, dun geslepen mes tevoorschijn kwam. De twee mannen van Flectamus Genua liepen naar de deur. De Inca zakte op zijn knieën en huilde als een kind.

'Wees nu stil, Heilige Vader,' zei Zegelaar met de deurklink in de hand. 'Als u zich rustig houdt, is het zo voorbij. Hoeveel westerlingen zijn er niet op die manier aan hun eind gekomen in Afghanistan en Irak?'

De Inca wilde zich niet neerleggen bij de overmacht en riep om hulp. 'Help!' riep hij. Slechts één keer, want toen ging het mes van oor tot oor.

Een kwartier later kwamen de twee Iraniërs naar buiten en ze overhandigden de videocamera aan Zegelaar. Hij spoelde even terug om te controleren of de opnamen geslaagd waren. 'Help!' klonk het wat flauwtjes op de tape.

39

Arlette haalde diep adem. Zij trok de sleutel terug en duwde de deur open. Zij zag vanaf de eerste blik dat de loft van Harry was doorzocht. Documenten, foto's, boeken, dvd's en cd's lagen verspreid over de vloer. De kussens van de driezitsbank waren open gesneden.

In het keukengedeelte stonden alle kastdeurtjes open en was de grond bedekt met rijst, suiker en zout. Een fles melk was uitgegoten over het fornuis. Arlette raapte een doos Quaker havermout op en zette ze op het aanrecht. Ze wist zelf niet waarom ze dat deed.

Arlette kwam bij de badkamer. Zij opende Harry's scheerapparaat en strooide zijn geschoren haarstoppels in haar hand. Zij kon haar tranen niet bedwingen.

Deze ochtend had ze gehoord dat de politie het lichaam van Harry had gevonden. Het lijk was overgebracht naar het mortuarium.

'U begrijpt dat deze zaak momenteel geen prioriteit heeft,' zo had een rechercheur haar aan de telefoon gezegd. Hij doelde daarmee op de terroristische aanslag van afgelopen dinsdag. Die ochtend om 6.15 uur gingen vier stiltebommen af in een petrochemisch bedrijf in de haven van Antwerpen. Een wolk van gefluoreerde chloor dreef naar de stad. Zo vroeg in de ochtend lagen de meeste bewoners nog in hun bed. Het was een warme lentenacht en dus stonden vele slaapkamerramen open. De gevolgen waren dramatisch: 59 mensen lieten het leven, 2500 liepen niet te genezen brandwonden op, meer dan veertigduizend mensen klaagden over pijn in de longen.

Arlette kwam bij het onopgemaakte bed. Hier had ze met Harry gelegen. Ze hadden elkaar gezoend en geknuffeld. Meer niet, want haast tegelijk werden ze allebei bevangen door plankenkoorts. Een soort van schroom om verder te gaan. Geen van beiden wilde dat het om een vlaag van zinsverbijstering zou gaan, maar dat het langer zou duren.

Arlette legde zich op het bed. Zij duwde haar neus in het hoofdkussen en inhaleerde diep de slaapgeur van haar geliefde. Met het hoofdkussen in haar armen viel zij in slaap.

Zij herkende het silhouet dat naderde in haar droom. Zij reikte het de hand.

'Kom mee, we gaan naar Woornegen,' zei de schim.

'Naar Hoorwegen?'

'Hoor je me niet? Naar Noorwegen!'

'Ik verstond je wel. Ik maakte een grapje.'

'Ik ook.'

EINDE

EPILOOG

Het duurde anderhalf jaar voordat een nieuwe paus werd verkozen, Johannes XXIV. Opnieuw een Italiaan. Hij erkende dat de profeet Mohammed een goddelijke natuur had. Zijn uitspraak herstelde de rust in de wereld.

Arlette Buys huwde drie jaar later met arbeidspsycholoog Bart Versteeghe. Zij kregen drie kinderen. Het gezin woont in Zoersel bij Antwerpen.

Dora Calson keerde terug naar haar klooster in Montreal, Canada. Zij verblijft er nog steeds onder de naam zuster Bénédicte. Zij weigert elk interview.

Nicolae Calson is een jaar later overleden.

Shimal Faez en Youannes Tewfik zijn samen opgenomen in een klooster voor bejaarde monniken in Dj-ab-al-Ahmar in Egypte. Beiden verblijven op de psychiatrische afdeling. Ze horen stemmen van engelen.

Sandra woont alleen in een appartement in Brussel. Zij weigert ieder interview.

Lou Van Horen werd veroordeeld. Niet voor moord, maar voor het niet verlenen van hulp aan een persoon in nood. Hij kreeg vijf jaar cel waarvan twee voorwaardelijk.